Horst Bosetzky

Nichts ist verjährt

Kriminalroman

Jaron Verlag

Horst Bosetzky alias -ky lebt in Berlin und gilt seit nunmehr über dreißig Jahren als einer der erfolgreichsten deutschen Kriminalautoren der Gegenwart. Ebenso erfolgreich war er seit den 1990er Jahren mit einer mehrteiligen Familiensaga sowie zeitgeschichtlichen Spannungsromanen. In der Krimireihe «Es geschah in Berlin» erschienen von ihm «Kappe und die verkohlte Leiche» (2007), «Der Lustmörder» (2008) sowie «Nach Verdun» (2008, mit Jan Eik). In der Reihe «Berliner Mauerkrimis» erschienen vom ihm «Nichts ist verjährt» (2008) und «Schau nicht hin, schau nicht her» (2009, mit Steffen Mohr).

Originalausgabe
2. Auflage 2010

www.jaron-verlag.de
Umschlaggestaltung: Bauer + Möhring, Berlin
Satz: LVD GmbH, Berlin
Druck und Bindung: CPI – Clausen & Bosse, Leck

ISBN 978-3-89773-589-7

Kein steinern Bollwerk kann der Liebe wehren;
Und Liebe wagt, was irgend Liebe kann.

William Shakespeare, Romeo und Julia

EINS
2007

NIEMAND, DER AM MORGEN AUFSTEHT, weiß, was ihm am Tage widerfahren wird. Und bleibt er aus Angst vor dem Ungewissen im Bett, hilft ihm das nur wenig, denn die meisten Menschen sterben im Bett, zumeist weil ihr Lebenslicht erloschen ist, aber auch wegen eines Brandes oder eines außer Kontrolle geratenen Flugzeuges, das ihr Haus zum Einsturz bringt.

Es soll aber auch Menschen geben, die sich auf das freuen, was geschehen wird. Vielleicht lernen sie die große Liebe ihres Lebens kennen, vielleicht gewinnen sie in der Lotterie, vielleicht kommen sie ins Fernsehen.

Solche Optimisten waren auch René Ratajczak und Timo Zott. Beide hatten im letzten Jahr ihren Bachelor gemacht, der eine als Archäologe, der andere als Historiker, und waren seitdem auf der Suche nach einem für sie angemessenen Arbeitsplatz. Bis sie den gefunden hatten, verdingten sie sich als Praktikanten oder jobbten irgendwo. Im Augenblick halfen sie bei einem Onkel Timos aus, dem Architekten und Bauunternehmer Günther Grauen.

«Bauen mit Grauen», hatte Timo vorgeschlagen, als er im Familienkreise nach einer zündenden Idee für eine Werbekampagne gefragt worden war. Es war dann aber doch bei *Bauen mit GG – eine Pfundsidee* geblieben.

Heute ging es mit der S-Bahn und der Straßenbahnlinie 68 nach Schmöckwitz, wo ein Einfamilienhaus zu renovieren war.

«Was fällt dir ein, wenn du das Wort Schmöckwitz hörst?», fragte Ratajczak und dachte dabei an die steinzeitlichen Waffen und Werkzeuge aus Feuerstein, die man hier gefunden hatte, vor allem die eigenartigen Walzenbeile.

Timo Zott befand sich aber auf einer ganz anderen Spur. «Bei Schmöckwitz denke ich zuerst einmal an Vincenz Müller.»

«Ich kenne Gerd Müller und den Müller von der Wanderlust - aber wer ist Vincenz Müller?»

«Deutschlands vielleicht merkwürdigster General.» Timo Zott begann, sein Referat vom Sommersemester 2005 in einigen wenigen Sätzen zusammenzufassen. «Geboren 1894 in Aichach als Sohn eines strenggläubigen katholischen Gerbermeisters, diente er nacheinander dem Kaiser, den Reichspräsidenten der Weimarer Republik, Adolf Hitler und schließlich Walter Ulbricht als Offizier und General. Im Sommer 1944 geriet er in sowjetische Kriegsgefangenschaft, kam mit dem Nationalkomitee Freies Deutschland in Berührung und war in der späteren DDR maßgeblich am Aufbau von Volkspolizei und Volksarmee beteiligt. 1955 und 1956 traf er sich heimlich mit Bundesfinanzminister Fritz Schäffer (CSU), um über die deutsch-deutsche Verständigung zu reden. Bald darauf ging er in den Ruhestand - oder wurde gegangen. Am 12. Mai 1961 wurde sein Tod gemeldet. Die einen sagen, er sei an einer schweren Herzkrankheit gestorben, die anderen, er sei hier in Schmöckwitz vom Balkon gesprungen, um seiner Verhaftung zu entgehen. Anhänger von Verschwörungstheorien halten es aber auch für möglich, dass man ihn beiseitegeschafft hat. Mitarbeiter der Stasi war er, und westliche Geheimdienste waren an ihm interessiert.»

Dies alles referierte er, während der S-Bahn-Zug der Linie 46 zwischen Adlershof und Grünau unterwegs war. Rechts zweigte die Linie ab, die über Altglienicke den Flughafen Schönefeld erreichte, der nun endlich ausgebaut werden sollte. Jetzt nach San Francisco oder Sydney fliegen ...

In Grünau war umzusteigen. Mit ihren knapp dreißig Jahren konnten sie sich gerade noch daran erinnern, dass für sie als West-Berliner hier einmal die Welt zu Ende gewesen war, denn der nächste Bahnhof, Eichwalde, lag nicht mehr auf Ost-Berliner Gebiet, sondern schon in der DDR, und man brauchte einen besonderen Passierschein dafür.

«Wir hatten immer nur einen Passierschein für die Hauptstadt der DDR», sagte Ratajczak.

Timo Zott lachte. «Und wir überhaupt keinen, denn mein Vater war ja hoher Polizeioffizier und durfte nicht rüber.»

Sie überquerten das Adlergestell und warteten auf die Straßenbahn nach Schmöckwitz, die Linie 68, die von der BVG schon längst eingestellt worden wäre, wenn die Bürger nicht erregt dagegen protestiert hätten.

«Schließlich ist es Berlins schönste Straßenbahnstrecke», erklärte Ratajczak. «Aber die Berliner sind ja Meister darin, alles abzureißen, was schön ist. Nimm nur das Stadtschloss oder den Anhalter Bahnhof.»

Die Bahn war um die Ecke gebogen und hielt. Sie betätigten sich als Bergsteiger und enterten einen der hohen Tatrawagen. Die Klingeln schrillten, los ging es. Zuerst durch den Wald, dann bis Karolinenhof immer am Langen See entlang, eine Ausweitung der Dahme. Regattatribünen,

Sportpromenade, Strandbad Grünau, Richtershorn ... Am anderen Ufer ragten die Müggelberge, laut Fontane ein *Mittelgebirge à la miniature,* bläuend in den märkischen Himmel.

Nur fünfzehn Minuten brauchten sie bis zum Dorfanger von Alt-Schmöckwitz, und als sie ausgestiegen waren, sang Ratajczak, Louis Armstrong nachahmend: «*The time stood still ...*» Auf dem Hügel zu ihrer Linken gab es zwar keine Blaubeeren, dafür aber die sehr schlichte Dorfkirche aus dem Jahre 1799. Die Häuschen längs der Wendeschleife der Linie 68 wie auch das Ensemble aus Straßenbahnremise, Feuerwache und Grundschule ließen Ratajczak jubeln.

«Alles so wie damals, kein Fertighaus und kein moderner Architekt mit pathologischem Selbstverwirklichungsdrang.»

Die Magistrale des Ortes war Berlins längste Straße, das Adlergestell, das schon in Schöneweide begann und hier in Schmöckwitz auf dem Damm lag, der den Zeuthener vom Langen und dem Seddinsee trennte.

Zwischen dem Adlergestell und der Straße am Seddinsee gab es drei Verbindungen, den Imkerweg, den Beutenweg und, als weitaus wichtigste, die Wernsdorfer Straße, die zur Brücke führte und den Verkehr mit Rauchfangswerder und Wernsdorf ermöglichte.

Die Grundstücke auf der westlichen Seite des Imkerweges reichten bis zu einer Ausbuchtung des Langen Sees hinunter, die Schmöckwitzer Hafen genannt wurde und mit Bootsstegen gesäumt war. Ureinwohner erinnerten sich noch, dass es hier einst einen Sumpf gegeben hatte und mit ihm einen Siedler namens Schulze, den Sumpf-Schulzen, nicht zu verwechseln mit dem Turm-Schulzen aus der Goulbierstraße.

Schräg gegenüber des Grundstückes, das jenem Sumpf-

Schulzen einst gehört hatte, stand ein zweistöckiges, nicht unbedingt pompös zu nennendes Landhaus aus wilhelminischer Zeit, das mit viel Schinkel an der Fassade einiges herzumachen versuchte, aber inzwischen so stark in die Jahre gekommen war, dass sich sein Besitzer in vielen schlaflosen Nächten gefragt hatte, was denn sinnvoller sein würde: sanieren oder abreißen. Er hatte sich schließlich für die erste Alternative entschieden und der Baufirma von Günther Grauen die Sache übertragen.

So waren Ratajczak und Timo Zott zu ihrem Job in Schmöckwitz gekommen. Rabitzwände mussten abgetragen werden, damit die Räume größer wurden, Sauerkrautplatten, die nur noch schlecht isolierten und nach Marderkacke stanken, waren von den Dachschrägen zu reißen, Furchen in den Putz zu ziehen, um elektrische Leitungen unter den Putz zu legen, uralte Heizkörper abzuschrauben und in den Schuttcontainer zu tragen, dicke Farbschichten von den Türen und Fensterrahmen zu schleifen, zu brennen und zu laugen und Tapeten aus dem Jahre 1962 von den Wänden zu lösen.

Diese Aufgabe übernahm Timo Zott, denn als Makulatur hatte man damals Exemplare des *Neuen Deutschland*, benutzt, und bei der Lektüre konnte er manch neue Erkenntnis gewinnen. Ratajczak dagegen schlug und kratzte gern blühenden Putz von den Wänden, denn das erinnerte ihn immer an ein Praktikum in Pompeji und Herculaneum, bei dem sie mit viel beruflicher Lust und privater Liebe römische Villen freigelegt hatten.

Zum Frühstück trugen sie Tisch und Stühle aus dem Haus, um es sich auf der Streuobstwiese hinter dem Haus gemütlich zu machen.

«Richtig so, hier zu frühstücken», sagte Timo Zott.

«Als Gutmenschen müssen wir natürlich etwas für die Zecken tun. Überall werden sie verteufelt und gejagt.» Er entblößte sein rechtes Bein. «Kommt nur her, ihr Lieben, an unserem Blute könnt ihr euch laben.»

Ratajczak wusste nicht so recht, ob das Tun seines Freundes den strengen Regeln der Political Correctness entsprach, und lachte nur unter Vorbehalt. «Ich sprühe mich lieber mit Autan ein.»

«Pfui, Chemie!»

«Besser als Borreliose.»

«Mit Borrelien in der Hose griff er nicht an ihre Dose», reimte Timo Zott.

Ratajczak verzog das Gesicht. «Langsam geraten wir unter unser Niveau.»

«Nur dort wohnt das Glück», erklärte Timo Zott. «Wo wohnt aber der Glück, Alois Glück, der bayerische Landtagspräsident? Wahrscheinlich in München, aber: *Further research is needed.*»

Ratajczak spitzte die Ohren. «Ich glaube, wir bekommen Besuch.»

«Was 'n Glück!»

Am Zaun erschienen Günther Grauen, der die Sanierung des Hauses übernommen hatte, und der Psychologie-Professor Dr. Siegfried Schwellnuss aus Friedenau, der spätestens zu Beginn des Wintersemesters hier einziehen wollte. Man kannte sich schon, und die Begrüßung fiel kurz und geschäftlich aus.

«Nun wird doch alles anders, was das Souterrain betrifft», sagte Grauen. «Keine Abstellräume, sondern eine richtige Einliegerwohnung.»

«Ja», ergänzte Professor Schwellnuss, «meine Mutter will da einziehen.»

Ratajczak lachte. «Ich verstehe: Sie schreiben doch gerade ein Buch über pathologische Mutterbindung.»

Professor Schwellnuss zog die Augenbrauen hoch und seufzte hörbar. «Ja klar, wir Psychologen haben dieses Fach nur gewählt, um uns selber therapieren zu können.»

«Ich habe mir ja mein Haus auch selbst gebaut», sagte Grauen.

Ratajczak überlegte einen Augenblick. «Auf meine Profession bezogen hieße das, dass ich in tausend Jahren meine eigenen Knochen ausgraben möchte.»

«Lass dich rechtzeitig klonen», riet ihm Timo Zott, «dann geht das schon. Aber warum bin ich Historiker geworden?»

«Um vielleicht selbst einmal in die Geschichte einzugehen», meinte Professor Schwellnuss.

«Danke für Ihr Vertrauen in mich und meine Produkte.»

Grauen nahm das auf. «Bitte! Und darum fangt nachher gleich mal an, die Grundmauern freizulegen, wir müssen ja nun um die Einlegerwohnung herum alles isolieren.»

«Meine Mutter mit ihrem Rheuma!», rief Professor Schwellnuss. «Bloß keine feuchten Räume.»

«Also, Jungs, gleich in die Hände gespuckt, wenn wir wieder weg sind», sagte Grauen. «Einen Meter Breite, bis auf die Hausplatte runter.»

Die beiden machten sich sofort ans Werk, denn es war allemal besser, draußen an der frischen Luft zu schippen, als drinnen im Haus im Dreck zu wühlen. Um das Haus herum waren Gehwegplatten verlegt, damit die Erde nicht gegen den grauweißen Putz spritzte, wenn es regnete oder man beim Sprengen den Wasserstrahl nicht richtig reguliert hatte. Die länglichen Platten stammten noch aus DDR-

Zeiten, erkennbar an den gelben und rötlichen Pastelltönen und der typischen Oberflächenstruktur. Beim Hochheben zerbrachen viele von ihnen.

«Macht nichts», sagte Timo Zott. «Mein Onkel schwört ohnehin auf Waschbeton und wird dem Schwellnuss sowieso welchen aufschwatzen.»

Nachdem sie die Platten abgeräumt hatten, konnten sie beginnen, das Mauerwerk freizulegen. Wurzeln gab es hier nicht viele, es war nur darauf zu achten, die ins Haus gehenden Leitungen nicht zu zerstören. Beide gingen nicht ins Fitnessstudio, und da ihre Lieblingssportart das Schachspiel war, ließen sie es ruhig angehen. Der Nachbar rief herüber, ob er seinen Zweijährigen mit dem Buddeleimer rüberschicken solle, damit sie schneller vorankämen.

Nach etwa einer Stunde schrie Ratajczak auf. «Mensch, was ist denn das?»

«Bist du auf Kupfer gestoßen?», fragte Timo Zott. «Reichen die Lager von der Lausitz bis nach Schmöckwitz rauf?»

«Nein, das sind Knochen.»

Timo Zott lachte. «Was soll ein Archäologe auch anderes finden? Der Vorbesitzer wird 'nen Hund gehabt haben.»

«Quatsch!» Ratajczak sprang in die Grube hinunter, um mit den Händen das freizulegen, was er für einen menschlichen Oberschenkelknochen hielt.

ZWEI
2007

HANS-JÜRGEN MANNHARDT blieb noch eine Viertelstunde, nachdem der Wecker geklingelt hatte, im Bett liegen und fand einfach nicht die Kraft, die Füße auf den Boden zu setzen und ins Bad zu gehen. Der Tag seiner Pensionierung rückte immer näher, und das lähmte ihn. Alles, was ihm durch den Kopf ging, hing mit Abschied und Vergänglichkeit zusammen.

Aber der Wagen, der rollt ... Alles hat seine Zeit ... *The rest is silence* ... Der Rest ist Sterben ...

Abschied ist ein scharfes Schwert, hatte Roger Whittaker gesungen, und was den Abschied von der Arbeit anging, da glaubte Mannhardt, dass ihm dieses Schwert den Kopf vom Rumpf schlagen würde. Seine Mordkommission war sein Leben, und wer sie ihm nahm, tötete ihn.

Kam er Heike, seiner Lebensgefährtin, mit seinen Depressionen, dann lachte die nur: «Was hast du all die Jahre über geklagt, dass du ausgebrannt bist, dass du es hasst, Mörder zu jagen, dass du nur deine Ruhe haben willst!» Und systematisch suchte sie ihm Sprüche heraus, die alles relativierten, wie etwa: *Füge dich der Zeit, erfülle deinen Platz und räum ihn auch getrost: Es fehlt nicht an Ersatz!* von Friedrich Rückert.

Ein schriller Schrei aus dem Kinderzimmer ließ ihn hochschnellen. Er lief über den Flur.

«Silvio, was ist?»

Der Junge zitterte am ganzen Leibe. Wie sich herausstellte, hatte er von einem Amokläufer geträumt.

«Der war auch in unserer Schule, Papa, und hat auf mich geschossen!»

Mannhardt verfluchte diese Welt. Es war unmöglich, die Kinder von allem abzuschirmen. Irgendwie kamen sie immer an Zeitungen und Magazine heran oder schalteten das Erwachsenenfernsehen ein, wenn die Eltern dachten, sie sähen Kika, den Kinderkanal.

«Ach, nimm das nicht so tragisch», sagte er zu seinem Sohn. «Ich habe den Krieg überlebt, da wirst du auch den Frieden überleben.»

Da erschien auch schon Heike auf der Bildfläche, nahm Silvio in den Arm und tadelte Mannhardt wegen seiner Worte. «Es wäre schön, wenn du einmal kindgerecht kommunizieren könntest.»

Wortlos entfernte er sich, um erst die Kaffeemaschine in Gang zu setzen und dann ins Bad zu gehen. Vielleicht konnten sie in Silvios Schule einen privaten Wachdienst installieren und ihn zum Chef bestimmen. Ehrenamtlich natürlich. Dann hätte er wenigstens etwas Sinnvolles zu tun.

«Ich rufe dann auf dem Schulhof alle Messerstecher zusammen, und wir organisieren richtige Berliner Meisterschaften. 2012 werden wir dann olympisch, und der erste Olympiasieger kommt aus Berlin. Mit Migrationshintergrund, aber voll integriert. Durch mich.»

Als er am Frühstückstisch saß, stellte sich heraus, dass Heike ihn schon verplant hatte.

«Wenn du erst pensioniert bist, kannst du ja vormittags für mich recherchieren, wenn ich etwas nicht schaffe.»

Sie war Journalistin und freute sich auf eine kostenlose Hilfskraft.

«Und nachmittags?», fragte er.

«Nachmittags kümmerst du dich um Silvio, machst mit ihm Schularbeiten und fährst ihn zum Sport und zum Klavierunterricht.»

Mannhardt lächelte selig. «Es war schon immer mein Traum, Hausmann und ‹alleinverziehender› Vater zu sein. Du musst mir nur genug Puderzucker hinstellen.»

Heike hing sofort vor Wut an der Decke, denn nichts ärgerte sie mehr als sein Vorwurf, sie würde dem Sohn pausenlos «Puderzucker in den Arsch blasen», wie er gern sagte.

«Ich weiß, deine großen Kinder ...»

Die hatte er aus seiner ersten Ehe, und wenn sie mit denen anfing, verstand er das als Kriegserklärung. So stand er auch heute abrupt vom Frühstückstisch auf. «Ich gehe jetzt lieber ...»

«Erst fährst du Silvio zur Schule, du bist heute dran.»

«Okay, erst die Pflicht, dann die Flucht.»

Also blieb er, obwohl er sich den Stress, der nun begann, gern erspart hätte, denn Silvio ging nur sehr ungern zur Schule. Mannhardt hatte volles Verständnis dafür, sosehr Heike ihn deswegen auch verwarnte. Sie hätte gern ein Kind gehabt, das in Deutsch so sprachgewaltig war wie Günter Grass, in Mathematik so beschlagen wie Leonhard Euler, in Physik so genial wie Albert Einstein, in Kunst so einzigartig wie Pablo Picasso und in Sport so talentiert wie Dirk Nowitzki. Für Mannhardt dagegen war das Glück das Maß aller Dinge, und er hasste es, wenn Kinder in der Schule abgerichtet wurden, um vielleicht einmal an einer der Eliteuniversitäten studieren zu können. Ihm hätte es gereicht, wenn sein Sohn ein glücklicher Fahrer bei der Berliner S-Bahn geworden wäre.

«Papa, bist du eigentlich immer gern zur Schule gegangen?», fragte der Sohn, als sie im Auto saßen.

«Natürlich», log Mannhardt. «Es ist doch ein Segen, dass es die Schule gibt. Stell dir mal vor, wir würden nicht schreiben und lesen lernen. Was dann? Dann könnten wir den ganzen Tag nichts weiter tun, als vor der Glotze zu sitzen.»

«Das wär doch geil.»

Mannhardt stöhnte auf. Zum einen wegen der mit übermäßigem Fernsehgenuss verbundenen Volksverblödung, zum anderen, weil er immer heftig darunter litt, wenn die Kids das Wort «geil« verwendeten. In seiner Jugend hatte es einzig und allein für sexuelle Erregung gestanden, und als pubertierende Knaben hatten sie gereimt: «An den Akku angeschlossen,/vögelt Fickfack unverdrossen./Kerzen, Möhren und Bananen,/ja, der Laie kann's kaum ahnen,/ was dieses geile Weib/schob sich in den Unterleib.»

Als er den Jungen vor der Schule absetzte, tat er ihm maßlos leid. Anstatt zu spielen und zu juchzen, musste Silvio sich jetzt mit Mathematik und Grammatik abquälen, und es überwog noch immer der Frontalunterricht preußischer Prägung. Was mussten jene Kinder leiden, die nicht einsehen wollten, warum es Pferd hieß und nicht Ferd, obwohl nur Bekloppte das P vorne deutlich aussprachen. Ohne kräftig Tröpfchen in die Luft zu spucken, ging das gar nicht.

Was ihn tröstete, war derselbe Operettenvers aus der *Fledermaus* von Johann Strauß, der schon seinen Eltern geholfen hatte: *Glücklich ist, wer vergisst, was doch nicht zu ändern ist.* Und wer immer strebend sich bemühte, dem wurde ja die Erlösung versprochen. Gut war nur, dass die Kinder nicht für das Leben lernten wie er früher, sondern nur für die Schule, denn das ließ hoffen.

Seit langem schon hatte Mannhardt auf das Auto verzichtet und setzte sich in die U-Bahn, um von Tegel aus ins Büro zu fahren. Dies war aber im Augenblick alles andere als eine Freude, denn zwischen Alt-Tegel und Kurt-Schumacher-Platz wurde die U6 runderneuert, und man musste den Bus benutzen. Und wenn er eines hasste, dann den Schienenersatzverkehr.

Heike arbeitete gerade an einer Radiosendung über die Berliner U-Bahn, und mit Vergnügen blätterte er immer wieder in ihrem Manuskript. 144,9 Kilometer Streckenlänge, 170 Bahnhöfe, seit 1902 in Betrieb. Schön waren die Geschichten um die U-Bahn. Ein George A. Goldschlag hatte sogar *Die Ballade von der Untergrundbahn* gedichtet, mit Versen wie: *Elfmal jährlich, laut Statistik,/Springt ein Mensch mit schrillem Schrei/Als verkörperte Ballistik/Vor den Zug und wird zu Brei.* Ab und an wurde auch die Mordkommission gerufen, wenn es hieß «Person im Gleis», denn es fielen nicht nur Selbstmorde und Unfälle an, sondern ab und an wurde auch jemand auf die Gleise gestoßen.

Die Busfahrt bis zum Kurt-Schumacher-Platz nervte, und an der provisorischen Endhaltestelle war der Zug in Richtung Alt-Mariendorf schon voll bis oben hin, aber er konnte sich gerade noch hineinquetschen.

Der Mensch, so hatte es bei Heike ein Psychologe ausgedrückt, sei ein Distanztier, und innerhalb von sechzig Zentimetern befinde man sich in der Intimzone des anderen. Schnell hatte Mannhardt herausgefunden, dass er sich bereits in der Intimzone von drei Frauen gleichzeitig aufhielt, ohne dabei jedoch auch nur ein Mindestmaß an Lust zu empfinden. Die eine litt unter Akne und roch nach faulendem Heu, die zweite war vom Kaliber «Alles hört auf mein Kommando!» und jagte ihm nur Angst und Schrecken ein, und die dritte war zwar jung und morgenschön, aber so dämlich, dass es schon weh tat. Wie sie mit ihren Klassenkameradinnen kommunizierte, rechtfertigte jede Befürchtung, nach der die Deutschen im intellektuellen Wettbewerb mit anderen Völkern hoffnungslos unterlegen sein würden. Da aber auch die drei Frauen ihn abscheulich fanden, war das Unbehagen geradezu mit Händen zu greifen. Man mied jeden Blickkontakt, schaute auf den Bildschirm an der Decke des Waggons, auf dem die neuesten Nachrichten flimmerten, oder in eine unbestimmte Ferne. Mannhardt erinnerte sich an eine Szene aus Heikes Feature, in der vom englischen Premierminister Tony Blair berich-tet wurde, wie der einmal – ganz volksverbunden – in der U-Bahn eine Sitznachbarin angesprochen hatte und mit einem bösen Blick und eisigem Schweigen abgestraft worden war.

Um nicht der Frottage bezichtigt zu werden, dem Reiben der Genitalien am Körper eines anderen, und damit als Sittenstrolch dazustehen, versuchte Mannhardt, sich so wenig wie möglich zu bewegen und den Frauen den Rücken zuzuwenden. Er erinnerte sich daran, gelesen zu haben, dass sich in Tokio, wo das Grapschen zur Manie geworden war, die Männer demonstrativ mit beiden Händen oben an den Griffen festhielten, um nicht in Verdacht zu geraten.

Am Leopoldplatz hatte er von der U6 in die U9 umzusteigen. Eine Zeitung hatte am letzten Ersten gemeldet, die großen Clubs des American Football würden ihre Spieler zum Training auf die großen Berliner Umsteigebahnhöfe schicken, und dazu einen Star der Berlin Thunder abgebildet. Natürlich war das ein Aprilscherz gewesen, doch er hatte es für logisch gehalten und geglaubt. Auch heute wieder verspürte er eine gewisse Regung, seine Dienstwaffe zu ziehen und wenigstens in die Luft zu schießen, um den Zug auf dem unteren Bahnsteig zu erreichen. Ohne dieses Mittel hatte er keine Chance gegen die Lahmärsche, die ihm den Weg versperrten. Als er endlich unten angekommen war, hörte er nur noch das harsche «Zurückbleiben bitte!», und weg war sein Zug.

Sein Vater hatte bei solchen Anlässen immer gemurmelt: «Wieder habe ich einen fahren lassen.» Dass damit das Flatieren gemeint war, verstand heute kein Mensch mehr, ebenso wie sie ihn ahnungslos ansahen, wenn er den Kollegen erzählte, dass ihr neuer Vorgesetzter im Flur «einen Koffer« habe stehen lassen. Sein Großvater hatte immer eine diebische Freude daran gehabt, in der überfüllten U- oder S-Bahn «einen durch die Reihen schleichen« zu lassen.

Das war das Schöne an der U-Bahn, dass der nächste Zug schon nach fünf Minuten kam. Und er bekam sogar einen Sitzplatz. In seinem Alter hatte er auch einen Anspruch darauf.

Zoologischer Garten stieg Mannhardt aus und überlegte einen Augenblick, ob er in die U2 umsteigen und bis zum Wittenbergplatz fahren oder zu Fuß zu seiner Dienststelle in der Keithstraße laufen sollte. Schließlich entschied er sich für den Fußweg, denn es war immer ganz spannend, an der Rückseite des Zoologischen Gartens entlangzulaufen. Links hatte man die Kolonnaden mit ihren vielen Läden, das Aquarium und den Nebeneingang des Zoos, rechts den Breitscheidplatz mit der Gedächtniskirche und den Prachtbau der Grundkreditbank.

Ein Tourist aus St. Irgendwo sprach ihn an. Wo denn hier der Olof-Palme-Platz sei.

Mannhardt zuckte mit den Schultern. «Tut mir leid, nie gehört.»

Sekunden später sah er anhand der Schilder, dass er mitten auf dem Olof-Palme-Platz stand, einer Ausbuchtung der Budapester Straße an ihrer Kreuzung mit der Nürnberger und der Kurfürstenstraße. Peinlich. Besonders für einen Kriminalbeamten. Schnell machte er, dass er weiterkam.

Die Tage, die Mannhardt noch ins Büro ging, waren gezählt, und sein Nachfolger saß schon bei ihm im Zimmer, um eingearbeitet zu werden. Der Kollege hörte auf den Namen Rico Schönbier und war noch so jung, dass es eine einzige Provokation war. Mannhardt hatte ihn vom ersten Augenblick an nicht gemocht. Schönbier sah aus wie ein hoffnungsvoller Fußballer aus der Oberliga, die Haare teilweise blond gefärbt und mit viel Gel zu Stacheln aufgerichtet und geistig nur so weit entwickelt, dass es seine Instinkte beim Passen und Toreschießen nicht sonderlich störte. Das Fitnessstudio war sein zweites Zuhause. Dort holte er sich die Kondition, um durch die Clubs der Stadt zu ziehen und ständig neue Frauen zu beglücken. Hörte er das Wort Kultur, schrie er nur «Scheiße!» und machte sich aus dem Staub. Auch von Politik hielt er nichts und vermied es, sich die Namen der Akteure zu merken. «Wenn ich die bei mir im Gehirn speichere, tue ich diesen Hanseln doch zu viel Ehre an.» Aber auch um die Heroen des Showgeschäfts, der Medien und des Sports kümmerte er sich wenig. «Was interessieren mich diese Arschlöcher?!» Er, Rico Schönbier, war das Maß aller Dinge, und an ihm gemessen waren das alles nur Blender. «Von irgendwelchen Idioten hochgepusht, um Geld mit ihnen zu machen.»

Mannhardt hasste «geistige Tiefflieger« wie Schönbier und sagte des Öfteren zu Heike, dass Oswald Spengler bei dessen Anblick den *Untergang des Abendlandes* neu geschrieben hätte, doch gegen Schönbier war nicht anzukommen, denn alle seine Prüfungen hatte er mit Einsen und Zweien bestanden, und auch seine dienstlichen Beurteilungen ließen nichts zu wünschen übrig.

Mühsamer als sonst stieg Mannhardt die Treppen zu seinem Büro hinauf, sich dabei selber verspottend: Der alte Mann und das Gehtnichtmehr. Wie viele Morde mochte er in seinen mehr als vierzig Dienstjahren aufgeklärt haben? Schätzungsweise 250. Nicht er allein, die Mordkommissionen, in denen er gearbeitet hatte. Und der nächste würde vielleicht der letzte sein.

Yaiza Teetzmann lief vor ihm her, seine langjährige Kollegin und engste Vertraute. Stellte er sich die Frage, was er in seinem Leben am meisten bedauerte, dann war es die Tatsache, nie mit ihr geschlafen zu haben. Blieb ihm nur sein Fontane als Trost: *Eigentlich ist es ein Glück, ein Leben lang an einer Sehnsucht zu lutschen.*

Sie musste ihn hinter sich gespürt haben, denn sie blieb stehen und drehte sich um. «Danke für die Einladung zu deiner Abschiedsparty.»

«Bitte.» Mannhardt schnaufte ein wenig, als er sie eingeholt hatte. «Es wird ein Top-Event werden. Wie damals im alten Rom, als Petronius Abschied von allen und allem genommen hat.»

«Wer war Petronius?»

«Ein römischer Schriftsteller und Satiriker, ein Weltmann am Hofe Neros, der ‹Schiedsrichter des feinen Geschmacks›. Als Nero ihn bezichtigte, an einer Verschwörung gegen ihn teilgenommen zu haben, und ihm die Hinrichtung drohte, beging er vorher Selbstmord. Dazu lud er alle seine Freunde ein, schnitt sich in deren Gesellschaft die Pulsadern auf, tauchte die Arme in eine Schüssel mit warmem Wasser und dämmerte langsam dahin.»

Yaiza Teetzmann verstand die Zusammenhänge nicht ganz. «Hat dir denn der Polizeipräsident angedroht, dich verhaften und einsperren zu lassen?»

«Es geht darum, dass ich stilvoll von allem Abschied nehmen möchte.»

«Eine Pensionierung ist doch kein Todesurteil.»

«Für mich schon.»

Yaiza Teetzmann lachte. «Du kannst doch versuchen, wieder Lehrveranstaltungen an der Fachhochschule zu bekommen.»

«Ja, keine schlechte Idee: Opa erzählt euch mal, wie wir damals den Berliner S-Bahn-Mörder und die Bestie vom Schlesischen Bahnhof zur Strecke gebracht haben.»

«So alt bist du doch nun auch wieder nicht.»

Mannhardt stöhnte auf. «Man ist immer so alt, wie man sich fühlt – und mein gefühltes Lebensalter liegt heute bei 110.»

«Genau das richtige für einen Polizeibeamten.»

Mannhardt schwieg. Yaiza Teetzmann würde ihm fehlen. Nicht nur ihres Anblicks wegen.

Schönbier wartete schon in der Tür seines Büros. Mannhardt nannte das «Zimmerbesetzung», aber er hatte sie nicht verhindern können. Wie jedes Lebewesen reagierte er erbost darauf, ein anderes Männchen in seinem Revier zu sehen.

«Grüß Gott», murmelte Mannhardt, weil er wusste, dass sich Schönbier darüber ärgerte. «Was gibt es Neues?»

«Leichenfund in Schmöckwitz. Wir müssen raus.»

«Gut, fahren wir. Aber Yaiza soll mit.» Mannhardt grauste es davor, so lange mit Schönbier allein im Wagen zu sitzen.

Zu dritt machten sie sich auf den Weg in Berlins südöstlichsten Zipfel. Schon auf dem Parkplatz kam es zur ersten kollegialen Auseinandersetzung. Wer sollte am Steuer des geleasten Dienstwagens sitzen? Mannhardt wollte nicht. Als ehemaliger West-Berliner war er noch immer ein wenig traumatisiert, wenn es darum ging, im gewesenen Ost-Berlin am motorisierten Individualverkehr teilzunehmen. Nie vergaß er das barsche «Fahren Sie mal rechts ran!» und die Angst vor stundenlangen Verhören, an deren Ende Bautzen stehen konnte.

Yaiza Teetzmann als Mädchen aus Marzahn kannte diese Ängste nicht, hatte aber eine instinktive Abneigung gegen alle Westautos. Ihr Vater, SED-Funktionär und ein sogenannter Zweihundertprozentiger, hatte sie in diesem Sinne erzogen. BMW und Mercedes fuhren die Bonner Ultras, die Kapitalisten, die Ausbeuter, die Kriegstreiber.

Für Schönbier war ein Auto ein Auto und eine Straße in Köpenick (ehemals Ost-Berlin) nicht anders als eine in Neukölln (ehemals West-Berlin), und fahren sollte der, der das am besten konnte, also er. Generell hasste er es, wenn die Wessis wie auch die Ossis «diesen ganzen alten Scheiß« immer wieder aufwärmten. Seine Mutter war eine Russlanddeutsche, und von seinem Vater hieß es, er sei Deutschtürke gewesen, so genau wusste das keiner, denn der Gute hatte sich nach der Zeugung seines Sohnes schnell in die Emirate abgesetzt. «Wo ist da das Problem?», fragte Schönbier, wenn ihn jemand mitleidig ansah, und er hatte wirklich keines damit. Im Gegenteil. Bedingt durch die Gene seines Vaters, sah er immer so braungebrannt aus, dass er sich das Sonnenstudio und den Hautkrebs sparen konnte.

«Dann mal her mit den Schlüsseln», sagte Schönbier und streckte die Hand aus, um sie sich von Mannhardt geben zu lassen.

Der hielt sie aber fest umschlossen. «Moment mal! Ist denn schon klar, wer fahren soll?» Am Steuer saß im Regelfall das Alphamännchen, und diese Rolle wollte er Schönbier nicht so ohne weiteres überlassen.

«Wer fahren soll?», wiederholte Schönbier. «Ich natürlich, ich bin schon viele Rallyes gefahren.»

«Das hier ist aber keine Rallye, sondern eine Dienstfahrt», sagte Mannhardt. «Und wenn sich einer in Berlin auskennt, dann bin ich es.»

Schönbier freute sich über dieses Eigentor. «Na prima, der Kartenleser hockt immer auf dem Beifahrersitz.»

«Ich bin auch noch da», sagte Yaiza Teetzmann. «Vielleicht will ich ja fahren.»

«Bitte.» Seit Jutta Kleinschmidt bei der Rallye Paris–Dakar Furore gemacht hatte, akzeptierte Schönbier Frauen als Autofahrerinnen.

«Nein danke, aber ...» Damit hatte sie klargemacht, dass sie ihr Veto gegen Schönbier am Steuer einlegen würde.

Schönbier nickte. «Dann du! Du bist der Älteste.»

Mannhardt ärgerte sich nun doppelt und dreifach. Zum einen über das Du, das er noch immer nicht verdaut hatte, zum Zweiten über seine Zuweisung zum alten Eisen und zum Dritten darüber, dass er sich über das Du wie auch über den Hinweis auf sein Alter ärgerte.

«Wenn wir so weitermachen, kommen wir nie nach Schmöckwitz», stellte Yaiza Teetzmann fest.

«Dann fahren wir eben mit der Bahn», sagte Mannhardt.

«Das darf doch nicht wahr sein!», rief Schönbier.

«Doch. Die Leiche kann warten, und wir tun was gegen die Umweltverschmutzung.» Mannhardt freute sich über seine Idee, mit der er die Kuh vom Eis bekommen hatte. «Stimmen wir ab: Wer für die Bahn ist, der hebe die Hand.»

Er und Yaiza Teetzmann taten es, Schönbier nicht. Damit war die Sache entschieden, und nachdem sie im Internet die optimale Verbindung herausgesucht hatten, liefen sie zum Wittenbergplatz.

«Mit dem Bus zum Bahnhof Schöneberg, dann mit der S-Bahn nach Grünau und von da mit der Straßenbahn nach Schmöckwitz.»

DREI
2007

SIEGFRIED SCHWELLNUSS war vor zwanzig Jahren nach Friedenau gezogen, um hier in der Aue des Friedens, wie er seinen Stadtteil immer nannte, ein glückliches und erfülltes Leben zu führen. Mit Verena an seiner Seite, einer Grundschullehrerin. Doch die höheren Mächte hatten es anders gewollt, und die letzten Jahre waren die Hölle gewesen. Nach der Scheidung hatte er die Wohnung behalten, froh darüber, nun Platz für all seine Bücher und sogar kleinere Seminare zu haben. Doch dann hatte er Ulrike kennengelernt, und die hasste jede Form von Stadt, auch wenn sie so gehoben daherkam wie Berlin-Friedenau und große Männer wie Erich Kästner, Günter Grass, Uwe Johnson, Günther Weisenborn und Karl Schmidt-Rottluff als Mieter gesehen hatte, nicht zu vergessen die *Comedian Harmonists*. Ulrike klagte immer nur, sie würde in der Schwalbacher Straße ersticken, und entweder er zöge zu ihr hinaus nach Finkenkrug, was hinter Spandau im Brandenburgischen gelegen war, oder es wäre aus mit ihnen. Vielleicht hätte er nicht nachgegeben, aber da war ihm nach endlosen Streitereien vor mehreren Gerichten doch noch das ererbte Grundstück in Schmöckwitz zugefallen, und sie hatten beschlossen, das Haus am Imkerweg zu sanieren und auszubauen und dort einen Neustart zu wagen.

Es war nun viel zu planen und zu bedenken, so dass er

sich zur Durchsicht zweier Hausarbeiten zum Thema *Abnabelung von der Familie in den Zeiten des Nesthockers* geradezu zwingen musste. «Und zwar mit der Pistole an der Schläfe», wie er Ulrike gegenüber betont hatte, denn er hasste es, wenn ihm junge Leute in umständlicher Art und Weise, in diesem Falle auch noch ziemlich unbeholfen, das mitzuteilen versuchten, was er schon lange wusste.

... ob die Abnabelung nach der Geburt wirklich zur Traumatisierung eines Menschen führt, wissen wir nicht so genau, weil man ja ein Baby nicht danach befragen kann, was es fühlt. Vielleicht ist es ja auch froh darüber, nun ein eigenständiger Mensch zu sein. Noch immer an der Nabelschnur hängend, könnte ja ein Mann kaum zum Torschützenkönig der Bundesliga werden.

Schwellnuss musste nun doch ein wenig schmunzeln, obwohl das Geschriebene mit Wissenschaft nicht viel zu tun hatte. An den Rand schrieb er: *Sehr originell, aber ich bin nicht Mephistopheles, siehe Faust (Zeile 2009).* Dort stand: *Ich bin des trocknen Tons nun satt ...*

Die zweite Hausarbeit war ernsthafter angelegt, aber auch hier konnte er mitunter nur laut aufstöhnen und den Kopf schütteln.

Das Bestreben nach Neubelebung der kindlichen Einheit mit der Mutter in meinem Fallbeispiel kann man auch als Sucht verstehen. Er sucht/die Sucht – mit der Gleichheit der Worte ist schon alles gesagt. Der Volksmund sieht das auch so: Eifersucht ist, wenn man mit Eifer sucht. Einer meiner Freunde, 23 Jahre alt, verhält sich, wenn er betrunken ist, immer wie ein Baby und möchte sogar gewindelt werden, was voll in die Argumentationskette von Kernberg und anderen Autoren passt, dass Menschen nämlich mit pa-

thologischer Mutterbindung dazu neigen, auf die Stufe eines Säuglings zu regredieren, um dadurch wieder mit der Mutter zu verschmelzen.

Fast hätte Schwellnuss an den Rand geschrieben: *Ich hole meine Mutter auch zu mir ins Haus, ohne dass ich mich windeln lasse!*

Was sollte er den beiden für Noten geben? Dieses Ringen um Gerechtigkeit war noch stressiger als die bloße Lektüre. Einerseits war er gern der milde Vater, andererseits mussten auch gewisse Standards der Profession beachtet werden. Am liebsten hätte er gewürfelt, aber Würfel ohne die Zahlen drei bis sechs gab es nun einmal nicht.

Sein Telefon sonderte die seltsamen Klingeltöne ab, die Ulrike so schön fand. Froh über die Störung, nahm er das schnurlose Gerät aus der Empfangsstation und meldete sich mit einem anonymen «Ja, bitte ...?»

«Hier Grauen.»

«Hier auch ...»

«Wie?»

«Nein, Schwellnuss, aber ich habe nur an meine Hausarbeiten gedacht.»

«Ah, Sie sind gerade beim Putzen?», fragte Günther Grauen.

«Hausarbeiten, nicht Hausarbeit», erklärte ihm Schwellnuss. «Was gibt es denn Neues?»

«Eher was Altes ...», druckste Grauen.

«Wie?» Nun war es an Schwellnuss, nicht folgen zu können.

«In Schmöckwitz ist etwas Schreckliches passiert.»

«Was!? Sind die beiden jungen Leute beim Buddeln auf eine Bombe gestoßen und ...?»

«Eine Bombe schon, aber keine, wie Sie denken. Machen wir es kurz: An der Außenwand Ihres Hauses ist eine Leiche gefunden worden, das heißt ein Skelett, und es sieht ganz nach Mord aus.»

«Na, wunderbar!», rief Schwellnuss. «Das steigert ja den Wert der Immobilie ungemein, vor allem wenn die Tat auch noch im Haus geschehen ist.»

«Das weiß die Kripo noch nicht, man wird sich aber bald bei Ihnen melden.»

Schwellnuss variierte seine Ausrufe. «Wie schön!»

Günther Grauen wurde langsam ungehalten. «Was kann ich denn dafür?»

«Nichts, aber ... Die weiteren Pläne für Schmöckwitz können wir ja dann besprechen, wenn Sie mich mal im Knast besuchen.»

Als er wieder aufgelegt hatte, stürzte Schwellnuss ins Bad, wo Ulrike in einem irgendwie indisch anmutenden Kräutersud lag und auf eine wohltuende Wirkung für Leib und Seele hoffte. Nichts liebte sie mehr als diese exotischen Düfte und die göttliche Stille ringsum.

«Ist das alles eine Scheiße!», schrie Schwellnuss.

«Bitte», bat Ulrike ganz sanft, «nimm dich bitte etwas zurück, Siegfried.»

«Na, ist doch wahr! Da kämpfe ich nun fünfzehn Jahre, um endlich an dieses Haus zu kommen, und nun stellt sich heraus, dass da drin jemand ermordet worden ist! Die Leiche liegt im Garten, die haben sie vorhin gefunden.»

«Ich fürchte, es liegt ein Fluch auf diesem Haus. Ob es wirklich gut ist, dort einzuziehen?»

Schwellnuss knallte die Badezimmertür hinter sich zu. «Ich kann jeden verstehen, der ab und zu mal einen kleinen Mord begeht!»

Die Spezialisten hatten sich inzwischen die Leiche vom Imkerweg genauer angesehen und Mannhardt ihre ersten Erkenntnisse mitgeteilt. Er fasste die Nachricht mit eigenen Worten für Schönbier zusammen.

«Die erste Inaugenscheinnahme lässt die Annahme zu, dass wir es mit einer Frau zu tun haben. Das Skelett ist vergleichsweise grazil, die Muskelansatzpunkte sind geringer ausgeprägt als bei einem Mann, das Becken typisch. Alles muss aber noch mit den entsprechenden Tabellenwerten verglichen werden. Ein vorläufiges Messen der Röhrenknochen lässt auf eine Körpergröße von 1,65 bis 1,70 Meter schließen. Eine genau Altersschätzung der Person ist noch nicht möglich, aber der Schmelzabschliff der Zähne, die Randzackenbildungen an den Wirbelkörpern und die Verknöcherung des knorpeligen Kehlkopfgerüstes lassen eine erste Schätzung zu: um die zwanzig Jahre herum, vielleicht auch etwas älter. Zur Todesursache können noch keine Angaben gemacht werden. In Anbetracht der Bodenbeschaffenheit, des Pflanzenwuchses, der Verwitterung der Knochen und der Zerstörung der Kleidungsstücke kann eine erste Liegezeitschätzung vorgenommen werden: dreißig Jahre plus/minus fünf. DNA-Material konnte sichergestellt werden. Ebenso Reste der Bekleidung. Der skelettierte Schädel ist so gut erhalten, dass eine Gesichtsrekonstruktion über Computersuperpositionen gute Ergebnisse bringen müsste.»

«Das ist ja eine ganze Menge», sagte Schönbier.

«Dreißig Jahre plus/minus fünf», murmelte Mannhardt. «Dann läge der Tatzeitraum zwischen 1962 und 1972.»

«1972 und 1982», verbesserte ihn Schönbier. «2007 weniger dreißig ist 1977.»

«Ja, klar. Ohne Taschenrechner bin ich leider hilflos. 1977 ...» Mannhardt überlegte. «Die DDR in ihrer Blüte und schon durch den antifaschistischen Schutzwall vom Westen getrennt. Wie soll es da in der entwickelten sozialistischen Gesellschaft einen Mord gegeben haben?»

Yaiza Teetzmann, gerade hereingekommen, hatte die Antwort: «Als ob der Sozialismus die Menschen besser machte.» Sie schloss die Tür hinter sich. «Das ist nicht von mir, sondern stammt von einem Leipziger Schriftsteller: Steffen Mohr. Der hat es in einem Heft unserer *Blaulicht*-Reihe geschrieben, die Zensur hat es übersehen – und meine Schwester hat es in einem Aufsatz zitiert. Mann, gab das ein Theater bei uns zu Hause in Marzahn!»

«Was würde denn über den Schmöckwitzer Leichenfund im *Neuen Deutschland* stehen, wenn die DDR bei der deutschen Wiedervereinigung gesiegt hätte und Egon Krenz Bundeskanzler wäre?», fragte sich Mannhardt. «Wahrscheinlich: *Antifaschistische Widerstandskämpferin in den letzten Kriegstagen von der SS ermordet und an einer Hauswand verscharrt.*»

Yaiza Teetzmann schüttelte den Kopf. «Das hätten unsere Leute wegen der über dreißig Jahre Unterschied nicht mitgemacht. Eher hätte man versucht, die Sache einem Westler in die Schuhe zu schieben, rüber konnten ja die meisten von euch.»

«Hoffentlich habe ich für die Jahre 1972 bis 1982 ein lückenloses Alibi», sagte Mannhardt.

«Warten wir ab, bis wir Genaueres wissen», sagte Schönbier. Wenn ihn etwas anödete, dann waren es Dialoge wie der zwischen den beiden Kollegen. Alles zu unpräzise. Was zählte, waren allein die Fakten. Fakten, Fakten, Fakten. Das hatte er aus der Werbung, nicht aus dem *Focus*.

«Wann können wir denn selber mal unter die Lupe nehmen, was bei der Toten alles so gefunden wurde?», fragte Mannhardt.

Yaiza Teetzmann zuckte mit den Schultern. «Morgen oder übermorgen. Aber fahrt doch zu diesem Schwellnuss, und fragt den.»

«Wer ist Schwellnuss?», fragte Mannhardt.

«Der Eigentümer des Grundstückes. Wenn der nicht den Auftrag gegeben hätte, das Haus zu sanieren, dann wäre die Sache nie ans Licht gekommen.»

«Wenn er den Auftrag dazu gegeben hat, kann er selber schwerlich der Täter sein», merkte Schönbier an.

Yaiza Teetzmann grinste. «Er kommt jedenfalls aus West-Berlin.»

Mannhardt und Schönbier fuhren mit der U9 nach Friedenau, da sie wussten, wie nervig es war, dort nach einem Parkplatz zu suchen. Vom Zoologischen Garten bis zum Friedrich-Wilhelm-Platz brauchten sie gerade einmal acht Minuten. Sie standen so dicht nebeneinander, dass es schwer war, nur zu schweigen. Mannhardt erinnerte sich an eine alte Weisheit seiner Mutter: «Durch Reden kommt eine Unterhaltung zustande.» Also redete er.
«Trifft ein Psychologe den anderen und sagt: ‹Dir geht es gut – und wie geht es mir?›»

Als sie ausgestiegen waren, brauchten sie eine Weile, um sich zu orientieren. Die Gegend um den Friedrich-Wilhelm-Platz war ein wenig unübersichtlich, und prompt erwischten sie den Ausgang auf der falschen Seite. Dort war keine Schwalbacher Straße.

«Fragen wir mal jemanden», sagte Schönbier.

Mannhardt wehrte ab. «Das geht gegen meine Ehre als

Kriminalbeamter. Steigen wir noch mal in die U-Bahn runter und sehen auf dem Stadtplan nach.»

«Nicht mit mir!», erklärte Schönbier.

Da keiner nachgeben wollte, blieb ihnen nur das Prinzip *trial and error*, und so zogen sie eine halbe Stunde lang immer weitere Kreise um den Friedrich-Wilhelm-Platz, bis sie die Schwalbacher Straße gefunden hatten.

Danach konnte Mannhardt nicht mehr ernsthaft bestreiten, dass Psychologen und Psychiater in dieser seiner Gesellschaft unerlässlich waren.

Als Professor Dr. Siegfried Schwellnuss ihnen die Haustür öffnete, drohte Mannhardts Impulskontrolle zu versagen, und er hätte um ein Haar laut losgelacht, denn der Mann sah so sehr nach einer Parodie seines Berufsstandes aus, dass man glauben konnte, in eine Comedy-Serie geraten zu sein. Ein bisschen Ähnlichkeit hatte er mit Albert Einstein, ein bisschen mit Sigmund Freud und ein bisschen mit dem letzten Neandertaler.

«Ah, die Herren von der sehr verehrten Kriminalpolizei!», rief er. «Treten Sie bitte ein, aber möglichst nicht meine Tür, wie es Ihre Kollegen vom Sondereinsatzkommando so an sich haben.»

«War das bei Ihnen schon einmal der Fall?», fragte Schönbier.

«Nein, aber man muss ja heutzutage mit allem rechnen.»

«Sie wissen, warum wir hier sind?», fragte Mannhardt, als sie ins Wohnzimmer traten.

«Wegen Schmöckwitz, mein Architekt hat mich schon angerufen, der Herr Grauen. Schrecklich alles!» Schwellnuss fiel in einen seiner Sessel. «Aber ich werde Ihnen da auch nicht weiterhelfen können.»

«Es ist doch aber Ihr Haus?», wollte sich Mannhardt vergewissern.

«Das schon, aber erst seit Beginn dieses Jahres. Das heißt, eigentlich haben wir es schon 1975 geerbt, also meine Mutter, weil es deren Schwester gehört hat, meiner Tante, aber wir waren ja West-Berliner und damit rechtlos. Wenn ich Ihnen das mal erklären darf ...»

Diese Erklärung dauerte gut zwanzig Minuten, denn wegen einer angeblichen Tätigkeit der Tante für die CIA hatte die DDR Haus und Grundstück in Staatseigentum übergehen lassen. «... und der Einigungsvertrag hat solche Tatbestände außen vor gelassen, so dass wir seit 1990 pausenlos prozessiert haben. Ein Gerichtsverfahren nach dem anderen hat es gegeben, mein Anwalt ist dadurch ein reicher Mann geworden, und erst Anfang dieses Jahres ist es uns gelungen, den üblen Grundstücksbesetzer wieder zu vertreiben und in Besitz zu nehmen, was unserer Familie seit 1924 gehört hat.»

Mannhardt rechnete. Die Tat war zwischen 1972 und 1982 begangen worden, also kam Schwellnuss doch noch als Täter in Frage. «Sie sind Jahrgang ...?»

«1955», antwortete der Professor.

«Danke!» Mannhardt tat sich bei der Rechnung mit Jahreszahlen auch diesmal wieder schwer, und so dauerte es ein paar Sekunden, bis er herausgefunden hatte, dass Schwellnuss im Jahre 1974 alt genug gewesen war, um einen Mord zu begehen oder zumindest im Affekt zum Totschläger zu werden.

Schwellnuss nutzte die kleine Gesprächspause, um allen ein Glas Mineralwasser einzugießen.

«Prost!» Er trank so hastig, dass er rülpsen musste. «Oh, Pardon! Mal ganz direkt gefragt: Sind Sie eigentlich hier, weil sie mich für den Täter halten?»

«Wie kommen Sie denn darauf?», fragte Mannhardt zurück.

«Wozu bin ich Psychologe, ich spüre das.»

Schönbier lachte. «Wenn Sie wollen, dass Sie dadurch ins Fernsehen kommen, dann gerne.»

Mannhardt begann, laut zu denken. «Seit 1974 gab es Passierscheine für West-Berliner ... Und Sie haben Ihre Tante sicherlich öfter besucht?»

«Ja, natürlich!», rief Schwellnuss. «Um mich am Imkerweg mit meinen Geliebten aus der DDR zu treffen. Und eine von denen habe ich dann umgebracht und im Garten verbuddelt.»

«War das schon ein Geständnis?», fragte Schönbier.

Da fuhr Schwellnuss auf und verlor die Contenance. «Ich verbitte mir das! Da stecken doch die alten SED-Seilschaften dahinter, dieses Arschloch von Oybin. Das ist seine Rache, weil es mir schließlich doch noch gelungen ist, ihn von dem Land zu vertreiben, das er und sein Verbrecherstaat uns geraubt hatten!»

Mannhardt war geradezu entsetzt über diesen Wutausbruch des Intellektuellen. «Wer bitte ist Oybin?»

«Bernhard Oybin ist ein gänzlich unbedeutender, aber vom DDR-Regime hochgejubelter Schriftsteller, der dafür, dass er Honecker und Co. in den Arsch gekrochen ist, mit dem Grundstück am Imkerweg belohnt worden war. Er soll ein fürchterlicher Blaubart gewesen sein. Kein Wunder, dass da auch eine Leiche zurückgeblieben ist.»

VIER
2007

HANS-JÜRGEN MANNHARDT hatte zwar das Abitur gemacht, dann aber nicht studiert, sondern es vorgezogen, die Kommissarslaufbahn einzuschlagen und Beamter des gehobenen Dienstes zu werden. Lilo, seine Ex-Ehefrau, hatte ihm das immer wieder vorgehalten: «Was hätte aus dir nicht alles werden können, wenn du Volljurist geworden wärst!» In der Tat, dann würde er jetzt als Polizeidirektor in den Ruhestand gehen und nicht als Erster Kriminalhauptkommissar.

«Aber ob du damit glücklicher sein würdest?», wurde er immer wieder gefragt.

«Ja, sicher.»

Je höher jemand in einer Hierarchie nach oben stieg, desto näher war er dem Himmel.

Zu wissen, dass er aus seinem Leben nicht das gemacht hatte, was möglich gewesen wäre, schmerzte umso mehr, je älter er wurde. Am besten verstanden alte Skatspieler, was er meinte: «Da hast du das Blatt für einen Grand in der Hand und spielst aus lauter Angst nur Karo.» Das brachte achtzehn Punkte ein, ein gewonnener Grand aber sechzig.

Was seine Allgemeinbildung anging, da konnte er es mit Leuten aufnehmen, die ein *Prof. Dr.* vor dem Namen stehen hatten, und beim Trivial Pursuit galt er als unschlagbar. Das lag daran, dass man sich als Kriminalkommissar pausenlos in andere Lebens- und Wissensbereiche hineinfinden musste, wenn man Erfolg haben wollte. Diesmal war es die Literatur der DDR. Als West-Berliner hatte er von Anna Seghers *Das siebte Kreuz* gelesen, von Hermann Kant *Die Aula,* ebenso ein, zwei Werke von Stefan Heym, und auch die Namen Christa Wolf, Christoph Hein und Jurek Becker kannte er, aber damit hörte es auch schon auf. Wer um Himmels willen war nur Bernhard Oybin?

Bevor sie sich näher mit ihm befassten, gab er den Namen bei Google ein und erfuhr immerhin einiges.

Bernhard Oybin war 1929 in Rathenow als Sohn eines Anstreichers geboren worden und in ärmlichen Verhältnissen aufgewachsen. Sein Vater hatte der KPD angehört und mehrere Jahre im KZ gesessen. Das bewog den jungen Bernhard Oybin dazu, in die SED einzutreten. Nachdem man ihm ermöglicht hatte, das Abitur an der ABF, der Arbeiter- und Bauernfakultät, in Greifswald nachzuholen, studierte er Germanistik an der Humboldt-Universität zu Berlin und promovierte mit einer Arbeit zum Thema *Der Erste Weltkrieg im Spiegel deutscher Romane*. Schon während seiner Studienzeit hatte er zu schreiben begonnen und mit seinem ersten Roman *Der Fährmann von Ketzin* einiges an Aufsehen erregt. Sein größter Erfolg aber sei *Der Dispatcher* gewesen, der von der DEFA auch verfilmt wurde. Neben seiner schriftstellerischen Tätigkeit hatte Oybin als Redakteur bei verschiedenen Zeitschriften gearbeitet, gefürchtete Kritiken geschrieben und der Volkskammer der DDR angehört. Die Liste seiner Preise war lang. Bei der Ausbürgerung Wolf Biermanns und dem Ausschluss von Jurek Becker, Erich Loest und Stefan Heym aus dem Schriftstellerverband der DDR hatte er auf der Seite der Herrschenden gestanden. Laut Unterlagen der Gauck-Behörde hatte er als IM, also Inoffizieller Mitarbeiter des Ministeriums für Staatssicherheit der DDR, Berliner Schriftsteller ausgeforscht.

Nachfragen bei den verschiedenen Berliner Behörden ergaben, dass Oybin in einem Altenheim in Friedrichshagen untergebracht war. Sein Sohn lebte auf Kuba, seine Ex-Ehefrau, die Schauspielerin Katja Koschlick, in Karolinenhof. Mannhardt hielt es für besser, erst mit ihr zu sprechen, denn je mehr Informationen er im Vorfeld bekam, desto größere Chancen hatte er, Oybins Aussagen kritisch zu durchleuchten und ihn gegebenenfalls zu Fehlern zu verleiten. Der Sohn wäre auch nicht schlecht gewesen, aber ...

Mannhardt rief seinen Vorgesetzten an und fragte, ob der ihm eine kleine Dienstreise nach Havanna genehmigen würde.

«Nicht mal eine Havanna!»

«Aber einen Dienstfahrschein nach Karolinenhof bekommen wir doch bewilligt?»

«Dafür sperrt der Finanzsenator mich ein. Lasst die Dame doch zu euch kommen, das spart uns Kosten.»

Mannhardt murrte. «Ich bin ein altmodischer Mensch, ich sehe mir gerne das Ambiente an, in dem die Leute leben.»

«Na schön, fahrt hin, seht aber zu, dass ihr einen Billigflug bekommt.»

«Einen Billigflug nach Kuba?», fragte Mannhardt, denn Hartnäckigkeit war ja eine große Tugend seines Berufsstandes.

«Einen Stehplatz in der Straßenbahn nach Karolinenhof. Bei unserem ausgeknautschten Etat sind keine Platzkarten mehr drin.»

«Soll ich allein zu der Koschlick fahren oder Rico mitnehmen?», fragte Mannhardt.

«Nimm ihn mit, er soll sich schließlich einarbeiten. Und euch beide wird ja die Diva nicht vernaschen, bei einem alleine aber hätte ich da größte Bedenken, nach allem, was man so hört. Sie soll ja noch immer ein ziemlicher Vulkan sein.»

Und das war sie tatsächlich, denn kaum war sie auf das Klingeln der Beamten hin nach vorn an den Gartenzaun gekommen und hatte gehört, dass die Herren von der Kripo kamen und etwas über Bernhard Oybin in Erfahrung bringen wollten, da schrie sie auch schon los.

«Darauf habe ich dreißig Jahre lang gewartet, dass endlich einer kommt und dieses Schwein hinter Schloss und Riegel bringt!»

Mannhardt fühlte sich bei solchen Entgleisungen immer peinlich berührt und im Umgang mit Furien wie dieser schlichtweg überfordert, Schönbier aber registrierte den Ausbruch cool und ziemlich amüsiert und holte sein Handy hervor.

«Soll ich noch schnell beim rbb anrufen, damit die ein Kamerateam herschicken?»

Sie sah ihn böse an und konterte mit einem Filmzitat. «*Junge, so, wie du aussiehst, brauchst du keinen Strafzettel mehr. Du bist gestraft genug.* Polizist in *Mit Vollgas nach San Fernando*, USA 1980, Regie: Buddy Van Horn. Ich kenne Tausende von Filmen.»

«Haben Sie eigentlich im *Dispatcher* selber mitgespielt?», fragte Mannhardt.

Katja Koschlick riss die Augen auf. «Sie sind ja bestens informiert!»

«Wenn es um Mord geht, kann man nie genug wissen.»

«Nichts ist verjährt!», rief Katja Koschlick. «Und ein Mord schon gar nicht. Kommen Sie rein, meine Herren, setzen wir uns auf die Terrasse. In diesem April ist es ja wärmer als manchmal im August. Da können wir stundenlang über dieses Arschloch reden.»

«Ich bitte Sie, gnädige Frau», sagte Mannhardt, um sie ein wenig zu bremsen.

Katja Koschlick sah ihn scharf an. «*Ich möchte nicht gerne unterbrochen werden, wenn ich jemanden anpöbel.* Charles Laughton als Richter Horfield in *Der Fall Paradin*, USA 1947, Regie: Alfred Hitchcock.»

«Hitchcock passt immer», merkte Schönbier an, während er die leeren Bier-, Wein- und Schnapsflaschen musterte, die neben der Mülltonne aufgereiht waren.

Katja Koschlick hatte seinen Blick verfolgt. «Der Rest ist Saufen, wenn man keine richtigen Rollen mehr kriegt. Mal ein bisschen Synchron, mal ein bisschen Werbung, wer soll das aushalten können. Aber wer nimmt heute noch eine Schauspielerin, die einen IQ von 160 und ein abgeschlossenes Hochschulstudium hat?»

Damit waren sie auf der Terrasse angekommen und setzten sich. Mannhardt sah sich um.

«So richtig schlecht zu gehen scheint es Ihnen aber auch nicht?» Das Haus an der Vetschauer Allee war zwar keine Villa, aber immerhin mehr als eine Hütte.

Katja Koschlick ließ das kehlige Lachen hören, das einst ihr Markenzeichen gewesen war. «Ja, ja, Oybin musste ganz schön bluten, nachdem er mich abserviert hatte.»

«Wann sind Sie denn geschieden worden?», fragte Schönbier.

«Noch vor der Wende, 1988. Es war mit seinen vielen Weibern nicht mehr auszuhalten. Es gab immer wieder mal 'ne Abtreibung, und eine hat sogar ein Kind von ihm bekommen. Einmal hat er wegen seines unsittlichen Lebenswandels auch 'nen mächtigen Rüffel von der Partei bekommen.»

Mannhardt kam vorsichtig zum Grund ihres Besuches. «Sie wissen ja, was nebenan in Schmöckwitz passiert ist?»

Sie fuhr ihn an. «Nein, junger Mann, aber wissen Sie es denn?»

«Na sicher, wegen der skelettierten Leiche auf dem Grundstück Ihres Mannes sind wir doch hier.»

«Witzbold, das weiß ich natürlich auch. Aber wie soll ich denn wissen, was damals in Schmöckwitz passiert ist? Ich war ja nicht dabei, als er eine von seinen Miezen umgebracht hat.»

«Aber zu der Zeit waren Sie doch noch verheiratet mit ihm?», wollte sich Schönbier vergewissern.

«Zu welcher Zeit?», fragte Katja Koschlick zurück.

«Der Mord ist irgendwann zwischen 1972 und 1982 geschehen.»

«Verheiratet waren wir noch, ja, aber ich war selten in Schmöckwitz draußen. Mal war ich zu Dreharbeiten unterwegs, mal an der Ostsee, mal am Balaton.» Sie fixierte Mannhardt und Schönbier. «Sind Sie etwa hier, weil Sie mich in Verdacht haben?»

Mannhardt fürchtete ihren Gefühlsausbruch, wenn er die Frage bejahte, und schwieg deshalb nur beredt.

Schönbier hingegen hielt sich nicht zurück und nahm lediglich seine Sonnenbrille ab, um nicht am Auge verletzt zu werden, wenn sie mit dem Aschenbecher nach ihm werfen sollte.

«Es ist unsere Pflicht, jeder Spur nachzugehen, und die Rache einer betrogenen Ehefrau ist ein Motiv, dem wir öfter mal begegnen.»

Katja Koschlick sprang auf. «Das Schwein hat Sie also auf mich gehetzt.»

«Wir waren ja noch gar nicht bei ihm», sagte Schönbier.

«Dann war es sein Freund, dieser Schwachkopf Mutsch.»

«Welcher Mutsch?», fragte Mannhardt.

«Na, Martin Mutsch, der Krimischreiber, den er immer gefördert hat.»

Mannhardt horchte auf. «Ein Krimischreiber?»

«Ja, der war mal Kriminalkommissar bei irgendeiner MuK, einer Morduntersuchungskommission, hier im Umland und hat sich zu Höherem berufen gefühlt. So schwul, wie er sei, sagt er, habe er es bei der Polizei nicht mehr ausgehalten. Sich immer verstellen. Ich mag ihn, aber ...»

«Was aber?», fragte Mannhardt. «Sie denken da an ein Tauschgeschäft? Ihr Mann hilft Mutsch, damit der als Schriftsteller reüssiert, Mutsch revanchiert sich dann, als es darum geht, eine Leiche verschwinden zu lassen?»

Katja Koschlick nickte. «Sie sagen es, junger Mann. *Die Menschen sind nicht nur menschlich. Verstehst du? In ihnen drin lebt auch ein Tier.* Der Blinde Jon Voight in *U-Turn – Kein Weg zurück*, USA und Frankreich 1997, Regie: Oliver Stone.»

Martin Mutsch wohnte in der Schönhauser Allee, und da es dort eine Hochbahn gab, konnten Mannhardt und Schönbier auch in diesem Falle auf ein Dienstfahrzeug verzichten und einen weiteren Beitrag zur Entschuldung ihres bettelarmen Bundeslandes leisten.

Mannhardt fuhr nicht gern mit der Hochbahn, insbesondere wenn er in einem Wagen saß, der zur Baureihe *Gisela* gehörte und noch in der DDR gebaut worden war, in

Hennigsdorf. Die *Gisela*-Züge waren zwar alle «ertüchtigt« worden, wie das in der Fachsprache hieß, aber dennoch ... Als West-Berliner stand er allen Produkten aus der DDR mehr als skeptisch gegenüber. Was aus einem VEB, einem Volkseigenen Betrieb, kam, das konnte a priori nichts taugen, wo es denen doch an allem gefehlt hatte. War er mit alten Freunden zusammen, wurden über die DDR-Wirtschaft ständig Witze gerissen.

Honecker besucht Helmut Schmidt. «Erich, setz dich doch hin und nimm deinen Rucksack ab», fordert der Bundeskanzler ihn auf. Honecker: «Das geht nicht, da ist mein Herzschrittmacher drin.» – «So ein großes Ding? Meiner ist doch nur so groß wie eine Streichholzschachtel.» – «So groß war meiner früher auch, aber seit wir alles auf Braunkohle umgestellt haben ...»

Yaiza Teetzmann konterte immer damit, dass sie ihm mit einem Spruch aus der BRD kam. «Wie war das noch mit der AEG, wofür stehen die drei Buchstaben? Doch für: Auspacken, einschalten, geht nicht.»

Schönbier langweilte das alles. Wurde er gefragt, ob er aus dem Osten oder aus dem Westen käme, antwortete er immer: «Aus dem Süden, aus Lichtenrade.»

Martin Mutsch lebte in bescheidenen Verhältnissen. Die kleine Wohnung im dritten Stock eines Hinterhauses war vollgestellt mit Büchern, so etwa allen Bänden der legendären *DIE*-Reihe – *Delikte, Indizien, Ermittlungen* –, die eigenen Werke dadurch hervorgehoben, dass sie dem Betrachter nicht nur den schmalen Rücken, sondern das ganze Cover zeigten. Glückwunschkarten mit einer großen Siebzig drauf lagen auf dem Schreibtisch herum, so dass man daraus schließen konnte, dass er vor kurzem seinen Geburtstag gefeiert hatte.

«Dann nachträglich noch ...», sagte Mannhardt, nachdem sie sich begrüßt hatten. «Bei uns in den Zeitungen war gar nichts davon zu lesen, dass Sie ...»

«Bei uns auch nicht», fügte Martin Mutsch hinzu. «Wenn Sie damit das *Neue Deutschland* meinen. Aber zum einen bin ich nach dem Ende der DDR zu einem – wie sagt man bei Ihnen? – No-Name-Autor geworden, und zum anderen hat die Kriminalliteratur in der DDR immer einen sehr niedrigen Stellenwert gehabt, obwohl es in der *Blaulicht*-Reihe sogar ein Heft von Erich Loest gegeben hat.»

Während sie Martin Mutsch in sein Wohnzimmer folgten und Platz nahmen, fiel Mannhardt noch etwas zur *Blaulicht*-Reihe ein. «Ist die nicht anfangs vom Ministerium des Innern herausgegeben worden?»

Martin Mutsch war erstaunt, dass ein West-Berliner so etwas wusste. «In der Tat. Die Arbeit der Volkspolizei sollte ebenso wohlwollend wie realistisch dargestellt werden. Unsere Hochliteraten haben immer gelästert, die *Blaulicht*-Hefte seien nötig, weil es in der DDR keine *BILD*-Zeitung gab. Aber als ich einmal Ärger mit der SED hatte, hat Bernhard Oybin zu mir gesagt, ich solle doch Krimis schreiben, weil ich da ein wenig frecher sein dürfe.»

«Was Sie dann ja auch getan haben.» Mannhardt wies auf die Bände der *DIE*-Reihe, auf denen der Name *Martin Mutsch* zu lesen war.

«Ja, sicher. Schließlich gab es 1500 Mark für das kleine und 2500 Mark für das doppelte Heft, was bei den niedrigen Preisen bei uns eine Menge Geld war. Und bei einer Auflage von vielleicht 175 000 Exemplaren war man schnell im ganzen Land bekannt. Das hat mir damals sehr geholfen, meine Arbeit bei der Volkspolizei aufzugeben. Aber das Schreiben ist eben eine Sucht.»

«Und Oybin hat Ihnen dabei kräftig geholfen?», fragte Schönbier, der das Referat über den Krimi in der DDR nur langweilig fand.

«Bernhard, ja ... Er ist eine Seele von Mensch und hatte eine Unmenge an Freunden aus aller Welt. Immer und überall hat er geholfen.»

Klar, dachte Mannhardt, je mehr Leute Oybin kannte, desto mehr konnte er seinem Führungsoffizier erzählen und der Stasi eine Freude machen.

«Sie wissen, warum wir hier sind?», fragte Schönbier.

«Noch kann ich Zeitung lesen», antwortete Martin Mutsch. «Noch sind meine Augen gut genug.»

«Und?»

Martin Mutsch lachte. «Von Kollege zu Kollege: Ich an Ihrer Stelle würde aufgeben, bevor ich angefangen habe, denn ich will nicht sagen, dass die halbe DDR als Täter in Frage kommt, aber in der fraglichen Zeit werden Hunderte von Freunden und Freundinnen im Haus am Imkerweg gewesen sein - und zwar in Bernhards Abwesenheit.»

«Wie das?», fragte Schönbier.

«Im Sommer war er fast immer in seinem Ferienhaus in Baabe, auf Rügen also, und hat das Haus in Schmöckwitz gern anderen zur Verfügung gestellt, wenn die in Berlin waren. Und Katja war nie da, die hat den Imkerweg gehasst. Sein Motorboot hat hinten am Zeuthener See gelegen, auch das hat viele angelockt. Der eine hat den Schlüssel an den anderen weitergegeben, und es hat x Schlüssel gegeben. Viele von seinen verheirateten Freunden haben Schmöckwitz auch als Liebesnest benutzt, um es da mit ihren Freundinnen zu treiben. Ich habe auch einmal einen Freund mitgenommen ... Sie wissen ja, dass wir Schwulen es in der DDR nicht leicht hatten. Aber es geht ja hier um eine tote Frau. Nun, ich will das einmal so formulieren: Dass Sie da bei Oybin am Imkerweg nur eine skelettierte Leiche gefunden haben, ist eigentlich erstaunlich.»

Mannhardt fand es überhaupt erstaunlich, dass man nicht eher auf den Mord am Imkerweg gekommen war. «Bei der lückenlosen Kontrolle, die das Ministerium für Staatssicherheit über alles hatte, und bei der ausgezeichneten Kriminalpolizei bei Ihnen drüben ...?»

«Nun, bei der Nomenklatura schaute man nicht immer so ganz genau hin, und Bernhard Oybin war ja zu seinen besten Zeiten so etwas wie ein Heiliger bei uns. Und offenbar ist die Frau, die da in Schmöckwitz gefunden wurde, von niemandem vermisst worden.»

«Im fraglichen Zeitraum hat es Hunderte von Vermisstenmeldungen gegeben», sagte Schönbier. «Im Westen wie im Osten, und ehe wir uns da durch alle durchgearbeitet haben ...»

Mannhardt fixierte Martin Mutsch. «Dass Sie Ihrem Freund und Gönner aus der Bredouille helfen wollen, ist sicherlich verständlich und ja durchaus auch ehrenhaft, aber für uns ist er nun einmal ganz automatisch der Tatverdächtige Nummer eins.»

«Ich würde eher von *einer* Tatverdächtigen sprechen», sagte Martin Mutsch.

«Sie meinen seine Ex-Frau?», fragte Schönbier.

«Katja Koschlick, ja. Mit ihren Psychosen und Borderline-Störungen gehört sie eigentlich wieder in die Psychiatrie. Den ganzen Tag hockt sie nur zu Hause und sieht sich alte Filme an ... und trinkt dabei. Ihr Hass auf Bernhard ist pathologisch, und ihn jetzt mit einer Mordanklage vor Gericht zu sehen wäre der Höhepunkt ihrer Rache. Dass er halb gelähmt im Rollstuhl sitzt, das reicht ihr nicht.»

Friedrichshagen am Müggelsee war an sich der ideale Ruhesitz für einen Literaten, denn hier hatten Wilhelm Bölsche und Bruno Wille gelebt und 1888/89 ihren Dichterkreis begründet, zu dem unter anderen auch Richard Dehmel, Knut Hamsun, Gerhart Hauptmann, Peter Hille, Erich Mühsam, Frank Wedekind und Else Lasker-Schüler gezählt wurden, doch Mannhardt hatte seine Zweifel, ob Bernhard Oybin mit dem Heim, in dem er lebte, sonderlich zufrieden war. Die Pflegekräfte waren mufflig und schienen demotiviert und überfordert zu sein, in den Fluren roch es nach Urin.

Die Heimleitung hatte Oybin von ihrem Kommen informiert, und so kam er ihnen auf dem Flur mit seinem Rollstuhl entgegen. Mannhardt hatte diesmal Yaiza Teetzmann mitgenommen, weil er hoffte, durch sie, der Ex-DDR-Bürgerin, einen besseren Zugang zu ihm, dem Ex-DDR-Heroen, zu bekommen.

«Wehe den Besiegten!», rief Oybin ihnen zu. «Erst nehmen sie mir die Ehre, die neuen Herren, dann berauben sie mich meines Eigentums, und jetzt schicken sie auch noch den Henker zu mir.»

Halt's Maul, du altes Stasi-Schwein, dachte Mannhardt bei sich.

«Ich habe Ihre Bücher immer gern gelesen», sagte Yaiza Teetzmann. «Und insbesondere *Der Dispatcher* ist in meinen Augen ein Meisterwerk.»

Da leuchteten Oybins Augen. «Richtig: Was damals ein Meisterwerk war, kann heute kein Machwerk sein, und was damals Recht war, kann heute kein Unrecht sein.»

Mannhardt fletschte die Zähne. «Das kenne ich doch von Hans Filbinger.» Gab es furchtbare Juristen, so gab es auch furchtbare Schriftsteller.

Oybin hatte es nicht gehört, denn zu sehr war er damit beschäftigt, Yaiza Teetzmanns Figur in sich aufzunehmen.

«Kommen Sie, mein Zimmer ist gleich hier nebenan, lassen Sie uns miteinander plaudern.»

Mannhardt verstand, warum der Mann mit seinem Charme die Frauen reihenweise erobert hatte. Er war einer von denen, die auch mit neunzig noch konnten und immer sagten, ein Mann nähme seine Potenz mit ins Grab. Er ließ Yaiza Teetzmann freie Hand, denn wenn er sich einmischte, lief er nur Gefahr, dass Oybin ihm ein Disziplinarverfahren anhängte.

Oybins kleines Zimmer war eine Zumutung und mit der Würde des Menschen, wie sie im Grundgesetz fixiert war, nicht ganz zu vereinbaren, das musste sich auch Mannhardt eingestehen. Es war eine Aufbewahrungsbox für Abgeschobene, deren baldiges Ableben anzunehmen war. Irgendwie tat er Mannhardt sogar ein wenig leid.

«Ich weiß, wie kränkend es für Sie sein muss, Herr Oybin, aber ...» Yaiza Teetzmann zögerte fortzufahren. «Fakt ist nun einmal, dass auf Ihrem Grundstück in Schmöckwitz eine Leiche gefunden worden ist und alles auf einen Mord hindeutet.»

«Und die West-Presse wartet nur darauf, mir den anhängen zu können», sagte Oybin. «Aber da kann ich ihr nur hinterherrufen: *Nu pogodi!*»

«Das heißt: Na warte!», übersetzte Yaiza Teetzmann für Mannhardt. «Und stammt aus einer legendären sowjetischen Zeichentrickserie bei uns. Da gab es einen freundlichen, wissbegierigen Hasen und einen bösen Wolf. Der verliert zwar alle Duelle mit dem Hasen, steht aber nach jeder Niederlage wieder auf und brüllt dem davonhüpfenden Hasen hinterher: *Nu pogodi!*»

Mannhardt wollte sich der Sinn dieser Bemerkung nicht ganz erschließen, sah er doch in Oybin nicht den lieben Hasen, sondern den bösen Wolf.

Oybin setzte zu einer längeren Rede an. «Nun, ich hasse abgestandene Redewendungen, aber manche bringen einen Tatbestand wirklich auf den Punkt, zum Beispiel: Jede gute Tat rächt sich einmal. Jahr für Jahr habe ich mindestens einem Dutzend von guten Freunden und Verwandten mein Domizil in Schmöckwitz zur Verfügung gestellt.»

«Da war doch sicherlich auch alles verwanzt!» Mannhardts spontaner Ausruf entsprang keiner moralischen Verurteilung, sondern der Hoffnung, dass sich in den Stasi-Unterlagen noch etwas finden ließ, das sie auf die Spur des Mörders brachte.

«Raus hier!», schrie Oybin.

Mannhardt reagierte so cool, wie er es bei Schönbier gesehen hatte. «Dem Sieger fällt es nicht schwer zu gehen. Frau Teetzmann kann ja sicher noch bleiben.»

Damit verließ er den Raum, um vor der Tür auf und ab zu gehen. Es dauerte. Nach einigen Minuten hörte er Yaiza Teetzmanns Lachen, fast war es ein Kreischen. Mannhardt stöhnte auf. Seine Kollegin als Groupie, es war nicht zu fassen. Endlich kam sie auf den Flur hinaus.

«Das war ja voller Einsatz, um ihm ein Geständnis abzuringen», sagte Mannhardt. «Hat er denn gestanden?»

«Und wie!», rief Yaiza Teetzmann.

«Könntest du bitte deine sexistischen Bemerkungen im Dienst unterlassen, ich wende mich sonst an den Männerbeauftragten.»

«Okay, entschuldige. Nein, Oybin hält das alles für eine Rufmordkampagne. Er wird sich in den nächsten Tagen hinsetzen und mir eine Liste mit allen Freunden und Bekannten geben, die in den fraglichen Jahren bei ihm in Schmöckwitz in seiner Abwesenheit zu Gast gewesen waren. Soweit er sich erinnern kann.»

«Und will», fügte Mannhardt hinzu.

«Wenn es ihn entlastet, wird er schon wollen.»

Mannhardt hatte da so seine Bedenken. «Er wird doch keinen Freund der Klassenjustiz ausliefern wollen.»

«Warten wir's ab.»

«Ich könnte mir schon vorstellen, dass er's selber war», sagte Mannhardt.

«Dir geht's ja nur um die klammheimliche Freude!», hielt Yaiza Teetzmann ihm vor.

«Zugegeben, aber als West-Berliner – und damit als Opfer der DDR-Diktatur – darf ich die wohl haben.»

FÜNF
2007

HANS-JÜRGEN MANNHARDT hockte hinter seinem Schreibtisch und gab sich, da er allein im Zimmer war, dem Büroschlaf hin. Abgesehen davon, dass dieser gesund sein sollte, vertraute er als jemand, der brav seine Kirchensteuern zahlte, auch der alten Verheißung: *Den Seinen gibt's der Herr im Schlafe.* In diesem Falle hoffte er auf eine Erleuchtung, was den Schmöckwitzer Leichenfund betraf.

Und es schien so, als hätte er auf die richtige Karte gesetzt, denn als nach einer halbstündigen Siesta Yaiza Teetzmann zu Besuch kam, brachte diese frohe Kunde mit.

«Du, sie haben am Imkerweg im Grab noch etwas gefunden.»

«In welchem Grab?», fragte Mannhardt.

Yaiza Teetzmann schlug sich mit der flachen rechten Hand gegen die Stirn. «Mensch, da an der Hauswand, wo das Skelett gelegen hat!»

Mannhardts Gehirn brauchte einige Sekunden, bis es mit dem *Booten* fertig war. «Ach, da bei Oybin ... Haben sie noch den Personalausweis der Toten gefunden?»

«Nein, aber so etwas Ähnliches: eine Kette mit einem Anhänger dran, und auf dem stehen die Initialen *A. K.*»

«Na prima!», rief Mannhardt. «Suchen wir nach allen vermissten Frauen mit den Vornamen Anna, Annegret, Anneliese, Annerose, Amalie, Amalaswintha – das war eine

Königin der Goten, aber die wird ja kaum in Schmöckwitz ermordet worden sein –, Agnes, Asta, Anastasia ...»

«Ist ja gut!» Leicht genervt unterbrach ihn Yaiza Teetzmann. «Ich bewundere dein Gedächtnis, aber ...»

«Das K, ich weiß. A. K.? Da fällt mir auf Anhieb nur die Anna Karsch ein, die deutsche Sappho aus Berlin, aber die hieß ja Anna Louisa und muss so um Napoleon herum gestorben sein. Also kommt sie für Schmöckwitz kaum in Frage.»

Yaiza Teetzmann hatte keine Lust zu literarischen und sonstigen Ausflügen. «Das kleine Kettchen ist zerrissen, was darauf schließen lassen könnte, dass die Frau erwürgt worden ist.»

«Ich würde eher sagen, dass es gerissen ist, als der Täter die Frau in die Grube am Haus geworfen hat. Komisch aber, dass ihm das nicht aufgefallen ist.»

«In seiner Panik ...» Yaiza Teetzmann sah da keine Probleme. «Sie wird ja noch bekleidet gewesen sein, als er sie aus dem Haus geschafft hat, und dunkel ist es vielleicht auch noch gewesen.»

«Werden wir also in den nächsten Tagen alle Vermisstenlisten nach dieser A. K. durchflöhen», sagte Mannhardt. «Haben wir keine Praktikanten dafür?»

«Musst du mal welche beantragen.»

Mannhardt hatte keine rechte Lust dazu. «Dass das Geld dafür da ist, möchte ich bezweifeln. Schließlich müssen wir drei Opernhäuser und den Neubau des Stadtschlosses finanzieren.»

Obwohl er solche Arbeiten hasste, machte er sich selber auf die Suche nach den Vermisstenlisten der Jahre 1972 bis 1982, denn Bernhard Oybin zur Strecke zu bringen war ihm jedes Opfer wert. Doch bis zum Feierabend war er keinen

Schritt vorangekommen, so dass er sich erst einmal in die U-Bahn setzte und nach Hause fuhr.

Als er aufgeschlossen hatte, kam ihm Heike entgegen, die sehr erstaunt darüber war, ihn zu sehen.

«Ich dachte, du wärst gleich weitergefahren.»

«Weitergefahren?», wiederholte Mannhardt. «Wohin denn?»

«Na, in die Fasanenstraße ins Literaturhaus. Da tritt doch heute Abend einer deiner besten Freunde auf.»

«Einer meiner besten Freunde?» Mannhardt ging gedanklich alle seine Freunde durch, aber die schrieben nur Einkaufszettel und Urlaubskarten. «Wer soll denn das sein?»

«Na, der große Bernhard Oybin.»

Der Berliner Landesverband des VS, des Verbandes deutscher Schriftsteller, in der Gewerkschaft ver.di hatte sich vor geraumer Zeit eine Veranstaltungsreihe mit dem Titel *(Fast) vergessene Schriftsteller* einfallen lassen, und diesmal war Bernhard Oybin an der Reihe. Ort der Veranstaltung war der Kaminsaal des Literaturhauses in der Fasanenstraße.

Mannhardt kam vom U-Bahnhof Kurfürstendamm und staunte, dass man den alten Kult-Boulevard der West-Berliner noch immer nicht zum kurfürstlichen Jagdweg zurückgebaut hatte. Der Bahnhof Zoologischer Garten hatte ja seinen Status als ICE-Halt verloren und war tief gesunken. Während die Ost-Berliner jedem zu Mauerzeiten hinterlassenen Furz andächtig nachtrauern durften, machte man sich über die nostalgischen Gefühle der West-Berliner nur lustig. Wenigstens wurde der Palast der Republik nun abgerissen.

Die Fasanenstraße war nicht gerade Mannhardts Lieblingsgegend. Die hier ansässigen Galerien und das Literaturhaus waren ihm nicht nur fremd, sondern so zuwider, dass er jedem Anarchisten klammheimlich Beifall gespendet hätte, wenn der mit einem Stein oder einem Molotowcocktail in der Hand angetreten wäre, um die bourgeoisen Ausbeuter und all die süßlichen Schöngeister ein wenig zu ärgern. Sofort verbot er sich aber diesen Impuls, denn zum einen war er Beamter des Landes Berlin, und zum anderen waren diese Gedanken wohl auch ein wenig faschistoid.

Aber auch, dass sich ein Stasi-Schwein wie Bernhard Oybin nun in seinem West-Berlin produzieren durfte, ärgerte ihn gewaltig. Wozu hatten die West-Berliner eigentlich heroisch gegen den Kommunismus gekämpft?!

Als er den Vorgarten des Literaturhauses durchquerte, sah er, dass sich mehrere Leute mühten, in Ermangelung einer Rampe einen Mann im Rollstuhl nach oben zu tragen. Schnell lief er hin, um zu helfen. Zu viert schafften sie es letztendlich. Sowohl drinnen wie auch draußen gab es eine Menge Stufen, und Mannhardt geriet nicht nur ins Schwitzen, sondern malträtierte auch seine Bandscheibe in einem Maße, dass es heftig zu schmerzen begann.

Erst als sie oben angekommen waren, bemerkte er, wem er da eigentlich geholfen hatte: keinem Geringeren als Bernhard Oybin.

Der starrte ihn an. «Sie?!»

«Ja.» Mannhardt reckte sich. «Bei uns gelten nicht die Weisungen des Zentralkomitees der SED, bei uns gilt das Lukasevangelium: *Liebet eure Feinde; tut wohl denen, die euch hassen …*»

Damit ging er zum Kaminsaal, um sich einen Platz

ganz hinten in der letzten Reihe zu sichern. Oybin starrte ihm hinterher, das merkte Mannhardt, ohne dass er sich umdrehen musste. Und wenn er wirklich der Mörder war, musste er sich ganz schön verunsichert fühlen.

Langsam füllte sich der Raum, der vielleicht sechzig Gästen Platz bot, wenn man die Stühle eng genug stellte. Mannhardt musterte die Gesichter. Die meisten sahen nach alten Kadern aus. Jetzt hatten sie doch noch den Kudamm erobert. Die Jüngeren und die Journalisten schienen gekommen zu sein, weil sie eine Sensation erwarteten. Würde die Szene zum Tribunal werden und jemand Oybin so in die Enge treiben, dass er ein Geständnis ablegte? Dies war Mannhardts große Hoffnung, aus diesem Grund war er hier.

Wie bei solchen Veranstaltungen üblich, begann man mit einer Verspätung von mehr als zehn Minuten. Man wartete noch auf die Literaturwissenschaftlerin, die man eingeladen hatte, um Biographisches zu Bernhard Oybin zu sagen. Endlich erschien sie und wurde neben ihm platziert, dann trat der Vorsitzende an den Tisch, um die Begrüßungsworte zu sprechen. Er wies darauf hin, dass dies heute eine ganz besondere Veranstaltung sei.

«Normalerweise beginne ich ja immer mit dem Brecht-Wort: *Der Mensch ist erst wirklich tot, wenn niemand mehr an ihn denkt*, heute aber muss ich anders beginnen, denn der Kollege, der diesmal im Mittelpunkt steht, ist ja, wie wir alle sehen, noch höchst lebendig. Über sein Leben und Schaffen und seine gesellschaftliche Wirkung wird uns Frau Dr. Renate Riebensahm Auskunft geben, die über ihn promoviert hat. Im Westen, so viel sei schon vorweggenommen, ist Bernhard Oybin für das breite Publikum ein Unbekannter, während er in der DDR jedem Schulkind vertraut war. Das kommt in Deutschland öfter vor, auch umgekehrt. Auch um diesem Mangel etwas abzuhelfen, haben wir Bernhard Oybin zu dieser Veranstaltung eingeladen. Obwohl es ihm gesundheitlich nicht gut geht – kein Wunder nach den Aufregungen der letzten Tage –, wird er selber das tun, wozu wir sonst immer einen Schauspieler einladen: nämlich aus den Werken Bernhard Oybins vorlesen. Dazu wünsche ich Ihnen allen ein hohes Maß an intellektuellem Vergnügen.»

Nachdem gebührend geklatscht worden war, begann Renate Riebensahm mit ihren Ausführungen. Mannhardt kannte ja Oybins Lebenslauf und hatte schnell mit Langeweile und Müdigkeit zu kämpfen. Um wach zu bleiben, starrte er auf die Knie der Referentin, die unter dem Tisch hervorschauten, aber libidinöse Gedanken wollten sich partout nicht einstellen. Zu dürr war die Dame, zu sehr Oberlehrerin. Er wendete den Kopf nach links, um jemanden zu entdecken, der so aussah, als wäre er gekommen, um Oybin in die Pfanne zu hauen. Auf den ersten Blick war keiner auszumachen. Er entschloss sich zuzuhören.

«... was Bernhard Oybin war, das hatte er der Partei zu verdanken, und er war jung und idealistisch genug, um zu wissen, dass er ihr dies alles zurückzugeben hatte – mit seiner gesellschaftlichen Tätigkeit, vor allem aber mit seinen Romanen. Wir hören dazu eine Passage aus dem *Fährmann von Ketzin*, wo Martin, der hochbegabte Textilingenieur, der in den Westen gegangen war, voller Enttäuschung und reumütig in die DDR zurückgekehrt, um im Kreise seiner wahren Freunde am Aufbau eines menschlichen Sozialismus mitzuwirken.»

Mannhardt murmelte, dass er eine Kotztüte brauche, wurde dann aber, als Oybin zu lesen begann, mit jedem Satz mehr in dessen Bann gezogen. So verlogen alles auch war, es ergriff ihn, weil Martins Träume auch seine Träume gewesen waren, und leise summte er vor sich hin, was Linda Perry von den 4 Non Blondes immer sang: *«Twenty-five years and my life is still/Trying to get up that great big hill of hope/For a destination ... And I pray, oh my god do I pray/I pray every single day/For a revolution.»*

Bernhard Oybins Meisterschaft hatte zweifellos darin bestanden, die Menschen auf diesen wunderbaren großen Berg der Hoffnung mitzunehmen, der Hoffnung auf eine friedliche und glückliche Gesellschaft, in der jeder gebraucht und geschätzt wurde.

Mannhardt, zu Tränen gerührt und in den Tiefen seines Herzens immer irgendwie Sozialist geblieben, verzieh Bernhard Oybin in diesem Augenblick all seine Verfehlungen. Er hasste die DDR und bejubelte ihren Untergang, doch er konnte auch verstehen, warum Menschen sich voll auf sie eingelassen hatten. Wer hätte 1945/46 auch ahnen können, wie alles einmal enden würde? Das Experiment hatte gewagt werden müssen.

Als sowohl die Lesung wie auch die wissenschaftliche Kommentierung zu Ende waren und die Diskussion begann, fürchtete Mannhardt das, was er anfangs so erhofft hatte, dass nämlich jemand vortrat und Oybin des Mordes überführte. Und in der Tat, das Tribunal ließ sich nicht aufhalten.

«Werden Sie denn nun auch einen Roman über den Mord am Imkerweg schreiben?», lautete die erste Frage.

Oybin versuchte, gelassen zu bleiben. «Warum sollte ich?»

«Um auch auf dem westlichen Markt Erfolg zu haben. Jetzt, wo Sie unter Mordverdacht stehen, reißt sich doch die Presse um Sie.»

«Ich habe mein Leben gelebt, ich brauche keine Erfolge mehr», erwiderte Oybin. «Man hat mir alles genommen: erst mein Land, dann mein Haus und mein Grundstück und nun auch noch meine Ehre. Ein Mörder soll ich sein?!»

Da sprang Professor Schwellnuss auf, der so saß, dass Mannhardt ihn vorher gar nicht wahrgenommen hatte.

«Sie Lügner!», schrie Schwellnuss. «Das Grundstück am Imkerweg hat, seit Schmöckwitz parzelliert worden ist, meinen Verwandten gehört, und als meine Tante, weil die Stasi hinter ihr her war, nach West-Berlin geflüchtet ist, hat es ihr das DDR-Regime geraubt und Sie, Herr Oybin, damit belohnt. Das war von Anfang an widerrechtlich, und wenn Sie im letzten Jahr gehen mussten, dann allein deswegen, weil das Recht es so wollte.»

«Das Recht der Sieger!», warf Oybins Biographin ein.

«Das Recht eines demokratischen Rechtsstaates!», rief Schwellnuss. «Und wenn Sie, Herr Oybin, noch etwas Ehre im Leib hätten, dann würden Sie jetzt für all die Jahre, die Sie am Imkerweg gesessen haben, die Pacht zahlen. Nicht an mich, sondern an die Opfer des Stalinismus und des DDR-Unrechtregimes. Aber das tun Sie ja nicht. Wie heißt es doch so schön in einem DEFA-Film: *Die Mörder sind unter uns!*»

In diesem Augenblick fasste sich Bernhard Oybin ans Herz und sackte in sich zusammen.

Kirsten Klinkhammer saß mit ihrem Mann im Restaurant des Fernsehturms und genoss die Aussicht auf ihre Heimatstadt. Da sie sich langsam drehten, bekamen sie nacheinander alles zu sehen – Ost wie West.

Sie zeigte in Richtung Norden. «Da hinten, links vom

Planetarium, da habe ich die ersten fünf Jahre meines Lebens verbracht, in der Stargarder Straße. Die geht von der Prenzlauer Allee ab. In der Nähe war auch ein großer Park. Dann sind meine Eltern in den Westen rüber, zwei Monate vor der Mauer.»

Ihr Mann nahm ihre Hand. «Gut, dass die das getan haben, sonst wären wir uns nie über den Weg gelaufen. Eine Frau aus der DDR hätte ich ja nie heiraten können.»

Sie lachte. «Als Amerikaner schon. Gegen einen Haufen Devisen wäre das sicher gegangen.»

«Damals war ich ja noch kein Amerikaner.»

Dr. Matthias Klinkhammer kam aus Karlsruhe, hatte an der TU Berlin Physik studiert und war dann als Forscher in die USA gegangen. Vorher hatte er Kirsten kennengelernt, bei einer Ferienreise mit ARTU nach Griechenland. Ende 1980 war sie mit ihm nach Kalifornien gegangen. «Bloß raus aus Deutschland, bevor es hier zum großen Knall kommt!» Die BRD wie auch die DDR als großes atomares Schlachtfeld.

Jetzt kamen sie alle fünf Jahre nach Deutschland und staunten. Insbesondere über Berlin. Die Stadt war aufregender als alles andere.

«Auch die Zeitungen machen sich langsam», sagte ihr Mann.

«Zu Kaisers Zeiten hatten die Berliner Zeitungen noch eine Liste mit prominenten Gästen. *Im Adlon abgestiegen sind* ... Schade, da würdest du heute auch aufgeführt werden.»

«Du aber auch. Wegen deiner Verdienste um die deutsche Sprache.»

Kirsten Klinkhammer war Deutschlehrerin an einem College in Berkeley und versuchte heroisch, gegen die Übermacht des Spanischen und neuerdings auch gegen die des Chinesischen anzukommen.

Während sie auf ihr Essen warteten, warfen sie einen Blick in den Lokalteil der Zeitung, die sie vorhin auf dem Alex gekauft hatten. Plötzlich schrie Kirsten Klinkhammer auf.

«Was ist denn?», fragte ihr Mann.

«Das darf doch nicht wahr sein!»

«Was?»

«Na, das hier mit Oybin.»

Mannhardt nutzte Schönbiers Abwesenheit und spielte Dart gegen sich selbst. Mannhardt konzentrierte sich und warf. Plobb, plobb, plobb. Als er zur Sisalscheibe ging, um die Pfeile wieder herausziehen, klopfte es an seiner Tür. Auch das noch! Sein «Ja, bitte, herein!» klang nicht besonders freundlich.

Es war ein Ehepaar, das sich mit leicht amerikanischem Akzent als Mr und Mrs Klinkhammer aus Berkeley vorstellte. «Dr. Matthias und Kirsten Klinkhammer.»

«Sehr schön ...» Mannhardt konnte sich keinen Reim auf ihren Besuch bei ihm in der Keithstraße machen. «Hier ist die 12. Mordkommission. Wenn Sie nur Opfer eines Diebstahls oder eines Überfalls geworden sind, dann ...»

«Nein, nein, wir sind schon wegen eines Mordes hier!», rief Kirsten Klinkhammer.

«Wann, wo, wie?», fragte Mannhardt mit leiser Ironie.

«Wahrscheinlich 1980, in Schmöckwitz draußen.»

Mannhardt brauchte einige Sekunden, um das zu fassen. «In Schmöckwitz draußen ... Dann nehmen Sie doch bitte Platz.» Er schob den beiden mit einigem Eifer die

Besucherstühle hin. «Da bin ich ja mal gespannt, wo da die Zusammenhänge sind.»

«Ganz einfach: Meine Frau hat beim Mittagessen das von diesem Schriftsteller gelesen, diesem ...«

«Bernhard Oybin», half sie ihm aus.

«Ja, von der Aufregung im Literaturhaus und seinem Kollaps ... Dass er verdächtigt wird, eine Frau mit den Initialen A. K. ermordet zu haben.»

«Und da ist mir sofort eingefallen, dass ich eine Cousine hatte, eine Annett, Annett Krause, die 1980 plötzlich verschwunden ist. Lektorin war sie und mit Bernhard Oybin eng befreundet. Und auch oft bei ihm in Schmöckwitz draußen. Wie gesagt, seit Mitte 1980 hat sie sich nicht mehr bei mir gemeldet, und ich habe nie wieder etwas von ihr gehört. Ich war ja zu dieser Zeit schon in West-Berlin und konnte von da aus nichts unternehmen. Und dann sind wir in die USA gegangen.»

Mannhardt schrieb sich alles auf. «Woran können Sie sich denn noch erinnern?»

«Nur daran, dass sie auch mal kurz verlobt war, sich dann aber wieder von diesem Mann getrennt hat. Der hat das nicht hinnehmen wollen, und es gab ein Riesentheater. Einmal hat er sie sogar mit einem Messer bedroht.»

«An den Namen dieses Mannes können Sie sich nicht zufällig erinnern?», fragte Mannhardt.

«Nein, tut mir leid. Nur dass er so einen komischen Vornamen hatte, warten Sie ...» Kirsten Klinkhammer zermartete sich das Gehirn.

Mannhardt versuchte, ihr auf die Sprünge zu helfen. «Komische Vornamen ... August, Nepomuk, Balthasar, Hesekiel ...»

«Nein, nein ... Jetzt hab ich's: Konradin!»

Drei Tage brauchte die 12. Mordkommission, um die Angaben der Frau Klinkhammer zu verifizieren. Eine Lektorin namens Annett Krause war wirklich im Juli 1980 aktenkundig geworden. Ein Konradin Moschner, Schauspieler und Synchronsprecher, hatte zu Protokoll gegeben, sie habe die Absicht gehabt, Republikflucht zu begehen, wahrscheinlich über Ungarn nach Jugoslawien und von dort in die BRD. Die DDR-Behörden schienen das auch geglaubt zu haben, denn in den Akten war nichts weiter über sie zu finden. Martin Mutsch und Katja Koschlick, von Mannhardt befragt, kannten Annett Krause und wussten von ihrer Beziehung zu Oybin. Beide waren überzeugt davon, dass sie damals beim Fluchtversuch an der ungarisch-jugoslawischen Grenze erschossen worden war.

Konradin Moschner hatte am 24. Dezember 1980 Selbstmord begangen. In seinem Abschiedsbrief hatte gestanden, dass er mit seiner schweren Schuld nicht mehr leben könne.

Daraufhin bekam Mannhardt die Weisung, die Ermittlungen im Mordfall Schmöckwitz einzustellen. In den Zeitungen war davon die Rede, dass es einen Freispruch erster Klasse für Bernhard Oybin gegeben habe.

SECHS
1980

DAS WEST-BERLIN DES JAHRES 1980 erschien vielen wie eine Insel der Seligen, alimentierte doch der Westen die Frontstadt als sein «Schaufenster zum Osten« vergleichsweise üppig. Der West-Berliner als solcher sah sich als Held, hatte er doch dem Osten erfolgreich getrotzt, also die Blockade gut überstanden, und war auch nicht ausgewandert, als man ihn 1961 ummauert hatte. Noch immer schauten die Völker der Welt auf diese Stadt, erst recht nachdem man am 26. Juni 1963 von John F. Kennedy sozusagen heiliggesprochen worden war: *Vor zweitausend Jahren war der stolzeste Satz, den ein Mensch sagen konnte, der: Ich bin ein Bürger Roms! Heute ist der stolzeste Satz, den jemand in der freien Welt sagen kann: Ich bin ein Berliner!*

Außerdem war West-Berlin eine Keimzelle alternativen Lebens. In *berlin – ANDERS REISEN* war das gleich im Vorwort auf den Punkt gebracht worden: *West-Berlin ist die lebendigste aller deutschsprachigen Städte*, es sei *das Mekka für Alternative*. Als Wohnort wie auch als Reiseziel. Das war West-Berlin:

Eine traditionsreiche Metropole, die das Unkonventionelle sucht, da das traditionelle Prinzip von Angebot und Nachfrage die Stadt wirtschaftlich nicht trägt. So wird hier der kapitalistische Mist zum Dünger einer Bewegung, die (...) nicht nur eine Alternative zu Entfremdung und Umweltzerstörung verspricht, sondern in Ansätzen auch vorlebt. – In Berlin kannst du dich, wenn du willst, ausschließlich in der von Kultursenator Glotz als «zweite Kultur« bezeichneten Szene aufhalten: Du lebst in einer Wohngemeinschaft, liest deine Szenezeitung, besuchst eine selbstverwaltete Schule, jobst im Taxikollektiv, gehst abends in eine der vielen Genossenkneipen, danach vielleicht noch ein Nachtbesuch in deinem Stadtteilkino, ein gutes Gefühl hast du auch, schließlich trägst du nur Klamotten von Handware- oder Secondware-Läden, labst dich nur mit Essen und Trinken aus Naturkostläden, die mittlerweile in fast allen Bezirken von Freaks unterhalten werden. Durchkreuzen deinen antikapitalistischen Alltag Transport-, Reparatur- oder menschliche Probleme, so schätze dich glücklich, in Berlin zu leben: Der wildwuchernde Kleinanzeigenmarkt wimmelt nur so von Initiativen, die in allen Bereichen ihre Dienste anbieten.

Als Teil dieser Szene definierte sich auch Achim Wasserfuhr. Seit zehn Jahren studierte er Politologie, lebte in einer WG in der Skalitzer Straße und verdiente sich seinen Lebensunterhalt als Taxifahrer.

Sein Freund Raoul Truckenbrodt dagegen war fertiger Architekt und Bauingenieur, wohnte noch bei seinen Eltern und hatte vor kurzem eine Anstellung bei der Senatsverwaltung für Bau- und Wohnungswesen gefunden.

Aufgewachsen waren beide im Stadtteil Westend, dem recht noblen Wohngebiet zwischen Spandauer Damm und Heerstraße beziehungsweise Theodor-Heuss-Platz und Olympiastadion. Schon ihre Eltern waren befreundet gewesen, und sie hatten alle frühen Stationen ihres Lebens gemeinsam durchlaufen: Buddelkasten, Kita, Vorschule, Grundschule und Gymnasium. Richtig zusammengeschweißt aber hatte sie der Tennisplatz, und im Doppel hatten sie diverse Meisterschalen gesammelt.

«Was uns zu unserem Glück einzig und allein noch fehlt, ist, dass wir schwul sind», sagte Wasserfuhr des Öfteren.

Dass sie sich ab und an eine Freundin geteilt und Freude an einem flotten Dreier gefunden hatten, war lange vorbei, denn Truckenbrodt war seit drei Jahren verlobt, und im Mai wollten er und Anja vor den Traualtar treten, ganz bürgerlich, was Wasserfuhr unmöglich fand.

«In der Kirche, spießiger geht's wirklich nicht.»

«Anja will es so, und Toleranz ist nun mal meine absolute Stärke.»

«Meine offenbar nicht!», rief Wasserfuhr, denn am Neujahrstag hatte er sich von seiner Freundin Sandra getrennt. «Ich kann mit keinem Menschen zusammenleben, der pausenlos plappert – nachplappert, was in der *BILD*-Zeitung steht.»

«Aber ihre körperlichen Vorzüge, die ...»

«Ich will die große Liebe und keinen Kompromiss!», rief Wasserfuhr.

«Das sind doch nur deine Bindungsängste. Geh doch mal zur Therapie ... ‹Ich will die große Liebe und keinen Kompromiss›», wiederholte Truckenbrodt und lachte. «Du hättest Schlagertexter werden sollen.»

«Du musst ja mit keinem Trennungsschmerz fertig werden», sagte Wasserfuhr und begann zu singen: «Wer wird denn weinen, wenn man auseinandergeht, wo an der Ecke schon ein anderer steht ...»

«Die an der Ecke stehen, Augsburger Straße, die sind ja auch nicht gerade das, was man mal heiraten möchte.»

«Suchet, so werdet ihr finden», sagte Wasserfuhr und

sah dabei die *zitty* durch. «Was machen wir denn heute?» Man schrieb den 19. Januar. «Gehen wir Schlittschuhlaufen?»

Truckenbrodt verzog das Gesicht. «Nicht am Sonnabend.» Da war es im Eisstadion Wilmersdorf immer furchtbar voll. «Außerdem macht es keinen Spaß, wenn Anja nicht dabei ist und sich das Handgelenk bricht.»

Wasserfuhr lachte. «Mindestens. Schließlich hat sie dich doch nur erwählt, um billig zu einem Leibarzt zu kommen.» Das bezog sich darauf, dass Truckenbrodt drei Semester Medizin studiert hatte, ehe ihm bewusst geworden war, dass er zu allen Berufen befähigt war, nur nicht zu dem des Arztes. «Wo steckt denn Anja eigentlich?»

«Bei der Weihnachtsfeier ihrer Firma.»

«Jetzt noch?»

«Im Dezember ist sie ausgefallen, weil das Restaurant, wo sie feiern wollten, einen Tag vorher abgebrannt war, und jetzt wird alles nachgeholt.»

«Idiotisch!» Wasserfuhr fasste sich an den Kopf. «Und ins Kino?» Sie liebten die Off-Kinos, das in der Kantstraße, die «Kurbel», «Eva« in der Blissestraße und das «Colonna« in Schöneberg, aber so lange Wasserfuhr auch in der *zitty* blätterte, es war nichts darunter, was sie unbedingt sehen wollten. «Bleibt *Für eine Handvoll Dollar*.»

Truckenbrodt winkte ab. «Nein, nichts Amerikanisches.» Der Vietnamkrieg war zwar seit fünf Jahren zu Ende, doch es galt in ihren Kreisen noch immer als schick, über die Regierungen in Washington herzuziehen.

Wasserfuhr blätterte nun in der *taz*, um etwas zu finden, das sie aus ihrer Lethargie herausreißen konnte. Aber auch da gab es nichts, was sie von der Couch gerissen hätte.

«Bleiben wir zu Hause, hören 'ne LP von Ton Steine

Scherben und kiffen wieder mal ’n bisschen», sagte Truckenbrodt.

Wasserfuhr winkte ab. «Du bist jetzt so ’n halber Beamter, du darfst nicht mehr, und ich muss die Nacht über Taxe fahren. Ablösung 22 Uhr, Mehringdamm, Ecke Yorckstraße.»

«Dann komm, lassen wir uns einfach treiben.»

Sie fuhren in Truckenbrodts Ente zur Katzbachstraße, um auf den Kreuzberg zu klettern. Mit der frischen Luft war es auch heute nichts. Gestern war in West-Berlin zum ersten Mal die Smog-Alarmstufe Eins ausgelöst worden. Man hatte fast 26 Milligramm Kohlenmonoxid pro Kubikmeter Luft gemessen.

«Und der meiste Dreck kommt aus deiner geliebten DDR!», sagte Truckenbrodt und hustete ostentativ.

«Ich liebe die DDR nicht», erwiderte Wasserfuhr. «Aber das sozialistische Experiment, das dort läuft, musste einmal gewagt werden, und zwar auf deutschem Boden.»

«Auf sowjetischem hätte auch gereicht», gab Truckenbrodt zurück. Zugleich fiel ihm der neuste Witz zu diesem Thema ein. «Was passiert, wenn die Sahara sozialistisch wird?»

«Keine Ahnung!»

«Zuerst gar nichts, aber nach zehn Jahren wird der Sand knapp.»

Wasserfuhr stöhnte auf. «Hörst du bitte auf, meine heiligsten Gefühle zu verletzen!»

«Und du fang gar nicht erst an, auf meinen herumzutrampeln», erwiderte Truckenbrodt. Das bezog sich auf seine innere Affinität zu Friedrich dem Großen und allem, was an Preußen gut und edel war, zum Beispiel Karl Friedrich Schinkel, von dem das Nationaldenkmal zur Erinnerung an die Befreiungskriege stammte, das auf dem Kreuzberg stand.

Wasserfuhr schwieg dann auch und dachte an Rudi Dutschke, den sie am 3. Januar des Jahres auf dem Dahlemer St.-Annen-Friedhof zu Grabe getragen hatten.

«Ich habe im Hörsaal öfter neben oder hinter ihm gesessen», sagte Wasserfuhr.

«Wie, hinter Schinkel?», fragte Truckenbrodt.

«Quatsch, neben Rudi Dutschke.»

Ein wenig verstimmt schlenderten sie zum Mehringhof, wo eine alternative GmbH gerade dabei war, künstlerische, handwerkliche und sozialpolitische Projekte von Leuten zu fördern, die auf Selbstverwaltung aus waren und sich nicht daran orientierten, Gewinne zu machen.

«Ich habe mir auch schon was überlegt», sagte Wasserfuhr.

«Willst du hier ein Tennis-Center eröffnen?», fragte Truckenbrodt.

«Nein, aber eine Jonglierschule.» In dieser Kunst hatte es Wasserfuhr schon zu einer gewissen Meisterschaft gebracht und konnte zum Beispiel mehrere Minuten lang brennende Fackeln hochschleudern und wieder auffangen, sogar mit dem Mund. «Jonglieren ist gut für vieles: Stressabbau, Konzentration auf das Wesentliche, Förderung der Feinmotorik. Und dazu eine Teestube. Name der Firma: T & J – Teerapie und Jonglage.»

«Besser TJ als HJ,», sagte Truckenbrodt. «Und wenn du mit vier gefüllten Teetassen jonglieren kannst, ohne einen Tropfen zu verschütten, nehmen sie dich in jedem Zirkus der Welt.»

Sie hatten nun Hunger bekommen – und Durst noch mehr – und fuhren zum «Max und Moritz« in der Oranienstraße, dem kollektiv geführten Szenetreff, der für Wasserfuhr ein Vorbild war. Er blieb am Tresen stehen, um mit ein paar Bekannten zu plaudern, während sich Truckenbrodt schon setzte. Er wusste, dass viele von Wasserfuhrs Freunden ihn nicht sonderlich mochten und als Salonsozialisten verspotteten.

Mit zweien von ihnen fuhren sie anschließend zur Cuvrystraße 23, wo Mitglieder der Bürgerinitiative SO 36 drei leerstehende Wohnungen besetzt hatten, um dem Abriss oder vielmehr einer Sanierung zuvorzukommen, bei der die Mieten ins Astronomische geklettert wären. Diese «Instandbesetzung», wie man es nannte, hatte bei Wasserfuhr großen Jubel ausgelöst, während Truckenbrodt ein wenig hin- und hergerissen war. Zwar war er gegen jede Kahlschlagsanierung, aber als Architekt hätte er schon gern Neues gebaut, so etwas in der Art der Hufeisensiedlung in Britz.

Irgendwie war es 21 Uhr 30 geworden, und Wasserfuhr musste an seine Ablösung denken.

«Und was machst du mit dem angebrochenen Abend?», fragte er.

Truckenbrodt überlegte. «Du kannst mich ja schnell mal bei Anja vorbeifahren, die könnte schon zu Hause sein.»

«Okay. Aber wenn du in meiner Taxe sitzt, bist du ein Fahrgast wie jeder andere auch und zahlst.»

«Wenn ich zahle, will ich aber auch das Recht haben, dir die Sitze vollzukotzen.»

«Wenn du die Reinigung bezahlst, dann gerne.»

Anja wohnte am Kolberger Platz in Schmargendorf, und als Wasserfuhr dort angehalten hatte, war es genau 22 Uhr 35.

Truckenbrodt bezahlte, sogar mit fünfzig Pfennig

Trinkgeld, und stieg aus. Unten klingeln wollte er nicht, um die Verlobte, sollte sie schon vor dem Fernseher eingeschlafen sein, nicht zu erschrecken, und so zog er seine Schlüssel hervor, um die Haustür zu öffnen.

Schnell stand er vor der Wohnungstür in der dritten Etage. Von drinnen kam Lachen und Kichern. Anja liebte amerikanische Komödien.

Als er aufgeschlossen hatte, merkte er, dass die Stimmen nicht aus dem Lautsprecher kamen, sondern Originaltöne waren. Ah, Anjas Schwester nutzte die Gelegenheit, sich zu vergnügen. Die Tür zum Schlafzimmer stand offen, und er sah, wie sie auf ihrem Lover kniete und gerade ihren Ritt begann.

Beim zweiten Blick erkannte er, dass es Anja selber war.

«Ich bring euch beide um!», schrie er.

Dr. Herbert Truckenbrodt war Volljurist und Senatsdirektor in der Kulturverwaltung, Renate Truckenbrodt, geborene Krajewski, Studienrätin für Deutsch, Latein und Geschichte an einem Charlottenburger Gymnasium. Seit zehn Jahren wohnten sie in der Bayernallee, die sich im Bogen von der Heerstraße zum Olympiastadion spannte, fast jedenfalls, und nur etwas belebter war, wenn dort Fußball gespielt wurde.

Beide saßen sich beim Frühstück wortlos gegenüber und wagten es nicht, zur bereitliegenden Zeitung zu greifen und lesend ihre Schrippen zu kauen. Andererseits fanden sie aber auch keinen Einstieg in ein Gespräch, von dem es nachher hätte heißen können, es sei fruchtbar gewesen.

Dr. Herbert Truckenbrodt verlor als erster die Nerven, räusperte sich kurz und sagte dann wie zu sich selbst: «Kleine Kinder, kleine Sorgen – große Kinder, große Sorgen.»

Renate Truckenbrodt verzog das Gesicht, denn jeder Gemeinplatz schmerzte sie wie ein Kolbenhieb. «Ach, wie sagte Horaz: *Iliacos intra muros peccatur et extra.*» Sie wusste, dass ihr Konter saß, denn sein Latein beschränkte sich auf den Satz *Elephantus magnus est.*

Er zuckte immer zusammen, wenn er lateinische Sätze hörte, denn zu oft hatte er in der Schule in diesem Fach eine Fünf einstecken müssen. Immerhin hatte er ein Wort verstanden. *Murus*, die Mauer. «Meinst du also, es ist der Mauer geschuldet, dass sich die Menschen in West-Berlin manchmal merkwürdig verhalten?»

Aufstöhnend übersetzte sie die Sentenz von Horaz: «Innerhalb und außerhalb von Ilium, also Troja, wird gesündigt. Soll heißen: Fehler werden auf beiden Seiten gemacht.»

«Du meinst also, dass Anja ihn betrogen hat, ist auch seine Schuld?»

«Hätte sie von ihm bekommen, was sie braucht, wäre sie nicht genötigt gewesen, sich das Fehlende auf anderem Wege zu beschaffen.»

Abermals zuckte Dr. Herbert Truckenbrodt zusammen, denn auch er schaffte es im Bett selten bis nie, seiner Frau das zu verschaffen, was im Augenblick, meinte er, bei den Feministinnen das Höchste war: einen Orgasmus. Schnell lenkte er ihr Gespräch auf einen anderen Punkt. «Es hätte ja alles viel schlimmer kommen können. Stell dir vor, er hätte ihren Liebhaber wirklich erschlagen!» Es war bei einem K. o. geblieben, von dem sich der Mann schnell erholt hatte.

Renate Truckenbrodt goss sich eine zweite Tasse Kaffee ein. «Ich hätte an seiner Stelle die Verlobung nicht gelöst. Warum dürfen sich die Männer seit Jahrtausenden vor der Hochzeit austoben, und warum verbrennt man die Frauen auf dem Scheiterhaufen, wenn sie es ihnen gleichtun wollen?»

«Es wird damit zu tun haben, dass die einen Kinder bekommen und die anderen nicht», sagte Dr. Herbert Truckenbrodt.

«Es hängt allein damit zusammen, dass die einen die Herrschenden sind und die anderen die Beherrschten. Aber damit ist jetzt Schluss!»

«Wer weiß, wozu es gut ist», sagte Dr. Herbert Truckenbrodt. «Neues Spiel, neues Glück. Mir hat er gesagt, er wolle die große Liebe und keinen Kompromiss.» Als er realisiert hatte, dass er damit einen neuen Rekord an Gemeinplätzen aufgestellt hatte, duckte er sich unwillkürlich.

Ganz überraschend blieb Renate Truckenbrodt aber milde. «Laut Schopenhauer sind unter den Männern die dummen und unwissenden allgemein beliebt und gesucht und bei den Frauen die hässlichen. Es kann also nicht gutgehen, wenn ein kluger Mann wie unser Sohn einer schönen Frau wie Anja begegnet.»

Langsam fand Dr. Herbert Truckenbrodt zu seiner Form zurück. «Und warum sind wir dann schon seit so vielen Jahren verheiratet?»

Die Frage blieb offen, denn in diesem Augenblick trat ihr Sohn ins Zimmer.

«Guten Morgen, Mütterchen, guten Morgen, Väterchen.» Er drückte jedem einen Kuss auf die Wange.

Dr. Herbert Truckenbrodt griff zur Zeitung und las einen Vorbericht über die Leipziger Buchmesse.

«Wolltest du da nicht hin, Renate?»

«Ja, wenn du das einfädeln kannst, dass ich einen Besucherausweis kriege und an der Grenze ein bisschen bevorzugt behandelt werde.»

«Ich glaube schon. Wenn sich die DDR-Leute querstellen, dann spreche ich mal mit den Karlshorstern.»

«Und du selbst?»

«Das ist mir alles zu kompliziert, zu viele Fettnäpfchen, in die ich treten könnte.»

«Aber Raoul könnte doch mit, dann bin ich nicht so alleine. Willst du?» Sie fixierte ihren Sohn.

«Ja, warum nicht.»

Was wusste Raoul Truckenbrodt von Leipzig? Nicht viel. Dass die Stadt an der Pleiße lag - weil seine Großmutter immer gereimt hatte: «Mein neuer Hut, der weiße, der fiel mir in die ... Pleiße. Schad' ja nichts, schad' ja nichts, wird ja wieder abgewischt.» Dass ein Völkerschlachtdenkmal an die Befreiungskriege gegen Napoleon erinnerte und dass die Leipziger Messe seit Ewigkeiten wichtig war. Seine Mutter wusste noch hinzuzufügen, dass Leipzig traditioneller Sitz bedeutender Verlage gewesen war, so etwa von Brockhaus und Reclam, Letzterer bereits 1828 gegründet, und in der Deutschen Bücherei alles an deutschsprachiger Literatur gesammelt werde.

Sie saßen im Golf seiner Mutter, fuhren Richtung Leipzig und hofften, dass ihr Gefährt der arg ramponierten Autobahn gewachsen war.

«Und welche bedeutenden Männer fallen Ihnen ein, Truckenbrodt, wenn Sie Leipzig hören?»

«Mutti, wir sind nicht beim Abitur!»

«Das muss man wissen!», kam es harsch.

Truckenbrodt musste nachdenken, «Goethe», fiel ihm gerade eben noch ein. «*Faust*, Auerbachs Keller.»

«Richtig, von 1765 bis 1768 hat Goethe in Leipzig studiert. Jura.» Sie blickte hinüber zum Beifahrersitz. «Und wer ist noch unverzichtbar, wenn man an Leipzig denkt?»

«Ich denke, Henning Frenzel», antwortete Truckenbrodt.

Seine Mutter war entsetzt über sein Unwissen. «Ist das ein Schriftsteller?»

«Nein, ein Fußballspieler von Lok Leipzig.»

«Du, ich lass dich gleich aussteigen!», drohte sie.

«Dass Mütter ihre Kinder aussetzen, soll es ja schon öfter gegeben haben.»

Sie spielte weiterhin das, was sie war, die Oberlehrerin. «Truckenbrodt, was sagt Ihnen der Name Bach?»

«Dass ich einen anderen Sender einstellen muss.»

«Gott, mein Sohn ist ein Banause! Merke dir, 1723 ist Johann Sebastian Bach Thomaskantor in Leipzig geworden, wenn auch erst, nachdem Georg Philipp Telemann und Johann Christoph Graupner, die vor ihm auf der Liste standen, abgesagt hatten.»

«Was bekomme ich nun für eine Note, Frau Dr. Truckenbrodt?» Sie Frau Dr. zu nennen war eine kleine Gemeinheit, denn sie litt sehr darunter, mit ihrer Promotion gescheitert zu sein, aber nachdem sie ihn so vorgeführt hatte, hielt er seine Rache für durchaus gerechtfertigt.

«Mit Rücksicht auf deine Eltern gebe ich dir noch eine Vier, an sich aber wäre es eine glatte Fünf.»

Um zu ihrem Quartier zu gelangen, hatten sie, von der Berliner Autobahn kommend, ganz Leipzig zu durchqueren, und sie erschraken gehörig.

«Das sieht ja hier aus, als sei der Krieg eben erst zu Ende gegangen!», rief seine Mutter.

Truckenbrodt entsann sich der Nationalhymne der

DDR. «Da ist aber nicht viel auferstanden aus Ruinen. Eher im Gegenteil.»

Als sie sich kurz verfahren hatten und er das Fenster herunterdrehte, um einen Passanten nach dem Weg zu fragen, bekamen sie beide einen Hustenanfall. Es stank fürchterlich nach Schwefel und allen möglichen anderen Schadstoffen.

«Dagegen ist ja unsere Luft zu Hause auch beim Smogalarm noch so sauber wie die auf Helgoland», stellte Renate Truckenbrodt fest.

Truckenbrodt steckte den Kopf aus dem Fenster. «Wir möchten gern nach Connewitz in die Liechtensteinstraße.»

«Warten Se ähmmal ...» Von einem freundlichen Herrn mittleren Alters, der eher nach Kabarettist und Liedermacher aussah als nach Stasi-Mann, bekamen sie in breitestem Sächsisch den Weg beschrieben.

Zur Messezeit war es, da die Hotelkapazität nicht ausreichte, DDR-Bürgern gestattet, an Westler Zimmer zu vermieten, und ihre Wirtin, die im Außenhandel beschäftigt war, hatte gleich sowohl ihr Schlaf- wie auch ihr Wohnzimmer abtreten dürfen. Ihr selbst genügte in dieser Zeit die Rumpelkammer.

Kaum waren sie eingetreten, bekamen sie auch schon eine Tasse Kaffee serviert. «Wie sagen wir: Ä Dässchn Gaffee mächd ich dringn, awwer siehse musser sinn.»

Gut, dass sie gesagt hatte, dieses bräunliche Getränk sei Kaffee, dachte Truckenbrodt, er hätte es für Rattengift gehalten. Aber das wussten sie ja, dass die DDR wegen ihres chronischen Devisenmangels das nehmen musste, was auf dem Weltmarkt niemand anders haben wollte, oder aber sie mussten die Bohnen aus Kuba importieren.

Mit der Straßenbahn, Dubček-Schleuder nannte sie

ihre Wirtin, weil die klobigen Wagen aus der ČSSR bezogen wurden, fuhren sie in die Innenstadt.

Dass sie sich in Leipzig als Deutsche im feindlichen Ausland befanden, erschien Renate Truckenbrodt gar nicht mal so außergewöhnlich zu sein, wenn sie an die kriegerischen Auseinandersetzungen zwischen Sachsen und Preußen dachte und daran, dass Friedrich der Große hier an der Pleiße gehasst wurde. Das, was Mutter und Sohn hier im anderen Deutschland aber amüsierte, waren die Markennamen. Das führende Plattenlabel war nicht etwa Polydor, sondern Amiga. Die Kinder lasen nicht *Asterix & Obelix*, sondern *Atze*, die Comiczeitschrift aus dem Verlag Junge Welt. Der Kleintransporter hieß Barkas, die Modelleisenbahnen kamen nicht von Trix und Märklin, sondern von Piko, und die Glühbirnen nicht von Osram, sondern von Narva.

«Aber in Österreich sagen sie ja auch Karfiol zum Blumenkohl und Rohr zum Backofen», merkte seine Mutter an. «Streng genommen hatten wir ja schon seit spätestens 1871 zwei deutsche Staaten, und nun ist nach 1945 der dritte dazugekommen.»

Einerseits fanden sie die deutsche Teilung entsetzlich, besonders als West-Berliner, und wünschten Honecker und Konsorten zum Teufel, andererseits verstiegen sie sich nicht in Hasstiraden, wie sie etwa von Hans Habe oder Matthias Walden zu hören waren.

Die Buchmesse konzentrierte sich in der Innenstadt. Seine Mutter fand die Literatur der DDR über alle Maßen spannend, und schnell hatte sie sich in den Welten der Christa Wolf, Maxie Wander, Hermann Kant, Jurek Becker, Dieter Noll und Stefan Heym verloren. Ihm selber hatte die Schule die Liebe zur Literatur so ziemlich ausgetrieben, auch konnte er seine Mutter am besten ärgern, wenn er sagte, Karl May sei sein Lieblingsautor. So schlenderte er im Messehaus am Markt in der Abteilung Belletristik lustlos von einem Stand zum anderen und langweilte sich. Hatten sie nicht irgendwo etwas über Architektur und Stadtplanung? Er verabschiedete sich kurz von seiner Mutter und machte sich auf die Suche.

Da geschah es. Am Stand eines Ost-Berliner Verlages sah er eine junge Frau, und als sie den ersten Blick ausgetauscht hatten, wusste er sofort: Die ist es, die oder keine!

SIEBEN
1980

RAOUL TRUCKENBRODT stand lichterloh in Flammen. Was immer er tat, wo immer er ging und stand, stets sah er sie vor sich und hörte sie lachen.

Sie hieß Tamara, Tamara Drescha, und war Fotografin in Berlin, in Ost-Berlin, der Hauptstadt der DDR.

«Diesmal ist es die große Liebe», sagte Truckenbrodt.

Wasserfuhr lachte. «Ja, weil die Mauer dafür sorgt, dass ihr nie zueinanderfinden werdet. Diese Tatsache potenziert alle Gefühle ins Unermessliche.»

Truckenbrodt konterte mit Shakespeare: *«Kein steinern Bollwerk kann der Liebe wehren; / Und Liebe wagt, was irgend Liebe kann.»*

Wasserfuhr staunte. «Wo hast 'n das her?»

«Hat mir meine Mutter auf den Nachttisch gelegt: *Romeo und Julia*. Und außerdem noch etwas von Matthias Claudius: *Die Liebe hemmet nichts; sie kennt nicht Tür noch Riegel/und dringt durch alles sich ...»*

«Wohl dem, der eine Mutter hat, die derart hochgebildet ist», sagte Wasserfuhr.

«Sie hat ja Tamara in Leipzig kennengelernt und ist begeistert von ihr.»

«Dass es mit dir und Tamara nie etwas werden kann, freut sie natürlich, denn dadurch wird ihr kleiner Liebling bis in alle Ewigkeit ihr allein gehören.»

«Denk bitte immer daran, dass du Psychologie nur als Nebenfach hattest», mahnte Truckenbrodt.

Das alles sprachen sie in der Pause zwischen dem ersten und dem zweiten Satz, dann hauten sie sich statt der Worte wieder die weißen Tennisbälle um die Ohren. Truckenbrodt gewann das Match schließlich sensationell mit 6 : 4 und 6 : 3.

«Die Liebe setzt eben ungeahnte Kräfte frei», erklärte er später, als sie im Casino beisammensaßen.

Wasserfuhr schätzte, wenn er ausgedörrt war, nichts mehr als ein herbes Pils, und so leerte er sein Glas bis auf den letzten Tropfen, ehe er antwortete. «Wenn ich den Roman zu eurer Romanze schreiben würde, dann unter dem Arbeitstitel *Eine Berliner Passierscheinliebe*. Wie oft darfst du im Jahr rüber zu ihr? Dreißigmal, glaube ich. Sehr schön. Es lebe das Model *Living apart together*. Immer, wenn ihr euch satthabt, guckst du auf die Uhr und sagst, du müsstest bis Mitternacht an der Grenze sein. Das Dumme ist nur, dass dein Dienstherr was dagegen haben wird, denn irgendwie bist du ja auch Geheimnisträger, und bei ihr vor allem: Da steht doch bald die Stasi auf der Matte und will sie anwerben. Vielleicht ist sie schon jetzt auf dich angesetzt worden.»

Truckenbrodt hob warnend seinen Schläger. «Noch ein Wort, und du ...»

«In diesen Zeiten ist doch alles möglich», sagte Wasserfuhr entschuldigend.

«Du kennst Tamara nicht!», rief Truckenbrodt.

Wasserfuhr winkte ab. «Ich kenne, weltweit gesehen, mindestens zwei Milliarden Frauen nicht, die für mich theoretisch als Partnerin in Frage kämen.»

«Was soll ich machen?» Das klang derart larmoyant,

dass Truckenbrodt selber erschrak. So kannte er sich nicht. Immer hatte er getönt, ein großer Kämpfer zu sein, der auch beim Stande von 0 : 5 im letzten Satz nicht aufgab. Und nun war er den Tränen nahe.

Wasserfuhr legte seinen Arm um die Schultern des Freundes. «Kopf hoch, Schwanz hoch, wo ein Problem ist, da haben wir die Lösung.»

«Es gibt keine Lösung», sagte Truckenbrodt. «Sie kann nicht in den Westen rüber, und ich würde mich eher aufhängen lassen, als in die DDR zu gehen.»

«Auch nicht für deine große Liebe?», fragte Wasserfuhr.

«Auch nicht für meine große Liebe!», erwiderte Truckenbrodt und hatte dabei Tränen in den Augen. «Das ist ja das Drama.»

Sie schwiegen minutenlang und saßen da, als hätte der Regisseur «*Freeze!*» gerufen.

«Würdest du auch so hin und weg sein, wenn Tamara aus Charlottenburg käme und nicht aus Friedrichshain?», fragte Wasserfuhr schließlich.

Truckenbrodt überlegte kurz. «Nein, wahrscheinlich nicht.»

«Was ist denn an den Ostfrauen so besonders?»

Truckenbrodt überlegte lange. «Tamara ist der Gegenentwurf zu Anja. Sie ist irgendwie authentisch, nicht so amerikanisiert. Selbstbewusst, vielleicht auch ein bisschen herb, aber keine solche feministische Kampfhenne, wie sie bei uns herumlaufen. Zackig, aber nicht zickig, das heißt, sie kann anpacken und eine Sache schnell und sicher zu Ende bringen, aber sie ist nicht so furchtbar überdreht und überagiert wie viele Frauen bei uns. Und irgendwie ist sie auch im guten Sinne preußisch: mehr Sein als Schein, nicht umgekehrt.»

«Und im Bett?», fragte Wasserfuhr.

«Da lieben wir uns und tun nicht so, als würden wir gerade einen Pornofilm drehen.»

«Das klingt ja alles sehr beeindruckend», sagte Wasserfuhr und hatte Mühe, nicht zu ironisch zu klingen. «Hat sie nicht eine Schwester oder eine gute Freundin, die ich mir an Land ziehen könnte?»

«Ich kann mich ja mal umhören», erwiderte Truckenbrodt leicht verstimmt.

«Dann hätten wir ja beide dasselbe Problem.» Wasserfuhr hatte einen Einfall. «Hast du schon einmal daran gedacht, dich nach einem Fluchthelfer umzusehen?»

Truckenbrodt reagierte unwirsch. «Ja. Aber ich möchte nicht, dass sie an irgendeiner Grenze erschossen wird.»

Ost-Berlin kam den West-Berlinern vor wie ein fremder Planet. Es roch ganz anders, nach Hausbrand und den Abgasen von Wartburg und Trabbi, und es schien, als würde die Mauer als unsichtbare Trennwand bis hinauf in die Stratosphäre reichen. Und man hatte schon seine eigene Geschichte. 1949 wird die DDR gegründet, 1950 verurteilt man den achtzehnjährigen Werner Gladow und zwei Mitglieder seiner Bande zum Tode, 1951 richtet man die Weltfestspiele der Jugend und Studenten aus. *Durch Anwendung sowjetischer Arbeitsmethoden leisten wir einen aktiven Beitrag zum Aufbau des Sozialismus in der Deutschen Demokratischen Republik.* Die Stalinallee entsteht, am 1. Mai 1952 ziehen die ersten Mieter dort ein, und in den Tagen um den 17. Juni 1953 herum übersteht die DDR den Volksaufstand. Wer nicht in den Westen flieht, richtet sich ein. Aus dem Schlosspark Friedrichsfelde wird unter Dr. Heinrich Dathe ein vielbestaunter Tierpark. Man vergnügt sich in «Clärchens Ballhaus« und im HO-Tanzcafé «Haus Berlin« am Strausberger Platz, blättert im *Magazin*, verfolgt die Cartoonserie *Waputa, die Geierkralle*, wo es um die dunklen Machenschaften des bösen Westens geht, übt den Leib – *Jeder Mann an jedem Ort einmal in der Woche Sport* –, bejubelt die Siege der DDR-Sportlerinnen und -Sportler, im Westen «Staatsamateure« genannt, ist stolz auf die Filmkunst der DEFA und das rege Theaterleben, insbesondere auf das Ensemble am Schiffbauerdamm, und schaltet ab und an sogar das eigene Fernsehprogramm ein, das seit 1952 aus Adlershof gesendet wird. Als Josef Stalin vom Sockel gestürzt wird, passiert nicht viel, denn, so Walter Ulbricht: *Bei uns gibt es keinen Stalinismus, also auch keine Entstalinisierung.* Der Versuch eines Sozialismus ohne Demokratie und ausreichende materielle Versorgung scheitert, am 13. August 1961 lässt Ulbricht die Mauer bauen, um seine Diktatur zu retten. Die 1970er Jahre beginnen mit der Einweihung des Lenindenkmals. 1976 wird Wolf Biermann ausgebürgert, der Palast der Republik wird von Erich Honecker dem Volke übergeben, und Sigmund Jähn schwebt als erster deutscher Kosmonaut, nicht Astronaut, durch den Weltraum. Der Stasi-Ableger BFC Dynamo liefert sich heiße Gefechte mit dem 1. FC Union, dem Verein derer, die aufmucken gegen die staatliche Gängelei und gern Randale machen, um zu zeigen, wie autonom und anarchistisch man auch in einem absolut repressiven System noch sein kann. In Marzahn und Hellersdorf wird mit dem Bau gigantischer Trabantenstädte begonnen, und die Hausgemeinschaften erfreuen sich ihres sozialistischen Lebens draußen vor den Toren der Stadt. Als das Jahr 1980 anbricht, scheint das soziale System der DDR derart stabil zu sein, dass ihm Politiker wie auch Wissenschaftler eine Existenz bis in alle Ewigkeit zutrauen.

Dies im Kopf, war Raoul Truckenbrodt fest davon überzeugt, dass es bis ans Ende seiner Tage zwei deutsche Staaten geben würde, und das Einzige, was er sich bis zum Jahre 2000 erhoffte, war ein friedliches Nebeneinander von DDR und BRD wie etwa zwischen der Bundesrepublik Deutschland und Österreich.

Der Ausflug in den anderen Teil der Stadt war jedes Mal ein kleines Abenteuer. Passierscheine mussten beantragt und abgeholt werden, eine Zoll- und Devisenerklärung war auszufüllen. Am Einreisetag selber war zu entscheiden, ob es klüger war, sich in den eigenen Wagen zu setzen oder aber die S-Bahn zu nehmen. Sicherlich kam er mit seinem Renault schneller zu Tamara nach Hause, und sie waren in Ost-Berlin mobiler, abgesehen davon, dass es mehr hermachte, andererseits aber konnte er nichts trinken und litt ständig unter der Angst, in irgendeine Falle der Vopo, der Volkspolizei, zu tappen. Deren Hobby sollte es sein, so hieß es, Westler zu schröpfen. Sie abzukassieren, brächte dem Staat Devisen und ihnen Belobigungen ein.

Auch an diesem Sonnabend zog Truckenbrodt es vor, seinen Wagen am Stuttgarter Platz zu parken und mit der S-Bahn zum Grenzübergang Friedrichstraße zu fahren. Wie immer war er ziemlich bepackt. Ein Kleid und einige Dessous für Tamara, das obligatorische Waschpulver, dazu Kaffee, Schokolade und ein paar Kleinigkeiten für ihre Familie, als da wären Schrauben, Dachpappennägel und einige Ersatzteile für die alte elektrische Pumpe in der Datsche einer ihrer Verwandten.

Die Fahrt zum Bahnhof Friedrichstraße ließ ihn an Lissabon denken, wo die Portugiesen den Linienverkehr mit wunderschönen alten Straßenbahnen betrieben. Hier in Berlin war es die von der DDR auch in West-Berlin betriebene S-Bahn, die ihre Museumszüge im Abstand von zwanzig Minuten auf die Strecke schickte, allerdings von eigenen Designern im Stil der neuen Scheußlichkeit erheblich umgestaltet.

Sicherlich gab es Sachzwänge, die auch Truckenbrodt nicht leugnen wollte, aber dennoch schien ihm das Kontrollsystem der DDR vor allem darauf angelegt, den Westmenschen, der sich von einer Einreise nicht abhalten ließ, gehörig zu ärgern und zu demütigen. Hatte er seine Dokumente in das Kabuff gereicht, in dem ein Grenzer hockte, prüfte der sie so lange hinter seinem Sichtschutz, dass der Gedanke unvermeidlich wurde: Aha, irgendetwas ist mit mir nicht in Ordnung, jetzt ruft er die Stasi an, und sie führen mich ab. Vielleicht aß der junge Mann auch nur sein volkseigenes Käsebrot oder onanierte schnell mal, aber das konnte der verängstigte Westmensch nicht wissen. War die erste Hürde genommen, musste der Mindestumtausch erledigt werden, eine Art «Eintritt ins Paradies der Werktätigen», wie die West-Berliner spotteten. Schließlich machte sich eine Zöllnerin vom Typ Flintenweib am Mitgeschleppten zu schaffen und inspizierte alles nach Kriterien, die Truckenbrodt sehr kryptisch vorkamen.

Endlich spuckte ihn die Kontrollmaschinerie wieder aus, und er landete in der großen Halle des Bahnhofs Friedrichstraße. Dort hatten sich, so wie er das von Flughäfen kannte, Dutzende von Menschen aufgebaut, um auf ihre Lieben zu warten. Schon hatte Tamara ihn entdeckt und kam auf ihn zugeflogen. Sie lagen sich in den Armen, und ihre Begrüßung geriet fast zum Petting. Nur schnell zu ihr nach Hause in die Stubbenkammerstraße oben am S-Bahnhof Prenzlauer Allee! Da nirgendwo eine Taxe aufzutreiben war, mussten sie mit der S-Bahn bis zum

Alexanderplatz fahren und dort in die Straßenbahn umsteigen.

Den Vormittag verbrachten sie im Bett, und als der erste Hunger gestillt war, zogen sie sich an, um ein wenig durch die Stadt zu bummeln. Truckenbrodt kannte sich in New York, London, Paris, Rom und nahezu allen europäischen Hauptstädten besser aus als im Ostteil Berlins. Es war eine fremde Welt für ihn. Sonderlich neugierig war er dennoch nicht, denn er wusste ja von vornherein, was ihn erwartete: eine stinkende und heruntergekommene Stadt, die einem das Gefühl vermittelte, der Krieg sei gerade eben erst zu Ende gegangen. Farbtupfer gab es nur wenige. Was die Menschen trugen, war zumeist in Pastelltönen gehalten, die bei ihm zu Hause sogar die Rentner als zu langweilig ablehnten. Und viele der nachgemachten Jeans aus den volkseigenen Fabriken hätten die Penner am Bahnhof Zoo verschmäht.

«Bonjour Tristesse», sagte Truckenbrodt.

«Das täuscht», erklärte Tamara. «Du müsstest mal sehen, wie sie alle ihre Wohnungen eingerichtet haben, was da an Phantasie im Spiel ist, oder wie sie ihre Datschen ausstaffieren.»

«Nun schön», lenkte Truckenbrodt ein, «es muss ja nicht überall so bunt und lebensvoll sein wie beim Karneval in Rio, aber auch nicht so, dass ein öffentlicher Raum aussieht wie das Bühnenbild in einem Stück über die Depression als solche.»

«Die Wohnung ist unser eigenes Reich », sagte Tamara, «aber das, was draußen ist, geht uns nichts an. Sollen die da oben doch machen, was sie wollen – sie tun es ja sowieso! Abgesehen einmal von den Zweihundertprozentigen, tun die normalen DDR-Bürger am Arbeitsplatz und im öffentlichen Leben nur das, was unbedingt von ihnen erwartet wird. Und manche nicht mal das. Und je mehr einen Antrag auf Ausreise stellen, desto schlechter ist die Stimmung bei den Bleibern. Aber wir haben ja die Mauer und die anderen Grenzbefestigungen.»

Truckenbrodt lachte. «Du sagst das alles ja nur, um mich als Fluchthelfer zu enttarnen.» Sosehr das im Scherz gesagt war, er hielt es, wenn Tamara ihn auch zu lieben schien, nicht für völlig ausgeschlossen. Möglich war alles.

Tamara reagierte nicht im Geringsten gekränkt. «Hast du nicht die kleine Kamera über meinem Bett entdeckt?»

«Doch, aber ich dachte, du verkaufst das nachher als Porno.»

Schnell hatte Truckenbrodt begriffen, dass es etwas völlig anderes war, ob er mit einer Frau aus dem Ost-Bezirk Prenzlauer Berg oder einer aus dem West-Berliner Charlottenburg zusammen war. Zweifel und Ängste, getäuscht, betrogen und verlassen zu werden, gab es immer, hier aber kam die politische Dimension dazu: War sie von der Stasi auf ihn angesetzt worden, um an seinen Vater heranzukommen? Denn dass Dr. Herbert Truckenbrodt eines Tages Senator sein oder in der Bundespolitik eine große Rolle spielen konnte, wusste man bei der SED und der Stasi sicher ganz genau. Dann wäre ihre Begegnung auf der Leipziger Messe nicht Zufall oder Gottes Fügung gewesen, sondern in der Normannenstraße sorgfältig vorbereitet worden. Wie sagte seine Großmutter immer: «Man kann keinem Menschen ins Herz schauen.» Und Wasserfuhr hatte einmal leise hinzugefügt: «Auch wenn man den Schwanz in einer Möse hat. Dann erst recht nicht.»

Truckenbrodt fragte sich, ob Tamara gegen ähnliche Gedanken anzukämpfen hatte. Dass er sie als Agentin für den BND gewinnen wollte, dass er sie betäubte und über die Grenze schaffte, um sie an ein Bordell zu verkaufen? Er glaubte es nicht.

Sie liefen in Richtung Alexanderplatz und fanden schließlich einen Platz in einer HO-Gaststätte der unteren Preisstufe.

«Hier riecht es besonders schön nach DDR», flüsterte Truckenbrodt.

«Die werden mit Wofasept aufgewischt haben», sagte Tamara. «VEB Chemiekombinat Wolfen.»

Truckenbrodt lachte. «Mich haben sie in der Schule immer mit der Mutter Wolfen aus Gerhart Hauptmanns *Der Biberpelz* genervt.»

Tamara fiel ein, dass sie Silke versprochen hatte, ihr den neuen Freund aus dem Westen endlich einmal vorzustellen. Sie kannten sich aus der gemeinsamen Zeit in der EOS und hatten auch zusammen Volleyball gespielt. Die beste Freundin wohnte in einem der Neubauten in der Nähe des Roten Rathauses. Ohne Beziehungen wäre dies nicht gegangen, aber die hatte sie, denn sie arbeitete am Schalter der Interflug und lernte dabei immer wieder wichtige Leute aus den Reisekadern kennen. Über einen Telefonanschluss verfügte sie auch. Sie musste erst am Nachmittag in Schönefeld sein und versprach Tamara, sich sofort ins Auto zu setzen und zu ihnen zu stoßen.

Truckenbrodt und Tamara bestellten sich Bockwurst mit Kartoffelsalat, und als er seine Gabel in die Pelle piekte, verbog sie sich ein wenig.

«Alekto», klärte Tamara ihn auf, «unser geliebtes Aluminiumbesteck. Aber wenigstens besteht beim Messer keinerlei Verletzungsgefahr.»

«Weiß ich doch. Was meinst du, was ich in den letzten

Wochen Vokabeln gebüffelt habe, um mit dir ohne Dolmetscher reden zu können. Du kannst mich ruhig abfragen.»

«Ja, mach ich.» Tamara musste einen Augenblick nachdenken, bis sie etwas gefunden hatte. «Was ist MIFA?»

«Fahrradmarke aus den Mitteldeutschen Fahrradwerken Sangerhausen.»

«Gut!» Tamara klatschte in die Hände und zitierte den Vers, der auf die miserable Qualität dieses Produktes hinwies. «Wer MIFA fährt, fährt nie verkehrt, weil MIFA überhaupt nicht fährt.»

«Nanu, eure Radsportler sind doch Weltklasse, dieser Täve Schur zum Beispiel.»

«Die sitzen wahrscheinlich auf Diamant-Rädern», sagte Tamara. «Weiter ... *Außenseiter – Spitzenreiter*?»

«Erfolgreiche Sendung des Fernsehens der DDR mit dem Moderator Hans-Joachim Wolfram.»

«Die Partei, die Partei hat immer recht?»

«Auf dem III. Parteitag der SED gesungen von Ernst Busch, dem legendären Arbeitersänger und Spanienkämpfer.»

«Sehr gut, Truckenbrodt. – Pittiplatsch?»

«Ich bin der liebe Pittiplatsch», piepste Truckenbrodt. «Kobold im Kinderfernsehen der DDR. Erscheint zusammen mit Schnatterinchen, Herrn Fuchs und Frau Elster auf dem Bildschirm.»

«Sie haben die Aufnahmeprüfung bestanden, Herr Truckenbrodt, und Ihrer Einbürgerung in die Deutsche Demokratische Republik, dem ersten Arbeiter- und Bauernstaat auf deutschem Boden, steht nichts mehr im Wege.»

Truckenbrodt zuckte zusammen. «Hältst du das wirklich für eine Lösung unseres Problems, dass ich ...?»

Sie sah sich um, bevor sie antwortete. «Nicht hier ...»

«Mensch, klar!» Da sie nicht nur Lauscher, sondern auch versteckte Mikrofone zu fürchten hatten, zog Truckenbrodt es vor, die Diskussion erst bei ihr zu Hause fortzusetzen.

Außerdem stand in diesem Augenblick die Freundin in der Tür, und Tamara sprang auf, um sie in die Arme zu schließen. Das hätte Truckenbrodt auch gern getan, denn Silke war genau der Typ von Frau, mit dem jeder Mann gern einmal eine Affäre gehabt hätte. Als West-Berliner dachte er natürlich sofort: Aha, das ist eine von denen, die sich im Auftrage der Stasi an westliche Geschäftsmänner heranmachen, um mit ihnen ins Bett zu gehen und sie auszuhorchen. Tamara war der Kumpel, war die Frau fürs Leben, war die Mutter der Kinder, die er gerne haben wollte – Silke war der Vamp, war die Versuchung. Aber wenn das Drehbuch seines Lebens schon geschrieben war, dann fiel Silke vielleicht die Rolle zu, ihn von Tamara abzubringen, weil Tamara sein Unglück war.

Er merkte, dass er ziemlich durcheinander war, und wenn das so weiterging, konnte er sich bald einen Therapeuten suchen.

Silke bestellte sich eine Club Cola und berichtete von den Streichungen, die es gestern wegen des Orkans im Flugverkehr gegeben hatte. Sie war noch immer derart nervös, so dass sie eine Zigarette nach der anderen rauchte.

«Die meisten Passagiere haben das Warten ja mit Fassung ertragen, aber weißt du, wer am meisten Krach gemacht hat, weil er unbedingt nach Moskau musste, ich ihn aber nicht mehr auf eine andere Maschine umbuchen konnte, weil die schon voll war?» Sie sah Tamara an.

Die lachte. «Erich Honecker?»

«Nein, Torsten Vorwerk!»

An Tamaras Reaktion erkannte Truckenbrodt sofort, dass dieser Torsten ihr Ex-Freund gewesen sein musste.

«Hör auf damit.»

«Ach, ihr beide habt noch gar nicht darüber ... Dann entschuldige bitte. Wechseln wir das Thema: Was machen deine Eltern?»

«Danke!» Tamara war etwas einsilbig geworden.

Truckenbrodt wusste nur so viel, dass Tamaras Eltern schon seit einiger Zeit geschieden waren. Ihre Mutter, mit ganzem Herzen in der SED, war Lehrerin an einer EOS, einer Erweiterten Oberschule, ihrem Vater dagegen, einem Techniker beim Unternehmen der RFT, der Rundfunk- und Fernmelde-Technik, ging die DDR *contre cœur*, und er stand kurz davor, es zu wagen, einen Ausreiseantrag zu stellen. Seine Neue hieß Mandy und wollte mit ihm in den Westen gehen.

Silke hatte ein Faible für die Rock- und Popmusik aus der DDR und sammelte mit Leidenschaft Platten und Autogramme. Irgendwann standen alle Bands bei ihr am Schalter, ob es nun die Puhdys waren, City, Silly, Lift, Berluc, Klaus Renft oder Panta Rhei.

«Unsereins muss stundenlang anstehen, wenn man mal eine Platte haben will», sagte Tamara.

«Die Lizenzverträge für Westplatten kosten uns eine Menge Devisen», erklärte Silke. «Bei Amiga überlegt man aber, ob man eine Art Delikat-Label entwickeln soll.»

«Sie sollten mehr private Studios zulassen», forderte Tamara.

Truckenbrodt konnte nicht recht folgen, als die beiden Freundinnen nun lang und breit diskutierten, ob der VEB Deutsche Schallplatte seine Monopolstellung ausnutzte oder nicht. Es war ihm auch ziemlich egal. Nach einer halben Stunde sagte Silke ade und machte sich auf den Weg zur Arbeit.

Truckenbrodt hatte sich gewünscht, einmal mit Tamara Unter den Linden zu flanieren und das Stück Berlin live zu erleben, das er bisher nur aus den Bildbänden seines Vaters kannte. «Beginnen wir am Schloss.»

«Am Palast der Republik», wurde er korrigiert. «1976 eingeweiht, im Volksmund ‹Palazzo prozzo› oder ‹Erichs Lampenladen› genannt, aber vom Volke durchaus geschätzt.»

«Kann man da drin auch heiraten?», fragte Truckenbrodt.

«Bestimmt nicht als Bürger der politisch selbständigen Einheit West-Berlin.»

Truckenbrodt lachte. «Wenn sie mich zum Chefarchitekten der DDR machen, kann man über alles reden.»

Was Truckenbrodt zwischen Schlossbrücke und Friedrichstraße an Bauten aus den Glanzzeiten Preußens zu sehen bekam, sosehr es auch vergammelte, versetzte ihn immer wieder in helles Entzücken.

«Es geht doch nichts über Knobelsdorff und Schinkel! Gott, wenn wir das bei uns in West-Berlin hätten, dann ...» Was hätte man mit diesem Pfunde wuchern können, während die DDR mit ihrem hohenzollernschen Erbe noch immer nicht so richtig klarkam, obwohl sie in seinen Augen doch so etwas wie die Fortsetzung Preußens mit anderen Mitteln war. «Der Gendarmenmarkt ist wirklich einmalig.»

«Der Platz der Akademie», wurde er verbessert.

Tamara wollte ihm den absoluten Clou ihrer Hauptstadt vorführen, doch im Restaurant oben auf dem Fernsehturm am Alexanderplatz bekamen sie natürlich keinen Platz.

«Fahren wir wieder zu mir nach Hause und trinken da unseren Kaffee.»

Das taten sie, um danach sofort wieder im Bett zu landen. Mit höchstem Genuss sah Truckenbrodt ihr zu, wie sie sich auszog. Als Student hatte er eine Phase durchlaufen, in der er alles Indische angebetet hatte, und von daher wusste er, dass Tamara einer «Kunst-Frau« glich, einer *Chitrini*. Extrem schön war sie und von mittelgroßem Körperbau. Sie hatte einen zarten Körper, eine schmale Taille, pralle Brüste und stark ausgeprägte Hüften. Ihr Gang war kokett und schwingend. Sie hatte Gefallen an Vergnügen und Lust. Das Haar um ihre *Yoni* war spärlich und weich. Die *Yoni* sollte ein Parfüm wie Honig haben und sehr süß schmecken.

Truckenbrodt schwang sich wieder aus dem Bett und kniete vor ihr nieder, um das zu überprüfen. Es stimmte, die alten Inder hatten recht.

Er brachte sie dahin, seinen *Lingam* in den Mund zu nehmen. Das kannte sie nicht, aber als sie sich überwunden hatte, genoss sie es, seinen Samen zu schlucken.

Nachdem er wieder zu Kräften gekommen war, erklärte er ihr die Bambusspaltende und die Krabben-Position.

«So könnte es weitergehen bis in alle Ewigkeit», sagte Truckenbrodt, als sie wieder erwachten. Erschöpft hatten sie gut eine Stunde geschlafen.

«Wie soll es überhaupt weitergehen?», fragte Tamara.

«Wer immer nur an die Zukunft denkt, zerstört sich die Gegenwart», erwiderte Truckenbrodt im Stile eines Briefkastenonkels.

«Wer nie an seine Zukunft denkt, der hat auch keine», variierte Tamara die Plattitüde.

«Gut.» Truckenbrodt richtete sich auf. «Ich gehe morgen zu unseren Behörden und stelle einen Antrag auf Ausreise in die DDR. Aber weil mein Vater so ein hohes Tier beim Senat ist, wird es Schwierigkeiten geben.»

«Das ist doch Unsinn, was willst du in der DDR!»

Truckenbrodt ging unwillkürlich auf Distanz. «Du meinst also, ich soll versuchen, dich zur Republikflucht zu überreden?»

«Wenn du dich traust ...»

«Darauf stehen bei euch mehrere Jahre Zuchthaus.»

Tamara küsste ihn. «Wenn ich wirklich deine große Liebe bin, dann ...»

In Truckenbrodt stieg der fürchterliche Gedanke auf, dass sie ihn nur benutzte, um in den Westen zu kommen. Er fing an, Hindernisse aufzubauen.

«Kannst du das denn deinen Eltern antun? Sie werden Schwierigkeiten bekommen, ihre Stellung verlieren.» Das hörte man im Westen immer wieder.

«Meiner Mutter gönne ich das sogar, und meinen Vater werden sie in Ruhe lassen, da er bei sich im Betrieb unverzichtbar ist.»

«Und deine Freundin?», fragte Truckenbrodt.

«Silke schicke ich erst eine Karte, wenn wir am Kudamm sitzen und Eis essen.»

Truckenbrodt spürte ein Brennen im Hals, er musste anhaltend husten. Er war kein Mann der schnellen Entscheidungen. Wie denn auch, kam er doch aus einer Subkultur, in der die Diskussion, das Palaver, der Diskurs zu den höchsten Werten gehörte und an sich mehr galt als das Handeln und die Zielerreichung selber. «Schön, dass wir drüber geredet haben!» Es wurde oft darüber gelästert, doch das änderte nichts daran. Hieß es von einem, er sei ein Mann der Tat, dann war das ein sehr negatives Urteil, und Manager war ein fast so starkes Schimpfwort wie Faschist.

«Das muss alles sehr gut überlegt sein», sagte er schließlich. Ihm grauste vor all dem Aufwand, andererseits aber galt für ihn nach wie vor: Die oder keine!

Sie schwieg. Das war für ihn schlimmer, als wenn sie ihn beschimpft hätte, weil er so zögerlich war. Als er sie umarmen wollte, stieß sie ihn weg.

«Tamara, ich ...»

«Das sind doch alles nur Worte!»

Und wahrscheinlich hätte es in ihrer Beziehung die erste große Krise, ja sogar den frühen Bruch gegeben, wenn es in diesem Augenblick nicht an der Wohnungstür geklingelt hätte.

Tamara fuhr hoch. «Wer kann denn das noch sein, um diese Zeit?» Die roten Ziffern ihres Weckers sprangen gerade auf 22 Uhr.

Die Stasi, dachte Truckenbrodt, jetzt kommen sie, um dich abzuholen. Tamara machte ihm ein Zeichen, still zu sein. Ja, am besten, sie taten so, als sei niemand zu Hause. Da wurde gegen die Tür gebummert.

«Mach auf, ich weiß, dass du zu Hause bist! Ich will mit dir reden.»

«Das ist Torsten», flüsterte sie und presste sich an Truckenbrodts Oberkörper. «Ich will weg von hier, für immer weg.»

Man schätzte im Westen, dass es in den 1970er Jahren jährlich nur zweihundert bis dreihundert gelungene «Ausschleusungen« aus der DDR gegeben hatte, und nur 1973, nach dem Transitabkommen zwischen der DDR und der Bundesrepublik, hatte die Zahl fast eintausend erreicht, dann aber waren die Kontrollen auf den Transitautobahnen zwischen Berlin und Westdeutschland derart verschärft worden, dass praktisch keine Chance mehr bestand, einen Flüchtling auf einem Rastplatz in einen Kofferraum zu stecken. 1975 hatte man beim Ministerium für Staatssicherheit eine zentrale Koordinierungsgruppe gegründet, um gegen die «kriminellen Menschenhändlerbanden« vorzugehen, und seither waren 65 bis 75 Prozent aller mit Fluchthilfe unternommenen Fluchtversuche gescheitert.

Dies erfuhr Truckenbrodt von seinem Vater, als er ihn nach Möglichkeiten fragte, Tamara aus der DDR herauszubekommen.

Dr. Herbert Truckenbrodt war von diesem Thema nicht sonderlich begeistert, denn wenn es um Fluchthilfe ging, gab es im West-Berliner Senat einen unauflösbaren und sehr schmerzlichen Widerspruch zwischen Moral und Verfassung auf der einen und dem zur Leitlinie des Handels erhobenen Pragmatismus auf der anderen Seite. Ein Verbot der Fluchthilfe war verfassungsrechtlich ausgeschlossen, selbst dann, wenn sie kommerziell motiviert war, und man sagte in den Passierscheinverhandlungen auch entschieden nein, wenn die DDR Sanktionen gegen die Fluchthilfeorganisationen verlangte, doch diese passten dem Senat auch nicht in den Kram.

«Wir wollen mit der DDR vergleichsweise vertrauensvoll zusammenarbeiten, um die Mauer wieder durchlässiger zu machen und das Schicksal bestimmter Opfergruppen der Teilung zu mildern», erklärte der Staatssekretär in einem Ton, als würde er vor einer Kamera des SFB stehen. «Unsere Devise ist nun einmal: Wandel durch Annäherung. Und darum ist bei uns mehrheitlich der Wunsch vorhanden, den Transitmissbrauch und die kommerzielle Fluchthilfe insgesamt zu bekämpfen.»

Nach diesem Ausführungen hatte Truckenbrodt begriffen, dass von seinem Vater keine aktive Hilfe bei der Befreiung Tamaras zu erwarten war. Auch mit Wasserfuhr mochte er über dieses Thema nicht reden, denn bei dessen klammheimlicher Sympathie für die DDR war wenig Unterstützung zu erwarten. Blieb seine Mutter. Ihr näherte man sich am besten mit hoher Literatur. Als sie am Nachmittag allein bei ihrer Tasse Kaffee saß, um Kraft für die 27 Aufsätze zu sammeln, die sie zu korrigieren hatte, setzte er sich ihr gegenüber an den Küchentisch.

«Wie war das noch einmal mit Hero und Leander?»

Renate Truckenbrodt brauchte nicht lange nachzudenken. «Griechische Mythologie. Er, Leander, aus Abydos, war in sie, Hero, die Priesterin der Aphrodite aus Sestos, unsterblich verliebt, doch die beiden konnten nicht zueinanderkommen, denn zum einen waren seine Eltern gegen eine Heirat und zum anderen trennte sie das Meer, also die Meeresenge des Hellespontos. Doch jede Nacht schwamm er hinüber zu ihr. Dabei wies ihm die Geliebte den Weg, indem sie auf den Turm stieg und mit einer Lampe leuchtete. Unglücklicherweise löschte dann eines Abends der Wind das Licht, und ohne Orientierung ertrank Leander in den Fluten. Als Hero die angeschwemmte Leiche ihres Geliebten am Strand entdeckte, stürzte sie sich vom Turm ins Meer. So steht es jedenfalls bei Vergil in der *Georgica.*»

«Das ist ja kein erfreuliches Vorbild für mich und Tamara», sagte Truckenbrodt. «Ob man nun an der Grenze erschossen wird oder im Meer ertrinkt ...»

Seine Mutter fixierte ihn. «Und bei Tamara gilt wirklich, was du mal ausgerufen hast?»

«Was habe ich denn mal ausgerufen?», fragte Truckenbrodt.

«Ich will die große Liebe und keinen Kompromiss!»

«Ja, sie ist die große Liebe.»

Truckenbrodt sah aus dem Fenster. Gerade blühte draußen der Flieder. «Ohne Fluchthelfer geht es wohl nicht. Scheitern wir und Tamara kommt ins Gefängnis, dann hoffe ich, dass Vater es schafft, sie nach ein paar Wochen freizukaufen. Bei den Vorbereitungen wird er mir aber bestimmt nicht helfen.»

«Nein, wird er nicht», bestätigte ihm seine Mutter. «Am besten, du nimmst das selber in die Hand und sprichst mit niemandem darüber. Auch mit mir nicht. Ich will meine guten Beziehungen zum Schriftstellerverband der DDR nicht aufs Spiel setzen.»

Truckenbrodt war also auf sich allein gestellt. Er hoffte, dass ihn das stark machen würde. Schon die Kontaktaufnahme mit einer Fluchthilfeorganisation schien ihm ein unüberwindliches Hindernis zu sein, doch dann erwies sich die Sache als geradezu lächerlich einfach, denn in seinem Tennisverein gab es einen Dr. F., von dem man wusste, dass er einmal im Untersuchungsausschuss freiheitlicher Juristen gearbeitet hatte. Als er Dr. F. erzählt hatte, dass es darum ginge, seine zukünftige Ehefrau aus der DDR herauszuholen, wurde ihm sofort schnelle Hilfe zugesichert.

«In den nächsten Tagen wird sich jemand bei Ihnen melden. Codewort ...» Er überlegte einen Augenblick. «Codewort: Schmetterball.»

Drei Tage später kam er aus seinem Dienstgebäude am Fehrbelliner Platz und ging zu seinem Wagen, den er hinten in der Sächsischen Straße geparkt hatte. Als er dabei war, die Tür aufzuschließen, kam ein Mann von etwa dreißig Jahren aus einem Hausflur und tippte einen Tennisball vor sich auf. Er fing ihn mit der linken Hand und hielt ihn Truckenbrodt hin.

«Hier, für den nächsten Schmetterball.»

«Ah, Sie sind es. Herr ...?»

«König, Gunnar König.»

«Sehr schön. Wo wollen wir denn miteinander sprechen?»

«Nicht mitten auf dem Marktplatz, auch nicht in einem Café. Am besten, ich steige bei Ihnen ein, und wir fahren ein bisschen durch die Stadt.»

«Okay.» Truckenbrodt fand das sehr professionell, und das beruhigte ihn. Er fuhr los, bog links in den Hohenzollerndamm ein und rollte in Richtung Zehlendorf.

«Um wen geht es denn?», fragte König.

Truckenbrodt zögerte, sogleich Tamaras Identität preiszugeben. «Eine Verwandte in Ost-Berlin, 23 Jahre alt.»

König nickte. «Wenn wir handelseinig werden sollten, müssten wir das aber schon ganz genau wissen, damit mein Läufer weiß, auf wen er zuzugehen hat.»

«Ihr Läufer?» Truckenbrodt hatte diesen Ausdruck noch nie gehört.

«Das ist ein Mensch, der von West- nach Ost-Berlin reisen kann, um dort den Flüchtling zu treffen und alles zu tun, was nötig ist.»

«Ah ja.» Truckenbrodt musste sich kurz konzentrieren, um über den Fehrbelliner Platz zu kommen. «Und wie sind die Preise so?»

«Erwachsene kosten zwischen 15 000 und 20 000 Mark.»

«Oh ...» Das war auch für Truckenbrodt eine Menge Geld, denn lange war er noch nicht beim Senat beschäftigt, und mit der Unterstützung seiner Eltern konnte er nicht unbedingt rechnen. Aber es gab ja Kredite. «Gut, und was schlagen Sie vor?»

«Das Umhängen eines Passes ist mittlerweile auch immer gefährlicher.» Auf Truckenbrodts Nachfrage hin erklärte er die Sache. «Wenn kein Pass zur Verfügung steht, auf dem das Foto dem Flüchtling ähnlich sieht, wenn aber wenigstens Alter und Größe einigermaßen stimmen, dann tauschen wir das Bild im Pass gegen das des Flüchtlings aus, das heißt, wir ‹hängen es um›. Das ist ganz schön kompliziert, hat auch gleich nach dem Mauerbau prima funktioniert, jetzt aber sind die Grenzer so clever, dass wir kaum noch Chancen haben.»

«Und im umgebauten Auto?» fragte Truckenbrodt. Er hatte gehört, dass man Lkws so umbaute, dass sie neben der Ladeklappe, die von den DDR-Behörden bei der Durchfahrt versiegelt wurde, noch einen geheimen Zugang hatten, durch den der Flüchtling dann auf einem Parkplatz an der Transitautobahn hineinklettern konnte, sofern man zwischen der Ladung etwas Platz gelassen hatte.

König stöhnte. «Die Raststätten und die Parkplätze werden immer besser observiert, da gibt es unheimlich viele Rentner, die sich ein Zubrot verdienen wollen.»

«Und was ist mit einem Tunnel?», fragte Truckenbrodt.

«Buddeln, hm ... Ich bin nicht Harry Seidel, ich möchte nicht verschüttet werden. Und wissen Sie, was passiert, wenn die Grenzer einen Tunnel entdeckt haben?»

«Nein.»

«Dann werfen sie eine geballte Ladung in den Schacht, also acht zusammengebundene Handgranaten. Ist jemand in diesem Augenblick noch im Tunnel, zerreißt es ihm die Lunge, so groß ist der Luftdruck.»

Truckenbrodt sah auf die S-Bahngleise hinunter. Sie rollten gerade über die Brücke am Bahnhof Hohenzollerndamm. «Sie sind mir ein schöner Verkäufer, Sie raten mir ja von allem ab.»

«Ich will Ihnen nur das Risiko klarmachen, und dass ich Ihnen selbst bei 20 000 Mark nicht garantieren kann, dass alles gutgeht.»

Truckenbrodt war deprimiert. «Und wie sieht es mit der ‹grünen Grenze› aus, mit einer Flucht über Ungarn und Jugoslawien?»

König gab Truckenbrodt zu verstehen, dass er am Roseneck gern aussteigen würde. «Für die erste Kontaktaufnahme reicht mir das. Wir werden nachdenken. Ich komme wieder auf Sie zu.»

ACHT
1980

TAMARA DRESCHA hatte ohne Mühe ein Visum für Ungarn bekommen und wollte sich vom 7. bis zum 10. Juni 1980 in Szentendre bei der Familie Meszaros einquartieren. Man kannte sich seit Jahren und war sehr vertraut miteinander. Herr Meszaros war ein hoher Beamter in der Verwaltung, die Tochter studierte Medizin.

Szentendre lag zwanzig Kilometer nordwestlich von Budapest am rechten Ufer eines Seitenarms der Donau, der Szentendrei Duna, und war mit einer Vorortbahn schnell erreichbar.

Tamara gab ihren Koffer am Bahnhof auf und lief zum Fö tér, dem Hauptplatz, in dessen Nähe die Familie Meszaros wohnte. Sie freute sich auf das Wiedersehen mit den Ungarn, doch als sie an deren Haus ankam, fand sie an der Tür, mit einem Reißnagel befestigt, einen unscheinbaren Zettel: *Bitte geh auf Campingplatz. Wir wollen keinen Ärger. Versteh uns.*

Tamara erstarrte. Hatte Herr Meszaros eine Art übernatürlicher Witterung oder war er, auf welchen geheimnisvollen Kanälen auch immer, von ihren Fluchtplänen unterrichtet worden und wollte sie warnen?

Ein Priester der serbisch-orthodoxen Kirche schlenderte vorüber und musterte sie. War das Zufall oder ...? Schon hatte er sie angesprochen. Sein Deutsch war hervorragend.

«Letzte Woche war ein junger Künstler aus der DDR hier, und den hat die Polizei mitgenommen. Sie verstehen?» Damit ging er weiter.

Tamara stand regungslos da und dachte: «Scotty, beame mich zurück in die Stubbenkammerstraße.» Was nun? Mit den Fluchthelfern war abgesprochen, dass sie übermorgen Vormittag von einem Schweizer an der Pestsäule auf dem Fö tér abgeholt werden sollte. Sie konnte sich nicht zwei Tage und vor allem nicht zwei Nächte lang in Szentendre herumtreiben, ohne von der ungarischen Polizei aufgegriffen zu werden. Also auf zum Campingplatz! Das war ihr gar nicht lieb, denn in der DDR wussten sie alle, dass es an Orten wie diesem von «Aufsehern« wimmelte, die dafür sorgen sollten, dass niemand auf den Gedanken kam, Ungarn zur Republikflucht zu nutzen. Aber was blieb ihr anderes übrig?

Am Bahnhof hatte sie Glück und stieß auf eine Familie aus Leipzig, die in ihrem Wartburg angereist war, sich auch auf den Weg zum Campingplatz machte und sie gern mit hinaus zum Donau-Ufer nahm. Sie erzählte den Sachsen, dass ihr Freund sie versetzt habe und sie nun ohne Zelt dastünde. Die Leute hatten Mitleid mit ihr, und so durfte sie auf einer Luftmatratze in deren Vorzelt schlafen.

Abends, als die beiden Kinder schliefen, saßen sie zu dritt beisammen und spielten Skat. Brigitte und Günther waren sehr gesprächig und erzählten ihr auch, was sie in Budapest gehört hatten.

Da war ein DDR-Bürger in die bundesrepublikanische Botschaft gegangen und hatte um Hilfe gebeten. «Ich möchte gern ins westliche Ausland.»

Da hatte der Beamte aus der BRD ihn harsch angefahren: «Bitte zeigen Sie Reue, gehen Sie in Ihr Land zurück.

Wir hier können nichts tun. Versuchen Sie nicht zu fliehen! Jeder Grenzposten erhält ein Kopfgeld für jeden flüchtigen DDR-Bürger. Seien Sie vernünftig! Wenn Sie jetzt zurückgehen, werden Sie vielleicht nur ein paar Jahre im Gefängnis zubringen, wenn Sie aber auf der Flucht erwischt werden, dann ... Jeder Grenzposten erhält ein Kopfgeld für jeden flüchtigen DDR-Bürger.»

Auf das Entsetzen des Besuchers hin hatte der Beamte auf einen Zettel geschrieben: *Wir werden abgehört! Ich wünsche Ihnen, dass es gelingen möge. Alles Gute! Mehr kann ich nicht für Sie tun.* Dann hatte er auf einer Landkarte die Stellen eingezeichnet, wo die Flucht am ehesten glücken konnte.

«Die Welt ist schon verrückt», sagte Tamara.

Drei Möglichkeiten gab es, von Ungarn aus nach Jugoslawien zu fliehen: über die Donau zu schwimmen, über die «grüne Grenze« zu gehen oder den Durchbruch an einem der offiziellen Grenzübergänge zu wagen.

Die Leipziger wollten das gern mit ihr diskutieren, aber Tamara hielt sich bedeckt.

«Zwischen Ungarn und Österreich gibt es eine elektrische Signalanlage, die aber oft vom Wild beschädigt wird», sagte Günther. «Da könnte man's auch probieren.»

Tamara winkte ab. «Interessiert mich nicht, für mich ist die DDR der einzige Staat in Deutschland, in dem man vernünftig leben kann.»

Jetzt hatte sie nur noch ein Problem: Wie konnte sie sich am Montag um elf Uhr an der Pestsäule mit ihrem Fluchthelfer treffen, ohne dass Brigitte und Günther irgendwie Verdacht schöpften?

Die rettende Idee kam ihr beim Frühstück am nächsten Morgen: Da biss sie auf ein Stück Knochen, das in ihrer Wurst steckte, und klagte fortan immer lauter über Zahnschmerzen. So zögerten die Leipziger nicht, mit ihr am Montagvormittag zum Zahnarzt zu fahren. Ihre wichtigsten Papiere und ein bisschen Geld hatte sie in ihrer Umhängetasche stecken, ihre Sachen im Koffer konnte sie abschreiben. Im Wartezimmer war es mehr als voll, das kam ihr sehr entgehen.

«Am besten, ihr lasst mich hier sitzen und kommt erst in zwei Stunden wieder vorbei, um mich abzuholen.»

Die Leipziger versprachen es ihr und zogen ab. Tamara wartete eine halbe Stunde, dann fragte sie nach der Toilette, verließ das Wartezimmer der Zahnarztpraxis und machte sich auf den Weg zum Fö tér. Fünf Minuten vor der ausgemachten Zeit stand sie an der Pestsäule.

Pünktlich um elf Uhr hielt ein sandfarbener VW-Passat mit Schweizer Kennzeichen vor ihr, und ein südländisch aussehender Mann von knapp über dreißig Jahren kurbelte das Fenster herunter, schob die Sonnenbrille auf die Haare hoch und sah sie fragend an.

«Können Sie mir sagen, wie ich zum Marzipanmuseum komme?»

Sie zuckte zusammen, denn das war der erste Teil der Losung, es konnte aber alles nur Zufall sein. Sie brauchte einige Sekunden, um sich daran zu erinnern, was sie nun zu sagen hatte.

«Tut mir leid, ich mag keine Süßigkeiten.»

«Auch keine Bambina?» Das war eine Milchschokolade aus dem VEB Elfe Leipzig.

«Nein, an den gerösteten Haselnusssplittern beiße ich mir immer die Zähne aus.»

«Dann steig mal ein, ich habe eine Tafel Milka im Handschuhfach.»

«Prima, danke.» Alles stimmte. Sie öffnete die hintere

Wagentür. Es war wie vor einer Operation, sie hatte sich darauf eingelassen, und nun gab es kein Zurück mehr. Entweder glückte alles, und sie hatte wunderbare Jahre vor sich – oder sie starb und landete im Krematorium.

«Ich bin der Marc», sagte der Fluchthelfer. «Hinten sitzt die Susan, die es mit dir wagen will.»

Tamara erzählte ihnen von den Leipzigern, die im Laufe des Tages die ungarische Polizei alarmieren würden, wenn sie nicht zum Campingplatz zurückkehren würde, und Marc blieb nichts anderes übrig, als seine Pläne zu ändern.

«An sich wollte ich mich erst südlich von Mohács ein paar Tage umsehen und mit euch durch die Wälder streifen, das ist zwischen Drau und Donau, um zu sehen, wo die Chancen am besten sind, aber nun ...» Er erklärte ihnen, dass es an der «grünen Grenze« zwischen Ungarn und Jugoslawien keinen Stacheldraht und keine Minenfelder gab. «Nur Soldaten, die kontrollierten, aber man muss natürlich herausbekommen, wo und wann sie Streife laufen.»

Von Szentendre bis Mohács waren es 220 Kilometer, und Marc meinte, dass sie kaum vier Stunden brauchen würden. Das schaffte er in der Tat. Es waren zu viele Camper unterwegs, als dass sie aufgefallen wären.

Sie aßen und tranken noch einmal, dann ging es weiter in Richtung Süden. Hinter Sátorhely verließen sie die Hauptstraße und näherten sich der Grenze bis auf wenige Kilometer.

«Hinter den Feldern kommt ein Wäldchen, dann ein Kanal, und dahinter liegt die Grenze», sagte Marc. «Laut meinen Informationen gibt es heute am späten Nachmittag keine Patrouillen, die Soldaten feiern irgendetwas.» Und in der Tat sahen sie nirgendwo eine Uniform. Sie konnten es also wagen.

Marc parkte den Wagen hinter einer verfallenen Feldscheune, dann machten sie sich auf den Weg. Der Wald war so dicht, dass sie überall Sichtschutz hatten.

Tamara lief wie in Trance. Jegliches Denken war ausgeschaltet. Noch eine Viertelstunde vielleicht, dann war sie gerettet.

Als sie einen Forstweg zu überqueren hatten, geschah es: Was Marc nicht erfahren hatte, war, dass in der Gegend, in der sie über die «grüne Grenze« wollten, sich Bauern, die hier ansässig waren, als Grenzhelfer gern ein paar Forint dazuverdienten.

Und einer dieser Männer kam jetzt hinter einem Holzstapel hervor, zielte mit einem Karabiner auf sie und schrie: «Stehenbleiben, hoch Arme, sonst ich schieße!»

Tamara warf sich in den Sand, Marc und Susan versuchten, ins Unterholz zu springen. Da fielen schon die ersten beiden Schüsse.

Raoul Truckenbrodt war von Gunnar König nur vage informiert worden. Zwar wusste er, dass man versuchen würde, Tamara in dieser Woche über die Grenze von Ungarn nach Jugoslawien zu bringen, er kannte aber weder Tag noch Stunde. So war er einem Herzanfall nahe, als er mit seiner Mutter die *Tagesschau* sah und den Sprecher sagen hörte, dass südlich von Mohács ein Fluchtversuch gescheitert sei und es zwei Tote gegeben habe.

«Wenn da Tamara dabei war, dann ...»

Seine Mutter versuchte, ihn zu beruhigen. «Warte doch erst mal ab!»

Bei ihren Nachfragen mussten sie sehr vorsichtig sein,

denn man konnte davon ausgehen, dass die Telefongespräche zwischen Ost und West abgehört wurden. So wäre es sehr leichtsinnig gewesen, Tamaras Freundin Silke anzurufen.

Nach einer schlaflosen Nacht machte sich Truckenbrodt am nächsten Morgen auf die Suche nach Gunnar König, fand ihn aber nirgends und hörte von verschiedenen Seiten, dass er abgetaucht sei. Anrufe beim RIAS, beim Auswärtigen Amt in Bonn und beim Untersuchungsausschuss freiheitlicher Juristen brachten nichts, niemand kannte die Namen der Menschen, die an der ungarisch-jugoslawischen Grenze erschossen worden waren. Bei der jugoslawischen Nachrichtenagantur hieß es, man habe gehört, dass es nur einen Toten gegeben habe. Eine weitere Person sei angeschossen und verhaftet worden, eine dritte entkommen.

Truckenbrodt schöpfte wieder etwas Hoffnung und betete sogar: «Herr, lass diese dritte Person Tamara sein!»

Das Warten ging weiter, und es war eine Art Psychofolter. Das Schlimmste war, dass er nichts tun konnte. Selber ein Visum für Ungarn zu bekommen, das dauerte zu lange, und wenn die DDR-Behörden alles wussten, wurde er sofort verhaftet, wenn er ungarischen Boden betrat. Er überlegte, ob er nach Wien fliegen und zum Neusiedler See fahren sollte, da war ja Ungarn nur einen Steinwurf entfernt, und vielleicht ergab sich eine Gelegenheit, jemanden zu finden, der für tausend Mark die ungarischen Campingplätze abklapperte und nach Tamara suchte. Action war auf alle Fälle besser, als untätig herumzusitzen. Sollte er sich drei Tage Urlaub nehmen und es versuchen? Ja! Seine Mutter bestärkte ihn darin. Er eilte ins Reisebüro. Von Schönefeld aus ging es mit der Interflug direkt nach Wien, er zog es aber vor, von Tegel aus nach München zu fliegen und dort umzusteigen.

Als er am späten Abend in Eisenstadt eingetroffen war und an der Rezeption stand, erreichte ihn der Anruf seiner Mutter.

«Eben finde ich einen Zettel bei uns im Briefkasten. Ich lese ihn mal vor: *Tamara geht es gut. Sie wird morgen nach Ost-Berlin zurückkehren. Während Marc erschossen worden ist und Susan mit Schussverletzungen im Krankenhaus liegt, konnte Tamara flüchten und ist von einer Familie aus der SU (Esten!) zum Campingplatz in Szentendre zurückgebracht worden, ohne dass jemand Verdacht geschöpft hat. Susan weiß nicht, wer Tamara wirklich ist.*»

Renate Truckenbrodt war insofern eine typische West-Berliner Grüne oder vielmehr Linksliberale, als sie die DDR hasste und jeden Tag geradezu betete, dass dieser Staat so bald wie möglich wieder verschwand und seine Herrscher ins Gefängnis wanderten, sie zugleich aber ein Faible für die Literatur der DDR entwickelt hatte. Schon seit Jahren bemühte sie sich um Kontakte zum dortigen Schriftstellerverband wie auch zu einzelnen Autorinnen und Autoren, und einige durften ihre Einladungen zu Lesungen in West-Berlin auch annehmen. In Pankow versprach man sich von solchen Aktionen einigen Imagegewinn und erteilte ab und an wirklich Sondergenehmigungen, zumal jeder Lesende angehalten wurde, ausführliche Berichte abzuliefern. Die wurden dann von den in Frage kommenden Stasi-Abteilungen gern ausgewertet.

Für diesen Juni freute sie sich, Bernhard Oybin in einer Buchhandlung in der Reichsstraße begrüßen zu dürfen. Vor seinem Auftritt, wie sie das nannte, war er zu ihnen nach Hause eingeladen worden. Dr. Herbert Truckenbrodt hatte dieses Treffen der Senatskanzlei gemeldet und war gebeten worden, dem zuständigen Beamten am nächsten Tage kurz mitzuteilen, worüber man gesprochen habe. Nur der besseren Koordination der deutsch-deutschen Aktivitäten wegen.

Raoul Truckenbrodt war pünktlich zum Kaffeetrinken zu Hause, denn vielleicht konnte man sich mit Oybin so anfreunden, dass er sich für Tamaras Ausreise in den Westen starkmachte. Er schien ja, wenn die Fotos, die ab und an in den Zeitungen auftauchten, nicht trogen, gute Beziehungen zum halben ZK, dem Zentralkomitee der SED, zu haben, und der Staatsratsvorsitzende selber hatte ihn oft genug umarmt.

Als Bernhard Oybin bei ihnen in der Diele stand, sah sich Truckenbrodt in all seinen Vorurteilen bestätigt, denn der Schriftsteller sah nach DDR aus, und er roch nach DDR. Der spezifische Geruch, der seiner Kleidung wie auch seiner Haut entströmte, setzte sich zusammen aus dem Rauch der Cabinet, der meistgerauchten Zigarette zwischen Ostsee und Rennsteig, den flüchtigen Bestandteilen von Wofasept, dem Mief schlecht verbrannter Braunkohle aus der Lausitz, den Abgasen von Trabbi und Wartburg, der Blume billiger Balkanweine wie dem Stierblut und dem Florena-Rasierwasser. Sein mausgrauer Anzug, sicherlich einer der teuersten seiner Art im Kaufhaus am Alexanderplatz, ließ Truckenbrodt später zu Wasserfuhr sagen, dass ihn manch West-Berliner Sozialhilfeempfänger nicht getragen hätte, um sich nicht schämen zu müssen. Sein Gesicht war von heiligem Ernst gezeichnet. Da war ein bisschen Spanienkämpfer, ein Schuss Ernst Thälmann und eine Menge Lenin. Sein Teint war grau wie Mehl, das genaue Gegenstück zur Studiobräune eines dekadenten Westmenschen. Der Funktionär, fand Truckenbrodt, hatte deutlich Oberhand über den Schriftsteller gewonnen, was auch daran liegen mochte, dass seine Körpersprache, so gehemmt und unansehnlich er auf den ersten Blick auch scheinen mochte, ganz deutlich anzeigte, dass man hier ein Alphamännchen vor sich hatte. Im Osten sahen die halt anders aus als im Westen. Truckenbrodt rechnete. Wenn Oybin 1929 zur Welt gekommen war, musste er jetzt 51 Jahre alt sein. Manch einer hätte ihn auf 70 geschätzt.

Aufregend war es dennoch, einen solchen Mann auf der eigenen Terrasse zu bewirten. Sie wussten alle drei, dass er zu den Offizieren des Feindes gehörte, und dessen Ziel war es, West-Berlin zu okkupieren. Spionieren sollte er ganz sicher und sehen, ob er die Truckenbrodts für sich und seine Sache einsetzen konnte. Sie gingen ferner davon aus, dass er den einen oder anderen Schriftstellerkollegen ans Messer geliefert hatte. Und dennoch hofierten sie ihn, denn sie wollten ihn instrumentalisieren, wie er sie instrumentalisierte. Für Renate Truckenbrodt war er wichtig, weil sie sich mit ihm im Kollegenkreise und auf Partys schmücken konnte, Dr. Herbert Truckenbrodt dachte an den Aufbau eines eigenen Netzwerkes, das auch Künstler und Literatur aus der DDR einschloss, um seine politische Potenz zu steigern, und Raoul Truckenbrodt hoffte ja, mit Oybins Hilfe Tamaras Ausreise in die Wege leiten zu können.

So kam es, dass die drei West-Berliner kein böses Wort über die DDR verloren, die sie ansonsten nur kritisierten und verspotteten, und sich Oybin gegenüber so loyal verhielten, dass Truckenbrodt später sagen sollte, sie hätten versucht, sich bei ihm einzuschleimen.

«Der Bitterfelder Weg ist für mich etwas, was man unseren westlichen Hochliteraten zwangsweise hätte verordnen sollen», sagte Renate Truckenbrodt. «Sie in die Betriebe schicken, damit sie das Leben der Arbeiter am eigenen Leibe zu spüren bekommen. In den Romanen bei uns tummelt sich ja alles nur in den höheren Kreisen, und alles findet statt in Villen und edlen Büros.»

Oybin nickte. «Ja, der Bitterfelder Weg war ein guter Weg, und Franz Fühmanns Reportage *Kabelkran und blauer Peter* ist für uns alle ein Vorbild geworden. Ohne sie wären meine beiden wichtigsten Romane nie erschienen.»

Renate Truckenbrodt nickte und hatte leuchtende Augen. «*Der Fährmann von Ketzin* und *Der Dispatcher*.»

«Grandios, ja!», rief Dr. Herbert Truckenbrodt. «Beide haben Ihnen ja auch hier im Westen höchste Anerkennung eingebracht.»

Da konnte sich Raoul Truckenbrodt, aufgewachsen in der Spottkultur West-Berlins, dann doch nicht zurückhalten und fügte hinzu, ein Freund von ihm habe neulich sogar ausgerufen, bei der Verleihung des Literaturnobelpreises könne man ruhig mal an die führenden DDR-Autoren denken.

«Durchaus, ja.» Oybin wies darauf hin, dass die sozialistischen Länder seit Scholochow viel zu kurz gekommen seien. «Wir haben da schon einige Kandidaten. Wenn wir bei mir in Schmöckwitz sitzen und diskutieren, dann auch darüber.»

«Ah, Schmöckwitz!», rief Dr. Herbert Truckenbrodt. «Das war vor ...» Er erschrak und stockte, denn fast hätte er «... dem Mauerbau» gesagt, das ging aber nicht, weil das den Gast gekränkt hätte. Also fuhr er grammatikalisch unschön fort: «... vor dem, dass wir hierher in die Bayernallee gezogen sind, Havel und Wannsee vor der Haustür. Da waren wir öfter in Schmöckwitz ... zum Baden, auf der Badewiese hinter der Brücke. Dahinter ist ja heute das Heim des FDGB, des Freien Deutschen Gewerkschaftsbundes, wo öfter mal

Delegationen aus Ost und West zusammenkommen, bei Harry Tisch.»

«Alles, was im Dienste des Friedens geschieht, ist gut», erklärte Oybin. «Das friedliche Nebeneinander der beiden deutschen Staaten und der politisch selbständigen Einheit West-Berlin ist die Garantie dafür, dass es trotz aller Aufrüstung in Mitteleuropa zu keinem Krieg mehr kommen wird. Darauf erheben wir jetzt unsere Gläser!»

Nachdem Dr. Herbert Truckenbrodt den bereitstehenden Champagner eingegossen hatte, stießen sie an.

«Mein Haus am Imkerweg in Schmöckwitz steht jederzeit allen meinen Freunden offen», sagte Oybin. «Ich verbringe ja den Sommer weithin in meinem Ferienhaus in Baabe auf Rügen, und da kommen viele und wohnen bei mir in Schmöckwitz und fahren mit meinem Motorboot umher. Ich weiß nicht, wie viele einen Schlüssel haben, ein Dutzend bestimmt. Auch Sie sind jederzeit herzlich willkommen. Und wenn das Nest schon besetzt ist, müssen Sie es halt am nächsten Tag noch einmal probieren.»

«Herzlichen Dank!», rief Renate Truckenbrodt. «Das ist ja eine Auszeichnung für uns.»

Nach dem Kaffee zog sich Oybin ins Gästezimmer zurück, um ein wenig zu ruhen und sich auf seine Lesung vorzubereiten.

Da klingelte es auch schon. Die ersten Journalisten rückten an. Renate Truckenbrodt hatte die West-Berliner Presse mit Infos bombardiert und es geschafft, Interviews mit den beiden großen Tageszeitungen, dem SFB und auch dem RIAS auszumachen. Oybin hatte anstrengende anderthalb Stunden vor sich, bevor es ans Lesen ging.

Pünktlich um halb acht setzten sie sich alle in Dr. Truckenbrodts Mercedes und fuhren zur Buchhandlung. Dort war es schon so voll, dass die Angestellten zusätzliche Stühle aus dem Keller nach oben schleppen mussten. Bernhard Oybin war deutlich anzusehen, wie sehr er das genoss.

Da man nur für Renate Truckenbrodt einen Platz in der ersten Reihe reserviert, ihren Mann und ihren Sohn aber vergessen hatte, mussten die beiden froh sein, wenigstens noch zwei staubige Stühle ganz hinten ergattert zu haben.

Die Buchhändlerin, Oybin und Renate Truckenbrodt warteten im Büro, bis draußen einigermaßen Ruhe eingekehrt war. Die letzten abgewiesenen Gäste schimpften draußen auf der Straße.

«Nicht immer ist genügend Raum auch in der kleinsten Hütte», sagte die Buchhändlerin, als sie die Gäste begrüßte, die Platz gefunden hatten. «Mit solchem Andrang hatte jedoch niemand vorher rechnen können. Es zeigt uns aber, wie groß bei uns das Interesse an allem ist, was in der DDR geschieht. Und dass kein Geringerer als Bernhard Oybin heute hier bei uns in Westend lesen wird, könnte man glatt als Wunder bezeichnen.»

«Nein!», rief Oybin da. «Bei Westend habe ich doch sofort an ‹der Westen am Ende› gedacht und bin gekommen.»

Truckenbrodt war perplex. So viel an Selbstironie und Schlagfertigkeit hätte er Oybin nicht zugetraut. Der Mann war wirklich ein guter Botschafter seines verdammten Landes.

Seine Mutter hatte es nun leicht, Bernhard Oybin vorzustellen und den Leuten schmackhaft zu machen. Wie alle Lehrerinnen hörte sie sich gern selber reden und brauchte gut fünf Minuten für seine Biographie, dann erklärte sie den Leuten, was ein Dispatcher sei.

«... jemand, der für die operative Lenkung und Kontrolle von Produktions- und Verkehrsprozessen zuständig ist. Er organisiert zum Beispiel die Warenbestellung und die Maschinenbelegung. Bei der Deutschen Reichsbahn ist er für die Zusammenstellung der Züge und die Organisation des Zugverkehrs zuständig. So auch Martin Nonnenmacher, der Mann, der in Bernhard Oybins großartigem Roman *Der Dispatcher* im Mittelpunkt steht. Damit ist alles gesagt – und nun kann gelesen werden.»

Bernhard Oybin klatschte Beifall wie alle anderen, bedankte sich kurz bei ihr für ihre sachkundigen und warmherzigen Worte, bei der Buchhändlerin für die Einladung und bei den Zuhörerinnen und Zuhörern für ihr Kommen. Dann setzte er sich, schlug sein Buch auf und begann ohne jeden Kommentar mit einer Szene aus dem dritten Kapitel.

«*Nonnenmacher hatte die dritte Weichenstörung an diesem Abend zu beklagen. Das bedeutete, dass einige Zehntausende von Frauen und Männern, die an ihrem Arbeitsplatz tagsüber alles gegeben hatten, Stunden zu spät zu ihren Lieben nach Hause kamen. Überall in der Region wartete man. Hoffentlich war nichts Schlimmes passiert. Nonnenmacher war das Gefäß, das alle diese Sorgen und Ängste auffing, und er hatte sofort wieder diese verdammten Magenschmerzen. Wann endlich konnten die wichtigsten Weichen bei Temperaturen unter minus fünf Grad beheizt werden? Zumindest, wenn es vorher geregnet hatte und im Nu alles festgefroren war. Die Partei musste sich mehr dahinterklemmen. Nonnenmacher war selber Genosse und verstand das nicht ...*»

So ging das viele Viertelstunden lang, und Truckenbrodt konnte bald nicht mehr folgen.

«Ein bisschen *BILD* ist manchmal auch ganz schön», sagte er zu seinem Vater, der rechts neben ihm saß und auch gehörig litt.

Sosehr er sich auch bemüht hatte, nur zu flüstern, die junge Dame, die vor ihm saß, fuhr dennoch herum und zischte wütend.

Truckenbrodt erstarrte, konnte es nicht fassen, glaubte, unter Halluzinationen zu leiden, denn das war Tamara, musste Tamaras eineiige Zwillingsschwester sein. Zumindest was das Gesicht betraf. Vom Haar und von der Figur her unterschieden sie sich beträchtlich. Tamaras Haar war weich und fiel so wunderschön wie bei einem Mannequin, bei der Frau vor ihm waren es widerborstige dünne Drähte. Und während man Tamara mit einer Gazelle vergleichen konnte, war hier eher an einen Wasserbüffel zu denken.

Aber das Gesicht, mein Gott, das Gesicht ... und auf einem Ausweis oder Reisepass war ja nur das Gesicht zu sehen, nicht der ganze Körper.

So geschah es ganz automatisch, dass er das dachte, was in den nächsten Tagen sein Leben bestimmen sollte: Mache dich an diese Frau heran, locke sie zu Oybin nach Schmöckwitz, sperre sie am Imkerweg in den Keller, und hole mit ihrem Ausweis Tamara in den Westen.

Der Gedanke raubte ihm den Atem, und er musste husten und nach Luft schnappen.

Aber wie sollte er das alles einfädeln? Er wusste ja nicht einmal, wie sie hieß. Und vielleicht war sie glücklich verheiratet und würde nicht im Traum daran denken, mit ihm nach Schmöckwitz zu fahren. Er beugte sich nach vorn.

Nein, einen Ring trug sie nicht. Und so streng, wie sie roch, war auch nicht anzunehmen, dass die Liebhaber reihenweise auf ihrer Bettkante saßen.

In der Pause versuchte er, in ihre Nähe zu gelangen. Wer wollte, konnte sich gratis ein Glas Wasser, Saft oder

Sekt nehmen, das hatte sein Vater gesponsert, und so eroberte er sich zwei Gläser und drängelte sich durch die Menge. Sie stand an einem der Regale und musterte die Sachbücher, die etwas mit der DDR und dem real existierenden Sozialismus zu tun hatten.

«Ich möchte mich bei Ihnen für die Störung entschuldigen», sagte Truckenbrodt, jahrelang darin geübt, seinen ganzen Charme spielen zu lassen und Frauen anzumachen. «Mein Name ist Raoul Truckenbrodt, ich bin der Sohn der Dame, die das hier alles organisiert hat. Trinken wir auf unsere Versöhnung!»

«Ja, meinetwegen. Ich bin die Angelika ... Angelika Kranold.»

«Aber nicht vom Kranoldplatz in Neukölln?»

«Nein, gerade aus Krefeld nach Berlin gekommen.»

«Als Touristin?»

«Nein, ich will hier studieren, Geschichte und Politologie. Und irgendwo arbeiten, um mir mein Studium zu finanzieren.»

Truckenbrodt war jemand, der seine Schmetterbälle schlug, ohne sie lange vorzubereiten.

«Wir können uns ja mal treffen, dann zeige ich Ihnen die FU und die ganze Stadt.»

«Ja, gern.»

Bevor Bernhard Oybin wieder zu lesen begann, hatten sie ihre Telefonnummern ausgetauscht.

Die Veranstaltung wurde ein voller Erfolg. Truckenbrodt hätte sich am liebsten um Angelika Kranold gekümmert und sie nach Hause gefahren, aber es war abgesprochen, dass er und seine Mutter Oybin mit dem Wagen zur Grenze brachten, zum Übergang Sonnenallee.

Als sie kurz nach Mitternacht wieder in Westend waren, tranken sie zu dritt noch eine Flasche Beaujolais und ließen das Geschehene Revue passieren.

«Das war ja eine rundum gelungene Sache», sagte Renate Truckenbrodt.

Dr. Herbert Truckenbrodt hob sein Glas. «Es lebe die kulturelle Institution der Rückversicherung. Siegt die DDR, wird Oybin dafür sorgen, dass wir nicht verkommen, und triumphieren wir im Westen, werden wir ihm einen Persilschein ausstellen, wenn man ihn wegen seiner allzu großen Liebe zum Pankower Regime ächten und bestrafen will.»

«So sind wir Deutschen eben», murmelte Raoul Truckenbrodt.

Seine Mutter sah ihn prüfend an. «Und du? Du scheinst ja Tamara abgeschrieben zu haben?»

«Wieso denn das?»

«Weil du ja ganz schön mit einer anderen geflirtet hast. Vom Typ her sind sich ja beide ziemlich ähnlich.»

«Hör auf damit!» Truckenbrodt stand auf und sagte seinen Eltern gute Nacht. «Ich lese noch ein bisschen im Bett.»

«Was denn?», fragte seine Mutter.

«Na, Oybin natürlich.»

Bevor er nach oben ging, um sich schlafen zu legen, ging Raoul Truckenbrodt noch ins Gästezimmer, weil ihm Oybin beim Abschied gesagt hatte, er habe ganz vergessen, ihnen das extra signierte Exemplar des *Dispatchers* zu überreichen. «Es muss noch auf dem Sofa liegen.»

Da lag es auch, und zwar zusammen mit Oybins Schlüsseln, die hinter ein Kissen gerutscht waren.

Truckenbrodt konnte sein Glück kaum fassen und murmelte ein Stoßgebet. «Herr, ich danke dir!» Vorausgesetzt, dass Oybin sein Schloss nicht austauschte – aber daran war beim Mangel in der DDR wohl kaum zu denken. Hieß das, dass er seinen Plan alsbald umsetzen konnte? Er musste nur diese Angelika Kranold dazu bringen, mit ihm nach Schmöckwitz zu fahren. Gleich morgen Vormittag würde er sie anrufen.

Die DKP, die Deutsche Kommunistische Partei, war am 26. September 1968 in Westdeutschland gegründet worden und wurde weithin von der DDR finanziert. Ihre Mitglieder kamen vor allem aus der 1956 verbotenen KPD, der Kommunistischen Partei Deutschlands, sowie aus jenen Teilen des orthodoxen marxistisch-leninistischen Flügels der Außerparlamentarischen Opposition, kurz APO, beziehungsweise der 1968er-Bewegung, die nicht in die maoistisch inspirierten K-Gruppen abgewandert waren, die KPD/AO (Aufbauorganisation) und die KPD/ML (Marxisten-Le-ninisten). Einige Aktivisten wurden in den Ostblockstaaten paramilitärisch ausgebildet, um im Kriegsfall auf dem Gebiet der Bundesrepublik Sabotageakte zu begehen und Anschläge auf Zielpersonen zu verüben. In West-Berlin arbeitete die DKP eng mit der SEW zusammen, der Sozialistischen Einheitspartei West-Berlins.

Sie saßen in der Mensa der FU in der Fabeckstraße, und Raoul Truckenbrodt fiel fast vom Hocker, als ihm Angelika Kranold mit leuchtenden Augen eröffnete, Mitglied der DKP zu sein. Ob ihn das störe?

Und wie ihn das störte! Wäre es nach ihm gegangen, hätte man alle DKP-Mitglieder in einen U-Bahnzug gesetzt und auf dem Bahnhof Alexanderplatz aussteigen lassen, und mit Mühe konnte er seinen Reflex, «Dann geh doch rüber!» auszurufen, unterdrücken.

Er schaffte es aber, verständnisvoll und verzeihend zu

lächeln, denn in Sekundenschnelle hatte er begriffen, welchen Vorteil ihm die ideologische Ausrichtung seines «Tauschobjektes« bot: Er brauchte kein schlechtes Gewissen zu haben, wenn er Angelika Kranold bei Oybin im Keller zurückließ und Tamara mit ihrem Ausweis und ihrem Passierschein in den Westen brachte. Er konnte im Gegenteil sogar hämisch frohlocken, dass sie nun endlich dort war, wo sie hingehörte. Und die DDR-Organe würden ja eine der Ihren wohl kaum wegen Beihilfe zur Republikflucht ins Gefängnis werfen. Erst hatte er daran gedacht, Angelika Kranold später mit Hilfe seines Vaters freizukaufen, aber das hatte sich ja mit ihrem Bekenntnis erübrigt.

Alles lief wunderbar zusammen, nun musste er nur noch zusehen, dass er sie dahin brachte, sich ein wenig in ihn zu verlieben und mit ihm nach Schmöckwitz zu fahren. Das aber war furchtbar schwierig, denn sie war sehr spröde und unfähig zu leicht frivolen Dialogen, wie man sie aus amerikanischen Komödien kannte, auch hielt er es nicht für ausgeschlossen, dass sie lesbisch war. Womit konnte er sie am meisten locken: mit einem Besuch bei Bernhard Oybin oder einer Bootsfahrt auf den Seen am Fuße der Müggelberge? Und schnell musste alles gehen, denn je mehr Leute Angelika Kranold in West-Berlin kennenlernte, desto schwieriger wurde es für ihn. Außerdem mussten sie immer noch damit rechnen, dass Tamara wegen ihres Fluchtversuches an der ungarisch-jugoslawischen Grenze Probleme bekam.

«Wie hat Ihnen denn Bernhard Oybin gefallen?», wollte er wissen.

«Er ist ein ganz außergewöhnlicher Mensch.»

«Ja, das finden wir auch», sagte Truckenbrodt. «Er hat mich ja nächste Woche zu sich nach Schmöckwitz eingeladen, zum Gegenbesuch sozusagen, aber ich weiß noch nicht so recht, ob ich hinfahren werde.»

«Warum denn nicht?»

«Meine Mutter ist auf Klassenreise, die kann nicht mit, mein Vater darf aus politischen Gründen nicht ... Und so allein, da ...» Er fixierte sie. «Hätten Sie vielleicht Lust?»

Angelika Kranold zögerte. «Was sagt denn Ihre Frau dazu?»

Truckenbrodt lachte. «Meine Frau? Die muss erst noch geboren werden. Das heißt, da wäre sie dann ja doch ein wenig zu jung für mich ... Nein, ich bin nicht verheiratet. Verlobt war ich zwar schon, aber das ist auseinandergegangen. Anja hieß sie.»

Ohne irgendeine Emotion zu zeigen, fasste Angelika Kranold in ihre Umhängetasche und fischte einen Taschenkalender heraus.

«Nächstes Wochenende muss ich zu einer Versammlung nach Essen, am 5. Juli könnte ich aber.»

Berlin erlebte einen nassen Siebenschläfertag mit Schauern und Gewittern. Überhaupt war der Juni 1980 ziemlich verregnet. Am 11. hatte es außerordentlich starke Wolkenbrüche gegeben, und an einzelnen Stellen waren innerhalb von drei Stunden 120 Liter Niederschlag pro Quadratmeter registriert worden. In den westlichen und südwestlichen Stadtgebieten war Katastrophenalarm ausgelöst worden, bei den Truckenbrodts war eine Kiefer umgestürzt, und man hatte die Feuerwehr rufen müssen, um das Wasser aus dem Keller zu pumpen. Das hatte Raoul aber weniger erschüttert als der Abstieg von Hertha BSC aus der Ersten Bundesliga. Und außerdem hatte ihnen das Glück ja zweimal zur Seite gestanden. Sein Vater hatte das Gebäude gerade eben verlassen und sich zum Parkplatz begeben, als ein Teil des Daches der Berliner Kongresshalle eingestürzt war, und Tamara war in Ungarn mit dem Schrecken davongekommen.

Ihr Wiedersehen in der Halle des Bahnhofs Friedrichstraße geriet aber dennoch zu keiner Szene, die an Hollywood erinnert hätte, denn gerade an dieser Stelle gab es so viele Stasi-Augen, dass sie sich unbedingt zurückhalten mussten. Sogar bei ihr zu Hause redeten sie nur über Belangloses, denn es konnte ja sein, dass die Firma schon bei ihr in der Wohnung gewesen war, um Wanzen anzubringen. Erst als sie am nördlichen Ufer des Langen Sees entlanggingen und sich allein glaubten, sprachen sie über Truckenbrodts Plan, sie doch noch aus der DDR herauszuholen.

«Wir müssen es wagen», sagte Truckenbrodt. «Denn diese Susan – oder wie immer sie heißt – schweigt zwar noch, aber wie lange? Auch wenn sie wenig über dich weiß, vielleicht nicht einmal deinen richtigen Namen, die Jungs von der Stasi sind zu gut, die bekommen irgendwann schon heraus, wie alles war. Und in dem Augenblick musst du schon bei uns in Westend auf der Terrasse sitzen, sonst ...»

Tamara konnte nicht anders, als ihm darin zuzustimmen, aber ... «Ist denn sicher, dass Oybin am 5. Juli nicht in Schmöckwitz ist?»

«Ja, er hat meiner Mutter geschrieben, dass er an diesem Tag eine Lesung in Warnemünde hat, schon früh losfährt und erst am nächsten Vormittag zurück sein wird.»

«Und wenn sich nun Freunde bei ihm einquartieren?», fürchtete Tamara.

«Nicht für so kurze Zeit. Und wenn, dann müssen wir die Aktion eben abbrechen. Wir gehen doch keinerlei Risiko ein. Dann zeige ich Angelika Kranold eben Schmöckwitz – und Ende.»

Tamara hatte es schwer, gegen ihre Bedenken anzukämpfen. «Und du meinst wirklich, dass ich ihr ähnlich sehe?»

«Ja, zum Verwechseln. Zumindest was das Gesicht betrifft, und mehr ist ja auf einem Passbild nicht drauf. Und was ungeheuer wichtig ist: Du reist ja mit dem Passierschein aus, mit dem sie eingereist ist. Die werden bei der Einreise in bestimmter Art und Weise gekennzeichnet, jeden Tag anders. Viele Fluchtversuche sind ja schon daran gescheitert, dass man die Ausreisewilligen zwar mit gefälschten oder irgendwie beschafften Ausweisen oder Pässen ausgestattet hatte, aber nicht mit gezinkten Passierscheinen. Da können wir also ganz sicher gehen.»

Das überzeugte Tamara, aber wenn sie an diese Angelika Kranold dachte, hatte sie ein verdammt schlechtes Gefühl.

«Du willst ihr also K. o.-Tropfen einflößen und sie dann bei Oybin in den Keller sperren?»

«Wie denn sonst? Die K. o.-Tropfen kann ich selber mixen, wozu habe ich Medizin studiert. Und ich stelle ihr Wasser und Essen in den Keller. Oybin kommt ja am nächsten Vormittag und erlöst sie, so dass sie höchstens vierzehn Stunden da unten zubringen muss. Vielleicht schreit sie auch so laut, dass die Nachbarn kommen und sie vorher befreien. Wichtig ist nur, dass sie erst wieder handlungsfähig ist, wenn wir drüben in West-Berlin sind, also etwa zwei Stunden später. Ich brauche von Schmöckwitz bis zum Bahnhof Friedrichstraße zirka eine Stunde, und wenn du schon am Bahnhof Ostkreuz in den Zug steigst, dann schaffen wir das dicke.»

«Und dann? Oybin wird sie festnehmen lassen.»

Truckenbrodt zuckte mit den Schultern. «Weiß man's? Sie ist ja seine Genossin, und ich denke mal, er wird das so regeln können, dass man sie schnell zur DDR-Bürgerin macht, sozusagen als Ersatz für dich, und das mit deiner Flucht auf keinen Fall an die große Glocke hängt.»

«Und wenn sie doch eingesperrt wird?»

«Dann sorgt mein Vater dafür, dass sie in ein paar Wochen von der Bundesrepublik freigekauft wird.»

Tamara ließ nicht locker. «Es kann aber auch sein, dass sie dich wegen Freiheitsberaubung auf die Anklagebank bringen.»

«Und wenn schon. Bei uns sieht man das, was ich tue, als Heldentat an, und *BILD* und *BZ* werden schon dafür sorgen, dass ich gefeiert werde und mit einer Bewährungsstrafe davonkomme. Und wenn der Senat mich wirklich feuert, dann gibt es genug Unternehmer, die mich einstellen und stolz auf mich sind.»

NEUN
1980

RAOUL TRUCKENBRODT erwachte am Sonnabend schon weit vor der üblichen Zeit und bekam, als er realisiert hatte, dass der Tag X gekommen war, einen wahren Anfall von Angst und Larmoyanz. Er fühlte sich wie ein Vierjähriger, der zum Kinderarzt sollte, um sich impfen zu lassen, fühlte sich als Opfer einer Welt, die nur darauf angelegt war, den armen Menschen Schmerzen zuzufügen.

Er katapultierte sich aus dem Bett und ging ins Bad. Nein, am Grenzübergang im Bahnhof Friedrichstraße würde keiner auf ihn schießen, so, wie sie an der ungarisch-jugoslawischen Grenze auf Tamara geschossen hatten, sie würden ihn aber auf alle Fälle festnehmen und in irgendein Gefängnis stecken, wenn der Schwindel mit Angelika Kranold auffliegen sollte. Sicherlich, die Stellung seines Vaters würde Schlimmeres verhindern, aber schon ein halbes Jahr im DDR-Knast war schlimm genug. *Wer sich selbst in Gefahr begibt, kommt darin um.* Alle einschlägigen Warnungen gingen ihm durch den Kopf, aber wie alle Liebenden war er von dem Gefühl beherrscht, ohne die Frau, die für ihn geschaffen war, nicht leben zu können. Zumindest wäre es ein sinnentleertes Leben gewesen. Es war wie eine Sucht, gegen die nicht anzukommen war: Er musste Tamara haben, er musste, er musste!

Seine Eltern wussten nichts von seinem Plan und hätten ihm wohl aus politischen wie auch aus ethischen Gründen niemals zugestimmt. Wenn alles gut gelaufen war, würden sie es erfahren, aber nicht vorher. Seinem Freund Achim Wasserfuhr hatte er ebenfalls nichts erzählt. Auch der hätte nur Bedenken gehabt und sich womöglich irgendwo verplappert.

So allein auf sich gestellt zu sein, ließ ihn fast verzagen, jedenfalls war er so weinerlich gestimmt, dass er sich beim gemeinsamen Frühstück mit den Eltern gewaltig zusammenreißen musste, damit sie nicht hellhörig wurden. Dabei wirkte er so aufgedreht, dass seine Mutter ihn immer wieder prüfend musterte.

«Habt ihr das hier gelesen!», rief Truckenbrodt und zitierte: *«In einem Interview mit dem englischen Verleger Maxwell hat Erich Honecker angekündigt, das von C. D. Rauch geschaffene Reiterstandbild Friedrichs II. aus dem Park von Sanssouci wieder an seinen ursprünglichen Aufstellungsort Unter den Linden zurückbringen zu lassen.»*

Dr. Herbert Truckenbrodt konnte es nicht fassen. «Der Alte Fritz reitet also wieder Unter den Linden?»

«Ist doch logisch», war der Kommentar von Renate Truckenbrodt. «Die DDR ist nun einmal von ihrer inneren Verfassung wie auch von ihrem äußeren Erscheinungsbild her der legitime Nachfolger Preußens.»

Wie immer am Sonnabendvormittag diskutierte man darüber, was die Deutschen im Allgemeinen und die Berliner im Besonderen bewegte. Die Fußballer der Bundesrepublik waren mit einem knappen 2 : 1-Sieg gegen Belgien Europameister geworden, die Olympischen Sommerspiele in Moskau begannen in Kürze, wurden aber von den meisten Mannschaften des Westens wegen der sowjetischen Intervention in Afghanistan boykottiert.

«Dann können die Sowjetunion und die DDR die Goldmedaillen wenigstens unter sich aufteilen», sagte Truckenbrodt.

«Pech für dich», sagte sein Vater. «Bei den nächsten Spielen wirst du schon zu alt sein.»

«Tennis ist keine olympische Disziplin. Wir haben dafür Wimbledon.»

«Trainierst du denn heute wieder?»

«Ja, nachher mit Achim.» Dass er sich um halb elf zu einem Match mit seinem besten Freund verabredet hatte, war eine gute Idee gewesen, denn die Zeit bis zum Treffen mit Angelika Kranold dehnte sich qualvoll. «Anschließend komme ich noch mal schnell nach Hause, dusche mich und fahre dann rüber zu Tamara.»

«Geht's ihr gut?»

«Ja, danke.»

Das Match mit Wasserfuhr lenkte ihn tatsächlich ab, zumal der Freund alles daransetzte, ihn über den Platz zu hetzen und so hoch zu schlagen wie noch nie in seinem Leben, nämlich mit zweimal 6 : 0, was als Höchststrafe galt. Zwei Jahrzehnte lang war Truckenbrodt immer eine Spur besser gewesen, doch seit er Tamara kennengelernt hatte und über ihre Flucht nachdachte, war ihm kein Sieg mehr gelungen. Er konnte sich nicht richtig konzentrieren, und es war ihm völlig unwichtig, ob ein Schmetterball ins Aus ging oder nicht. Schließlich verlor er mit 1 : 6 und 3 : 6 und freute sich, denn: Pech im Spiel, Glück in der Liebe!

Wieder in der Bayernallee zurück, duschte er, dann zog er sich einen Anzug an, der ihn sehr seriös erscheinen ließ. Er wusste, dass die DDR-Grenzer westliche Geschäftsleute höflich bis devot behandelten, weil ohne Devisen nichts ging. Es war einiges einzupacken: sein Personalausweis, der

Passierschein und die Zollerklärung, genügend Geld für den Zwangsumtausch, die Schlüssel für Oybins Haus und die K.o.-Tropfen. Die hatte er sicherheitshalber in ein Fläschchen für Augentropfen gefüllt.

Endlich war es so weit, dass er zu seinem Wagen gehen konnte, um zum Stuttgarter Platz zu fahren und sich dort in die S-Bahn in Richtung Friedrichstraße zu setzen. Im Zug traf er überwiegend auf West-Berliner, die ihre Freunde und Verwandten in Ost-Berlin besuchen wollten. Dazu kamen einige Touristen sowie Typen aus Kreuzberg, die sich im Intershop auf dem Bahnhof Friedrichstraße mit Zigaretten und Alkohol eindecken wollten, mit Westprodukten, die dort unvergleichlich billig waren. Alle blickten irgendwie ängstlich drein und waren schweigsamer als sonst, denn sie fürchteten, kontrolliert zu werden und Schwierigkeiten mit der Obrigkeit zu bekommen. Die Schmuggler hatten Angst vor dem West-Zoll, der bei der Rückfahrt auf sie wartete, die anderen vor dem Ost-Zoll, weil sie womöglich nicht alles auf ihrem Formular vermerkt hatten und nicht wussten, dass sie diese oder jene Waren nicht in die DDR einführen durften. Schon wenn irgendetwas in eine West-Zeitung eingewickelt war, gab es ein Riesentheater.

Truckenbrodt hatte das Gefühl, dass ihm jeder ansehen würde, was er an diesem Tage war: ein Fluchthelfer. Das stand ihm doch ins Gesicht geschrieben, und jeder Grenzer musste sofort losschreien: «Alarm, festnehmen!»

Es war Wahnsinn. Alles. Murphys Gesetz kam ihm in den Sinn: *Wenn etwas schiefgehen kann, dann geht es auch schief.*

«Noch ist es Zeit umzukehren», hörte er eine leise Stimme in seinem Innern sagen. «Du rennst sehenden Auges in Dein Verderben!»

Nein. Ein Truckenbrodt gibt niemals auf.

Zwar war er getauft und eingesegnet worden, aber gebetet hatte er nie, heute tat er es, wenn auch lautlos.

«O Herr, hilf! O Herr, lass alles wohl gelingen!»

Sehr viel Kraft gab ihm das nicht. Blieb nur eine Hoffnung: Angelika Kranold versetzte ihn, Angelika Kranold ahnte irgendwie, was er mit ihr vorhatte, und blieb zu Hause.

Und tatsächlich: Sie stand nicht, wie verabredet, oben am Intershop-Kiosk. Er verfluchte sie, er war verzweifelt, er wollte ihr entgegenlaufen. Also ging er hinunter in den Tunnel der Nord-Süd-Bahn und weiter zur U-Bahnlinie C, denn von Reinickendorf kam sie mit der U-Bahn. Das ganze Labyrinth der Bahnsteige und Gänge mitten in der Hauptstadt der DDR war für Westler frei zugänglich, und man konnte sich bewegen, wie man wollte. Nur hin und wieder traf man auf Dreierstreifen der Grenztruppen, die aber nur schauten.

Die U-Bahn kam, Angelika Kranold stieg aus und sah sich suchend um. Truckenbrodt ging auf sie zu und hätte sie fast umarmt. Sie erschien ihm wie eine enge Vertraute, wie eine seiner Cousinen, als hätten sie zusammen auf derselben Schulbank gesessen, bei Familiengeburtstagen wilde Streiche ausgeheckt oder im gemischten Doppel Sieg auf Sieg errungen. Er schwor sich, später alles wiedergutzumachen und ihr, sollte dies möglich sein, viel Geld dafür zu zahlen, dass sie ihm geholfen hatte, Tamara in den Westen zu holen.

Zugleich aber hasste er sie, warum auch immer. Weil sie zwar Tamaras Gesicht hatte, aber nicht Tamara war, weil sie in der DKP war und die Leute anbetete, die zu verantworten hatten, dass es die Mauer überhaupt gab und er Tamara nicht anders als durch ein ... ja, ein legales Verbrechen zu sich holen konnte.

Truckenbrodt wusste nicht recht, wie er sich verhalten

sollte. Er begehrte sie nicht, schwammig, wie sie war, und so streng, wie sie roch, das musste sie doch merken. Zudem war sie so unvorteilhaft gekleidet, dass es ihn an die Vogelscheuchen erinnerte, die sie als Kinder in den Garten gestellt hatten, um die Stare von den Kirschen abzuhalten. Da konnte er ihr nicht vorspielen, ganz wild darauf zu sein, mit ihr ins Bett zu gehen. Sie musste doch misstrauisch werden, wenn ein gutaussehender Mann ihr ohne jede amouröse Absicht Berlin zeigen wollte. Warum hatte er am Wochenende nichts Besseres vor? Sie war weder attraktiv noch witzig, sie verfügte über keinerlei Beziehungen und war alles andere als wohlhabend.

Aber vielleicht machte er sich diese Sorgen umsonst, und sie war ihm irgendwie verfallen, sah sich ganz anders, als er sie sah, und wollte ihn unbedingt als Partner haben, einsam, wie sie war. Ja, so musste es sein, sonst wäre sie zu diesem Treffen nicht erschienen.

Truckenbrodt schaffte es nicht, irgendetwas Sinnvolles zu sagen, er kam sich vor wie damals in der 10. Klasse, als man ihn an die Tafel gerufen hatte, um etwas über die Benzolringe zu erzählen, er aber nicht die geringste Ahnung hatte, was Benzolringe überhaupt waren.

Schließlich fragte sie ihn, wann denn nun die Grenzkontrolle käme.

«Gleich, wir müssen nur zum Bahnsteig der Nord-Süd-Bahn und dann hinauf auf Straßenniveau.»

Die Schlange vor den Schaltern, die für die einreisenden Bürger West-Berlins bestimmt waren, hatte an diesem Sonnabend eine Länge erreicht, die selbst für Truckenbrodt überraschend war, und er konnte sich die Bemerkung nicht verkneifen, dass dies von der Regierung in Pankow so gewollt sei.

«Wieso denn das?»

«Um uns das Lebensgefühl der DDR-Bürger zu vermitteln: das Schlangestehen in der sozialistischen Wartegemeinschaft.»

Angelika Kranold sah ihn böse an. «Lieber einmal auf etwas warten, als sich von den US-amerikanischen Ausbeutern und Kriegstreibern kaufen zu lassen.»

Truckenbrodt hatte Angst, dass sie plötzlich verärgert umkehren könnte, und lenkte ein. «Entschuldigung, das ist nicht so gemeint gewesen, aber das ist die Berliner Spottkultur, an die Sie sich langsam gewöhnen müssen. Für einen guten Gag verkaufen wir jederzeit alles, was uns lieb und teuer ist.»

«Das war aber kein guter Gag», beharrte sie.

«Das ist eben mein Pech, dass wir nicht in Hollywood sind und ich für meine Dialoge zehn Gagschreiber zu Verfügung habe», erwiderte Truckenbrodt. «Und im Übrigen: Sie wissen ja, dass ich der DDR durchaus positiv gegenüberstehe. Denken Sie nur an meine Freundschaft zu Bernhard Oybin.» Fast hätte er dabei mit dessen Schlüsseln geklimpert.

Tamara war völlig durch den Wind. Sie fühlte sich wie vor dem Antritt einer großen Reise, aber nirgendwo stand ein aufgeklappter Koffer. Sie durfte ja nichts mitnehmen, im Gegenteil, sie musste sich aller Gegenstände entledigen, durch die man sie bei einer scharfen Kontrolle als DDR-Bürgerin enttarnen konnte. Selbst Slip, BH und Tampons mussten aus dem Westen sein. Truckenbrodt hatte ihr nach und nach alles mitgebracht. Am liebsten hätte er auch noch die Plomben ersetzt, weil zu befürchten war, dass sich das Amalgam aus dem Osten deutlich von dem im Westen unterschied.

Es war gegen ihre Natur, nicht alles einzupacken, an das sie sich seit Jahren gewöhnt hatte und das ganz einfach zu ihr gehörte. Normal wäre es gewesen, wenn sie ein Dutzend Umzugskartons zur Verfügung gehabt und unten ein Möbelwagen gestanden hätte. Aber was sie da vorhatte, war ja kein Umzug, sondern eine Flucht. Also galt es, nun Abschied zu nehmen.

Von dem, was sie im Küchenschrank liegen hatte: von Weizenin, der Weizenstärke aus Dresden, mit der sie so gern ihre Kuchen gebacken hatte, von Bambina, der Milchschokolade mit gerösteten Haselnüssen und einer Milchkaramellcremefüllung aus dem VEB Elfe Leipzig, vom Rügener Badejungen, dem Camenbert-Käse aus dem Kombinat Milchwirtschaft in Bergen der VdgB, der Vereinigung der gegenseitigen Bauernhilfe, vom Bärenblut, dem bulgarischen Rotwein, vom dunklen Othello-Keks aus Wurzen und von den KIM-Eiern aus dem Kombinat Industrielle Mast.

Von allem, was in ihrer Schrankwand Sybille stand oder lag, von den Puppen, die sie als Kind so geliebt hatte, an der Spitze natürlich das Sandmännchen und der liebe Pittiplatsch, von ihrem Abzeichen für gutes Wissen, von der Practica, ihrem ersten Fotoapparat, einer Spiegelreflexkamera aus dem VEB Pentacon Dresden, von Heiko, ihrem ersten Füller, von Erika, ihrer Schreibmaschine, von ihrem ersten Pionierhalstuch und von Anett, dem Radiorecorder aus dem VEB Sternradio Berlin.

Von dem, was sie gelesen hatte, von ihren *Blaulicht*-Heften, der Krimireihe aus dem Verlag Das Neue Berlin, von der *Pramo*, der Modezeitschrift aus dem Verlag für die Frau Leipzig, von der *Neuen Berliner Illustrierten*, von der *Wochenpost* und von all den Büchern, all der DDR-Literatur, die sie ebenso liebte wie auch hasste, die aber unverzichtbarer Teil ihres Lebens war. Na schön, das meiste davon gab es auch im Westen zu kaufen. Dennoch, es löste ganz andere Gefühle aus, wenn etwas nicht auf grauem, sondern auf teurem weißem Papier gedruckt war.

Unvorstellbar, dass sie dies alles zurücklassen musste, dass sich das morgen ein anderer unter den Nagel reißen würde, wahrscheinlich irgendein SED-Mensch oder ein Stasi-Schwein.

Am liebsten hätte sie alles in Brand gesteckt und wäre dann geflüchtet. Schon griff sie nach einem Streichholz. Doch als sie es anreißen wollte, brach es ab. Typisch DDR.

Sie musste lachen, schrill und pathologisch, und sofort schlug dieses Lachen in hemmungsloses Schluchzen um. Sie warf sich aufs Bett, sie konnte nicht mehr.

Angelika Kranold taten die Füße weh. Es ging so langsam voran, dass Truckenbrodt immer wieder fürchtete, sie würde aufgeben. Endlich waren sie an der Reihe und durchliefen alle Stationen der perfektionierten Grenzkontrolle ohne Probleme. Angelika Kranold war zum ersten Mal in der Hauptstadt der DDR, und Truckenbrodt musste sich sehr zurückhalten, um sie nicht zu fragen, ob ein heiliger Schauer sie durchflutete. Es schien ihm beinahe so. Er kaufte Fahrkarten und freute sich, dass sich seine Begleiterin bei der Entwertung ihrer Karte an einer Art Stanze fast den Handknochen brach.

Oben auf der Stadtbahn versuchte er, seinen jagenden Gedanken zu entkommen, indem er den Cicerone spielte und ihr Berlin erklärte.

«Rechts Humboldt-Universität, Berliner Dom und Palast der Republik. Marx-Engels-Platz, ehemals Börse ... Da, wo früher das Stadtschloss stand, nimmt Honecker heute die Maiparade ab. Alexanderplatz .. Mittelpunkt der DDR mit Fernsehturm und Haus des Lehrers. Im Dezember kommt ein schöner Weihnachtsmarkt hinzu. Jannowitzbrücke ... Unter uns die Spree, drüben Kreuzberg. Ostbahnhof, früher Schlesischer Bahnhof ... Warschauer Straße ... Rechts oben die Blechbüchse, das ist der stillgelegte Endbahnhof der Hochbahn. Daneben der VEB Narva, früher Osram, der einzige Produzent von Glühbirnen und Leuchtstoffröhren in der DDR ... Ostkreuz ... Bei den Berlinern auch bekannt als ‹Rostkreuz›, meist frequentierter Bahnhof im Netz ... Treptower Park ... Unten liegen die Ausflugsdampfer der Weißen Flotte, bis nach Teupitz kann man schippern. Pläntenwald ... Großer Vergnügungspark. Baumschulenweg ... Aussteigen zum Krematorium und zum Friedhof. Schöneweide und Betriebsbahnhof Schöneweide ... Großer Verschiebebahnhof, wunderschöner alter Lokschuppen. Adlershof ... Rechts der Fernsehfunk der DDR, Heimat des Sandmännchens.»

Angelika Kranold erzählte zwischendurch, dass sie sich mit ihrer Mutter und ihrer ganzen Verwandtschaft wegen ihrer Mitgliedschaft in der DKP überworfen hatte.

«Aber ich lasse mich durch nichts von meiner Überzeugung abbringen.»

«Und Ihr Vater?», fragte Truckenbrodt.

«Der ist schon 1977 gestorben, bei einem Verkehrsunfall. Er war alter Spanienkämpfer und hätte auf alle Fälle zu mir gehalten. Wenn es nach ihm gegangen wäre, hätten wir schon gleich nach meiner Geburt die Koffer gepackt und wären in die DDR gegangen. Er war Chemiker, und in Schwedt hätten sie ihn mit Kusshand genommen.»

So kamen sie nach Grünau, ohne dass etwas passierte,

das seinen Plan gefährdet hätte. Auch die Fahrt mit der Linie 86 verlief so, als wäre es ein ganz gewöhnlicher Ausflug in den südöstlichsten Zipfel Berlins.

Als sie am Imkerweg vorbeifuhren, zuckte es bei Truckenbrodt links über dem Herzen: Wenn er Oybin sah, war alles aus. Nein, nirgendwo ein Mensch.

An der Endstation Alt-Schmöckwitz stiegen sie aus. Truckenbrodt sah zu, wie der Straßenbahnzug den Dorfanger umrundete, dann erklärte er Angelika Kranold die Schmöckwitzer Sehenswürdigkeiten, alle wunderschön wilhelminisch in rotem Backstein: die Schule, die Feuerwehr und das Straßenbahndepot, in dem der Denkmalpflege-Verein Nahverkehr Berlin alte Straßenbahnen pflegte und bewahrte. Gegenüber lagen der «Schmöckwitzer Krug« und die Dorfkirche.

«Bevor wir Oybin beehren, sollten wir noch zur Schmöckwitzer Brücke gehen – das ist unerlässlich, wenn man schon mal hier ist.»

Alles, was den entscheidenden Augenblick, das Klingeln bei Oybin, hinauszögerte, war Truckenbrodt recht, und so hielt er, als sie auf der Brücke standen, wieder einen längeren Vortrag.

«Das gehört zu den Berliner Ritualen, dass die Großeltern den Enkelkindern sagen: ‹Ich steh auf der Brücke und spuck in den Kahn, da freut sich die Spucke, dass sie Kahn fahren kann.› Da kommt ja einer ...» Er war mit Kies beladen. «Da hinten haben wir Zeuthen mit seinem Kirchturm und Hankels Ablage, wo sich bei Fontane in *Irrungen, Wirrungen* der Rittmeister Botho von Rienäcker und die kleine Lene Nimptsch kurz und heftig lieben ... Vorne rechts das Gästehaus der DDR, ehemals die Villa Hertzog.» Er spuckte tatsächlich in den Kahn und lief dann mit Angelika zur anderen Brückenseite hinüber. «Da haben wir rechts den Seddinsee, vorn die Inseln Werderchen und Weidenwall und dahinter die Landzunge zwischen dem Langen und dem Seddinsee, die auf dem Stadtplan Windecke heißt, und ganz hinten links die Müggelberge. Zu unseren Füßen das ‹Gasthaus zur Palme›, eine richtige Kultstätte, in der sich bei Oybin die Paare treffen, bevor sie ... Und rechts hinter der Brücke finden wir das verfallene Jagdschloss von Friedrich I., dem ersten König von Preußen.»

Jetzt ließ sich nichts mehr hinauszögern, und über die Straße Am Seddinsee näherten sie sich dem Imkerweg sozusagen durch den Hintereingang. Truckenbrodt war ja zum ersten Mal hier, musste aber so tun, als kenne er die Gegend aus dem Effeff. Er hatte keine Ahnung, wie Oybins Gartenzaun aussah, er kannte ja nur die Hausnummer und hatte Oybins Worten entnommen, dass das Grundstück nicht direkt am Wasser lag.

Sie bogen in den Imkerweg ein und gingen in Richtung Adlergestell. Jetzt entschied sich alles. Da war die Hausnummer, die er sich eingeprägt hatte, da war der Klingelknopf, aber – Truckenbrodt blieb das Herz fast stehen – auf dem Schild, weiß mit schwarzer Schrift, stand nicht *Bernhard Oybin*, sondern *Martin Mutsch*.

«Hier ist es doch gar nicht», sagte Angelika Kranold.

«Aber ja!», rief Truckenbrodt. «Meinen Sie denn, er schreibt seinen richtigen Namen ran, da könnte er sich ja vor Autogrammjägern und Bewunderern kaum retten.» Er drückte so kräftig den Klingelknopf, dass sich der hölzerne Pfosten, an dem er befestigt war, nach hinten bog. «Gleich wird er oben in der Tür erscheinen und uns begrüßen.»

Doch nichts passierte. Truckenbrodt jubelte innerlich,

musste aber enttäuscht aussehen. Schnell zog er Oybins Schlüssel aus der Tasche.

«Macht nichts. Ich schließe erst mal auf ... Ich gehöre ja zu den privilegierten Freunden, die ... Dann setzen wir uns auf die Terrasse, trinken etwas und warten, bis er kommt.» Natürlich passte der erste Schlüssel, für den er sich entschieden hatte, nicht ins Schloss des Gartentors. Seine Hände begannen zu zittern. Wenn es nun doch ein anderes Grundstück war? Er hatte geglaubt, bei seiner Erfahrung auf dem Tennisplatz mit jedem Druck fertig zu werden, doch dies hier war kein Spiel, hier ging es wirklich um Sein oder Nichtsein. Nahe davor, in Panik zu geraten, probierte er Schlüssel für Schlüssel. «Hoffentlich hat mir Oybin nicht die falschen gegeben ... Oder meine Mutter hat sie vertauscht ... Nein, na bitte!»

Der vorletzte Schlüssel hatte gepasst. Sie gingen erst einmal um das Haus herum, um zu sehen, ob Oybin nicht etwa im Garten lag und im Liegestuhl eingeschlafen war. Nein, da war er nicht.

Langsam fühlte Truckenbrodt die alten Kräfte wiederkehren. Es lief doch alles bestens.

Er sah sich um. Der Schriftsteller hatte sein Grundstück mit einer undurchsichtigen, etwa zwei Meter hohen Hecke aus sorgfältig beschnittenen Hainbuchen vor neugierigen Blicken geschützt. An der Rückfront und an der östlichen Seite des Hauses wurden die Grundmauern saniert. Man hatte fleißig gebuddelt und bis hinunter zum Fundament einen Graben ausgehoben, um das Mauerwerk austrocknen zu lassen. Eimer mit Teer standen schon bereit. Truckenbrodt hoffte, dass die Arbeiter nicht auch am Wochenende vorbeikamen.

«Setzen wir uns hier auf die Terrasse und warten»,

sagte Truckenbrodt. «Er wollte mit seinem Wartburg aus Baabe kommen und zum Kaffeetrinken hier sein. Vielleicht ein Stau, vielleicht eine Panne?»

Angelika Kranold rückte sich einen Stuhl zurecht. «Schön ist es hier.»

Truckenbrodt wollte erwidern, dass sich der SED-Staat seinen literarischen Arschkriecher schon etwas kosten ließe, konnte aber gerade noch an sich halten und murmelte stattdessen, dass Bernhard Oybin sich dies alles ja redlich verdient habe.

«Und was tut man in der BRD für die Autoren?», fragte Angelika Kranold und gab die Antwort gleich selber: «Man bedroht sie mit Berufsverbot.»

«Möchten Sie etwas trinken?», fragte Truckenbrodt übergangslos.

«Ja, gern.»

«Ich muss aber erst durch die Tür vorn ins Haus.»

«Macht nichts, ich hab ja was zu lesen.» Auf dem Tisch lag ein *Magazin*, Bückware und Kult.

«Von Oybin sollen ja ab und an erotische Erzählungen drin sein, sagt meine Mutter, gucken Sie mal.»

Truckenbrodt war froh, dass sie beschäftigt war und nicht auf die Idee kam, mit ihm ins Haus zu kommen. Er ging zur Vorderseite des Hauses. Der Imkerweg war menschenleer wie immer. Aber man konnte ja nicht wissen, wer gegenüber hinter der Gardine lauerte und alles beobachtete, was bei Oybin passierte. Vielleicht die Stasi selber, bei seinen vielen Westkontakten. Doppelagenten waren ja keine Seltenheit. Truckenbrodt wusste, dass er zu viele Agententhriller gesehen hatte. Andererseits ...

Drei Schlüssel kamen für die Haustür in Frage, lange musste er nicht probieren. Schnell schlüpfte er in die Diele.

Auch hier roch es nach DDR, wenn auch nicht so streng wie anderswo. Es waren zweifellos die Desinfektionsmittel, die den Unterschied zum Westen ausmachten. Als würde Wofasept auch gegen die Viren helfen, die vom RIAS und dem SFB, von der ARD und dem ZDF über den Äther verbreitet wurden.

Truckenbrodt entdeckte die Tür zum Keller und lief die Treppe hinunter, um zu sehen, ob es dort einen möglichst schalldichten Raum gab, in dem er Angelika Kranold unterbringen konnte. Ja, da war ein Billardraum mit einer kleinen Lüftungsklappe unter der Decke, die man leicht verschließen konnte.

Er hastete wieder nach oben, fand die Küche und riss den Kühlschrank auf. Zu trinken gab es Club-Cola, Margonwasser, Radeberger Pils und roten Krimsekt. Truckenbrodt zögerte. Seine K. o.-Tropfen hatten eine leicht bräunliche Farbe, und wenn Angelika Kranold Tafelwasser haben wollte, dann lief er Gefahr, sein Spiel schon vor dem ersten Aufschlag verloren zu haben. Also musste er ihr verschweigen, dass es welches gab. Er ging ins Wohnzimmer hinüber, öffnete die Terrassentür und zählte ihr auf, was er anzubieten hatte. Natürlich ohne das Margonwasser zu erwähnen.

«Keine Selters?», fragte sie.

«Nein, leider nicht.»

«Dann nur ein Glas Leitungswasser.»

Truckenbrodt hatte es kommen sehen. «Lieber nicht, denn das sieht sehr bräunlich aus. Wahrscheinlich der Rost in den Röhren.»

«Dann eine Club-Cola.»

Truckenbrodt konnte aufatmen, denn er kannte die Brühe von seinen Besuchen bei Tamara. Sie schmeckte von Hause aus derart nach Chemie, dass seine K. o.-Tropfen garantiert nicht auffielen. Was sollte er sich eingießen? Er zögerte. Am besten, er nahm sich auch eine Club-Cola, dann konnte er mit einstimmen, wenn sie wirklich über den etwas bitteren Geschmack klagen sollte. Allerdings beschwor das die Gefahr herauf, dass sie irgendwann die Gläser verwechselten. So entschied er sich für ein Bier.

Schnell war das Fläschchen mit den K.o.-Tropfen aus der Tasche gezogen. Bei der Dosierung orientierte er sich an dem, was er in einem Artikel über die Praktiken in Berliner Bars gelesen hatte. Mit einem Teelöffel war alles umgerührt. Dass er überall Fingerabdrücke hinterließ, störte ihn nicht, denn wenn Oybin kam und Angelika Kranold befreite, nannte sie den anrückenden DDR-Organen eh seinen Namen. Es sei denn, es waren Gedächtnislücken bei ihr entstanden. Egal.

«Bitte sehr, meine Dame.»

Formvollendet wollte Truckenbrodt ihr das Glas auf den Tisch stellen, doch ihr Durst war so groß, dass sie fast gierig danach griff.

«Danke.»

Doch als sie das Glas an die Lippen setzte, zuckte sie zurück. «Das riecht aber komisch ...»

Tamara hatte sich wieder gefangen und glaubte, es schaffen zu können. Hätte man das Jahr 1880 geschrieben und wäre sie wie Hunderttausende andere ausgewandert nach Amerika, dann hätte es jetzt einen langen und innigen Abschied von allen Freundinnen und Verwandten gegeben. Man hätte sich in den Armen gelegen und geschluchzt. Das gehörte dazu, wenn man sich abnabeln und woanders neu beginnen wollte, es war ebenso ein Ritual wie auch ein probates Mittel, um die Psyche zu entlasten. Sich jedoch einfach so davonzuschleichen, wie sie ist tat, war wider die menschliche Natur. Aber anders ging es ja nicht.

Und wenn sie Silke noch einen Abschiedsbrief schrieb und ihn bei ihr einwarf, bevor sie zum Bahnhof Ostkreuz fuhr, um Truckenbrodt zu treffen? Silke hatte sie erzählt, sie würde mit einer Kollegin übers Wochenende an die Ostsee fahren. Nein, sie durfte der Freundin keinen Brief schreiben, denn jeder wusste, dass die Stasi in jedem Postamt saß und alle Briefe von verdächtigen Bürgern öffnete und las, und wie leicht konnte Silke da in den Verdacht geraten, Beihilfe zur Republikflucht geleistet zu haben. Für ihre Eltern galt dasselbe.

Wieder wurde sie von einem Weinkrampf geschüttelt. Aber diesmal ging er schneller vorüber. Sie fand ihre Larmoyanz zum Kotzen.

Alles, was sie jetzt tat, war mit dem Kommentar *zum letzten Mal* versehen. Zum letzten Mal putzte sie sich die Zähne mit Perlodent, zum letzten Mal legte sie die Platte von den Puhdys auf, zum letzten Mal machte sie das Fenster auf und sah die Straße hinunter.

Blitzschnell zog sie die Gardine wieder vor, denn ihr schien es, als hätte gegenüber im dritten Stock jemand hinter der Scheibe gestanden und sie mit einem Fernglas beobachtet. Hatte die Stasi also doch von der Ungarn-Sache Wind bekommen, und sie wurde permanent observiert? Oder war das da drüben nur ein Spanner, der sie beobachtete und sich dabei einen runterholte?

Möglich war alles. Heute Abend würde sie es wissen, ob es die Stasi war oder nicht, da saß sie entweder in einer Gefängniszelle oder bei den Truckenbrodts auf der Terrasse.

Sie machte einige Übungen, wie sie beim Autogenen Training üblich waren, und zog sich dann die Westsachen an, die Truckenbrodt ihr mitgebracht hatte. Alles aus einer Boutique in der Meineckestraße. «Du musst der Tendenz nach amerikanisch aussehen», hatte er gesagt. «Nicht so bieder, sondern eher nuttig.»

Obwohl sie keinen Appetit hatte, setzte sie sich noch an den Küchentisch, um den letzten Rest Letscho zu essen, ihr geliebtes ungarisches Gemüsegericht aus Tomaten, Gemüsepaprika, Salz, Zucker und Gewürzpaprika.

«Eine Henkersmahlzeit muss sein», murmelte sie.

Truckenbrodt konnte aufatmen. Angelika Kranold lag mit dem Kopf auf der Tischplatte und schlief tief und fest. Es war ein hartes Stück Arbeit gewesen. Erst als er sich auch eine Club-Cola aus der Küche geholt und die ganze Flasche ausgetrunken hatte, war sie zu bewegen gewesen, ihr Glas zu leeren.

Jetzt musste er sie ins Haus tragen, ohne es nach einem Verbrechen aussehen zu lassen. So dicht Oybins Hecke auch war, auszuschließen war ja nicht, dass doch irgendwo jemand auf der Lauer lag.

Als er sie nun ins Zimmer trug, sah es so aus, als wollte er mit ihr möglichst schnell ins Bett. Er hatte allerdings eher das Gefühl, einen zwei Zentner schweren Mehlsack zu schleppen.

Truckenbrodt verstand so viel davon, dass er seine K. o.-Tropfen, bestehend aus Chloralhydrat und einem bestimmten Barbiturat, so gemixt hatte, dass Angelika Kranold etwa drei Stunden schlief, eine Atemlähmung aber ausgeschlossen war. Trotzdem kam es ihm vor, als hielte er eine Leiche im Arm.

Nach den ersten Schritten auf dem weichen Teppich im Wohnzimmer brach er fast zusammen. Er ließ Angelika

Kranold auf den Boden gleiten. Gott, sie in den Keller zu tragen, das schaffte er nie. Er war Tennisspieler und kein Gewichtheber.

Ratlos stand er da, nicht mehr in der Lage, einen klaren Gedanken zu fassen. Ein, zwei Minuten vergingen, dann gelang es ihm immerhin, die Tür zur Terrasse zu schließen und die Gardine vorzuziehen.

Unsinn! Er brauchte ja die Papiere aus ihrer Handtasche, und die stand noch draußen. Also alles wieder zurück! Er stürzte hinaus und holte ihre Handtasche. Schnell hatte er ihren Ausweis, ihren Passierschein und ihre Zollerklärung an sich gebracht. Letztere war auszufüllen und zu unterschreiben. In der DDR gekaufte Waren würde Tamara nicht ausführen wollen, da machte er überall nur einen Strich, und bei der mitgeführten D-Mark trug er 55,– ein, auch das war kein Problem, aber die Unterschrift. Es war ihm zu riskant erschienen, Angelika Kranold die Zollerklärung schon vorher unterschreiben zu lassen, doch nun musste er ihre Unterschrift fälschen, und das war immer gefährlich. Unsinn, die hatten doch keine Graphologen an der Grenze sitzen! Aber immerhin konnte davon ausgegangen werden, dass die DDR ihre Leute im Vergleichen von Unterschriften geschult hatte.

Zum Glück hatte Angelika Kranold keine so ausgeprägte Unterschrift, dass er ein begnadeter Fälscher hätte sein müssen, um sie nachzuahmen. Das sah alles noch sehr naiv und nach Schulmädchen aus. Der i-Punkt bei Angelika war ein kleines Kullerchen. Darauf war vor allem zu achten. Nachdem er fünf Minuten lang geübt hatte, wagte er es und verglich sein *Angelika Kranold* auf der Zollerklärung mit ihrer Unterschrift auf dem Personalausweis, dann konnte er mit dem Ergebnis zufrieden sein.

Er sah auf die Uhr. Es war genau 18 Uhr 44. Um 20 Uhr sollte Tamara auf dem Bahnhof Ostkreuz auf ihn warten. Das war locker zu schaffen.

Als er Angelika Kranold auf dem Boden liegen sah, tat sie ihm leid.

«Beschwere dich bei deinen Genossen in Pankow und in Moskau», sagte er. «Die haben dir das alles eingebrockt mit ihrem Mauerbau.»

Ob er nicht doch lieber versuchen sollte, sie in den Keller zu tragen? Blieb sie im Wohnzimmer liegen, fand Oybin sie sofort, wenn dieser aber doch eher nach Hause kommen sollte, zog er womöglich die richtigen Schlüsse und alarmierte die Genossen an der Grenze. Andererseits konnte er, Truckenbrodt, auf der steilen Treppe nach unten stürzen, und wenn Angelika dabei mit dem Kopf auf die Stufen schlug, dann ... Nein, eine Tote durfte es nicht geben, da hätte er mit Tamara nie glücklich werden können.

Also ließ er Angelika Kranold so liegen, wie sie lag. Alles kam ohnehin, wie es kommen musste.

Gerade wollte er sich zur Tür wenden, um das Haus zu verlassen, da wurde am Gartentor Sturm geklingelt. Truckenbrodt erstarrte. Ihm schien der Atem wegzubleiben. Er wusste auch nicht genau, wo ein Fenster war, durch das man auf die Straße sehen konnte. Endlich hatte er eines gefunden und spähte vorsichtig durch die Gardine.

«Mach auf!», schrie draußen eine Frau, die offensichtlich betrunken war und zunehmend hysterischer wurde. «Mach auf, du Schwein, ich weiß, dass du zu Hause bist.»

Tamara nahm ihre italienische Umhängetasche – ein Vermögen hätte sie gekostet, hatte Truckenbrodt durchblicken lassen – und stellte sich vor den Spiegel. Ja, so konnte es gehen. Sie sah ganz nach Hamburg, München oder Düsseldorf aus.

Jetzt hätte sie eigentlich ihre Wohnung verlassen müssen, doch sie zögerte. Wo sollte sie die Wohnungsschlüssel lassen? In den nächstbesten Papierkorb werfen, nein, denn wenn sie jemand beobachtete, dann ... Und wenn sie gar nicht abschloss, konnten die Nachbarn hellhörig werden.

Sie fühlte sich unendlich schwach. «Lass es!», hörte sie ihre innere Stimme sagen. «Du bist der ganzen Sache nicht gewachsen.» Noch war es Zeit umzukehren und alles ungeschehen zu machen.

Sosehr sie Raoul Truckenbrodt auch liebte, sosehr sie diese DDR auch hasste, sie konnte nicht alles stehen- und liegenlassen.

Und wenn sie nun zur nächsten Telefonzelle ging und Torsten anrief? «Du, ich habe mir alles noch einmal überlegt: Wir sollten heiraten.»

Ja, das war die Lösung!

Raoul Truckenbrodt stand an der Endhaltestelle der Linie 86 und wartete. Um von möglichst wenigen Leuten gesehen zu werden, ging er die kleine Anhöhe zur alten Dorfkirche hinauf und tat so, als wäre das karge Bauwerk die Wieskirche.

Die hysterische Frau vor Oybins Gartentor hatte ihn gut zehn Minuten aufgehalten. Schließlich war sie fluchend abgezogen, ohne den Versuch zu machen, die Festung zu stürmen.

Endlich kam die 86. Truckenbrodt stieg ein, warf seine zwei Aluminiumgroschen in die Zahlbox, zog sich, indem er einen Hebel betätigte, seinen grauen Fahrschein und fiel auf einen Einzelsitz. Es dauerte noch eine Ewigkeit, dann fuhren sie los. Er saß so, dass er den Imkerweg im Blick hatte. Wenn dort ein Fahrzeug der Vopo stand, dann ... Nein, es stand keines da.

Filmriss. Truckenbrodt ging plötzlich auf dem Bahnhof Grünau auf und ab und wusste nicht, wie er dort hingekommen war. Er hatte das Gefühl, dass alle ihn anstarren würden. Jeder wusste, was er getan hatte, jeder sah ihm an, was er noch vorhatte. Er bewegte sich in Richtung Bahnhofsende, um dort eine Beruhigungstablette zu schlucken. Sein Zug musste aus Königs Wusterhausen kommen, aus der DDR. Er sah schon eine ganze Kompanie von Grenzsoldaten aus den Waggons springen, um ihn festzunehmen. Seine Brust schnürte sich zusammen. Wenn das ein Herzinfarkt war, dann ... Verdammt, wann wirkte die Tablette endlich? Hinten am Bahnbetriebswerk war der Zug zu erkennen. Endlich. Truckenbrodt ging zurück zur Mitte des Bahnsteigs. Unten am Waldrand hielt die 86 in Richtung Schmöckwitz. Gott, warum konnte Deutschland kein ganz normales Land sein! Ohne Hitler und die Folgen würde er jetzt mit Tamara im Auto sitzen, und sie würden ins Wochenende nach Bad Saarow fahren. Ins Haus seiner Eltern.

Die S-Bahn war so voll, dass er keinen Sitzplatz mehr bekam. Die Menschen um ihn herum schienen alle glücklich zu sein, sie hatten schöne Stunden draußen am Wasser verbracht, kamen, wie er hörte, zurück aus Senzig, Prieros und Bindow. Wieso konnte es Tamara in diesem Land nicht mehr aushalten? Wieso wollten auch Hunderttausende andere lieber heute als morgen in den Westen? Er begriff es nicht so recht, zumal wenn er daran dachte, was er und seine Freunde an der kapitalistischen Welt alles zu bemängeln hatten, Wasserfuhr allen voran. Doch da waren die

Mauer, die Stasi, Bautzen und die Gefängnisse, das dauernde Gängeln, die allmächtige Partei, die immer recht hatte, die schlechte Versorgungslage, die verkommenen Innenstädte: Ruinen schaffen ohne Waffen.

Es war, wie es war, und Tamara musste wissen, was sie tat. Oder hatte sie sich im letzten Augenblick doch noch alles anders überlegt? Nach dem ungarischen Trauma ...

Er betete sich die Bahnhofsnamen im Stillen vor, als wären sie Kugeln im Rosenkranz: Adlershof, Betriebsbahnhof Schöneweide, Schöneweide, Baumschulenweg, Plänterwald, Treptower Park. Wenn sie die Spree überquert hatten, kam Ostkreuz.

Der Zug hielt am südlichen Seitenbahnsteig, etwas abseits von den anderen. Er stieg aus und sah auf die Uhr. Es war kurz vor acht. Tamara wollte nicht hier oben auf ihn warten, wo nur wenige Reisende ein- und ausstiegen, sondern unten auf dem Bahnsteig, an dem die Züge aus Strausberg und Ahrensfelde hielten und wo wesentlich mehr Betrieb war.

Er bewegte sich auf den Abgang zu. Wer vom Bahnsteig A zum Bahnsteig D wollte, musste eine breite Treppe hinunter und dann noch ein Stückchen laufen. Truckenbrodt tat es wie in Trance. Am liebsten hätte er jetzt einen Akazienzweig in der Hand gehabt und die Blätter abgerissen: Sie liebt mich, sie liebt mich nicht, sie kommt, sie kommt nicht ... «Sie kommt nicht!» Alles Quatsch. Vielleicht war es besser, wenn sie nicht kam. Sie hatte es schon in Ungarn nicht geschafft.

Da sah er sie auf einer der alten Holzbänke sitzen. Scheinbar desinteressiert las sie Zeitung. Sein Herz schlug unregelmäßig, vor seinen Augen flimmerte es. Bunte Schlieren zogen vorüber. Sein Blutdruck war hochgeschnellt. Die

Freude, die Aufregung. Alles in ihm schrie danach, sie zu umarmen und an sich zu pressen, doch das wäre höchst unklug gewesen. Sie durften auf keinen Fall als Paar erscheinen. Hier hatte alles Augen.

Wie abgesprochen setzte er sich neben sie auf die Bank und tat so, als wäre er ihr nie vorher begegnet. Ihre Handtasche, weit geöffnet, stand neben ihr. Jetzt galt es, Angelika Kranolds Ausweis und ihre Papiere dort hineinzupraktizieren, ohne dass sie irgendwie Aufsehen erregten.

«Hat alles geklappt?», flüsterte Tamara, ohne ihn anzusehen.

Er gab sich den Anschein, nur Augen für die S-Bahnzüge zu haben. «Ja. Sie schläft ganz friedlich.»

«Hoffentlich ist das Ganze keine Falle», sagte Tamara.

«Mit dir geh ich gerne in die Falle», gab Truckenbrodt zurück.

Ein Mann mittleren Alters, der Truckenbrodt nicht ganz koscher erschien, kam heran und setzte sich neben sie auf die Bank. Sie schwiegen. Klar war aber, dass sie nicht ewig hier sitzen konnten, ohne dass das anderen verdächtig vorkommen musste. Als der Mann endlich wieder aufstand und sich in Richtung Ringbahn entfernte, beschloss Truckenbrodt, die Taktik zu ändern.

«Wenn sie uns im Visier haben sollten, ist es sowieso egal, wie wir uns verhalten. Also können wir auch ganz offen als Paar auftreten.»

Tamara nickte. «Machen wir, Jugendfreund.»

Truckenbrodt zog alles, was er Angelika Kranold abgenommen hatte, aus der Brusttasche seines Jacketts und ließ es in Tamaras Handtasche verschwinden.

«Jetzt bist du sie. Hast du alles schön auswendig gelernt?»

«Psst!» Sie fürchtete Richtmikrofone und flüsterte wieder. «Ja.»

«Dann komm!»

Sie gingen zum hinteren Teil des Bahnsteigs, wo die Züge in Richtung Friedrichstraße hielten. Bis dorthin mochten es, wenn er es überschlug, etwa fünfzehn Minuten sein. Sie warteten und schwiegen. Über Banales zu reden schafften sie nicht, dazu war ihre Anspannung viel zu groß. So blieb ihnen nichts anderes übrig, als die erschöpften Touristen zu spielen.

Truckenbrodt versuchte, sich dadurch abzulenken, dass er an Wimbledon dachte, wo Björn Borg dabei war, zum fünften Mal das wichtigste Turnier der Welt für sich zu entscheiden. Warum hieß der Sieger nicht Raoul Truckenbrodt? Er stellte sich vor, Björn Borg von einer Seite des Platzes zur anderen zu hetzen.

Viele Stationen waren es nicht, fünfmal nur hielten sie, bis sie am Bahnhof Friedrichstraße angekommen waren: Warschauer Straße, Ostbahnhof, Jannowitzbrücke, Alexanderplatz und Marx-Engels-Platz.

Truckenbrodt hielt das Schweigen nicht mehr aus und küsste Tamara auf die Schulter. «Gehen wir heute Abend noch ins Kino?»

«Ja, ins ...» Sie kam auf kein West-Berliner Kino. Der Schweiß tropfte ihr von der Stirn, und sie musste nach einem Taschentuch suchen. Gott, die Packung, die sie aus der Handtasche zog, trug nicht die Aufschrift *Tempo* oder *Zewa*, sondern *Kriepa*, kam also aus der volkseigenen Produktion.

Truckenbrodt verzog das Gesicht. Einem Geheimdienstmann wäre das wohl nicht passiert. Na schön, die Kriepa-Papiertaschentücher konnte sich Tamara beziehungsweise Angelika Kranold vom umgetauschten Geld auch in der Hauptstadt gekauft haben.

Um mit der Situation fertig zu werden, versuchte er, sich vorzugaukeln, dass dies alles nur ein Film sei und er den Raoul Truckenbrodt nur spiele. Dann wieder schaffte er es, sein Bewusstsein so abzusenken, dass er wie hypnotisiert in Richtung Grenzkontrolle fuhr. Im Tennisverein hatten sie extra einen Psychologen engagiert, der ihnen solche Techniken beibringen sollte. Als sie in den Bahnhof Friedrichstraße einfuhren, betete er wieder.

«Hilf uns, Herr, erhöre uns, rette uns!»

Eine stählerne Wand, die bis unter das Hallendach reichte, trennte sie von dem Bahnsteig, von dem aus die Züge gen Westen fuhren. Er hätte zehn Jahre seines Lebens hergegeben, um in dieser Sekunde auf dem anderen Bahnsteig zu stehen.

Jetzt galt es. Noch einmal tief durchatmen. Er nahm Tamara an die Hand. Sie kamen auf den dreieckigen Platz zwischen dem Bahnhofsgebäude, der Friedrichstraße und der Abfertigungshalle. Die Schlange, in die sie sich einzureihen hatten, war gut achtzig Meter lang. Truckenbrodt schätzte, dass sie gut und gerne eine Dreiviertelstunde zu warten hatten. Einerseits war das Psychofolter, andererseits war bei starkem Andrang zu hoffen, dass die Grenzer sich bei der Kontrolle der Papiere nicht ganz so viel Zeit nahmen wie sonst.

Tamara sah blass aus, er musste sie stützen. Für sie stand noch mehr auf dem Spiel als für ihn. Er liebte es drastisch, er liebte jede Art von schwarzem Humor, und so flüsterte er ihr ins Ohr, dass hier wenigstens keine LPG-Bauern herumliefen, die sie erschießen würden, um sich eine Prämie zu verdienen. «Hier ist nicht Ungarn.»

Sie versuchte zu lächeln. «Hör auf!»

Er konnte es nicht. «Gott, Angelika, bin ich in der DKP oder du?», murmelte er.

Tamara schien einige Mühe zu haben, ganz Angelika Kranold zu sein, denn immer wenn er sie mit dem anderen Vornamen anredete, guckte sie ganz erstaunt.

Unaufhaltsam rückten sie vor, jetzt standen sie schon im Gebäude selber. Die Ost-Berliner, die ihre Freunde und Verwandten bis hierher begleitet hatten, mussten zurückbleiben.

In der Tür stand ein Offizier, um die erste grobe Kontrolle vorzunehmen. Truckenbrodt schob Tamara vor sich her. So konnte er alles besser beobachten. Er hoffte nur, dass sie nicht allzu sehr zitterte, als sie dem Grenzer den Ausweis und den Passierschein von Angelika Kranold entgegenstreckte.

Ein prüfender Blick, noch ein prüfender Blick, die Sekunden dehnten sich zur Ewigkeit.

«Bitte, Sie können ...»

Tamara wurde durchgewinkt. Auch bei Truckenbrodt gab es keine Probleme. Die erste Hürde war genommen, aber das Eigentliche kam ja erst noch.

Zuerst traten sie an einen der Tische, wo die ausgeführten Waren kontrolliert wurden. Beide hielten der Zöllnerin ihren weißen Zettel hin.

«Haben Sie in der DDR etwas käuflich erworben oder geschenkt bekommen?»

«Nein.» Truckenbrodt antwortete für beide. «Wir haben uns nur die Hauptstadt angesehen.»

«Danke.»

Die Frau dachte nicht daran, die Unterschrift auf der Zollerklärung mit der auf Angelika Kranolds Ausweis zu vergleichen.

40 : 30 für uns, dachte Truckenbrodt, jetzt kommt der Matchball.

Sie traten nun an eines der Häuschen, die den sogenannten Wannen nachempfunden waren, wie sie früher auf den Berliner S-Bahnhöfen gestanden hatten, um die Fahrkartenknipser aufzunehmen. Drinnen saß ein DDR-Grenzer, in vielen Lehrgängen geschult, jede Dokumentenfälschung zu erkennen, und absolut linientreu. Ein Automat.

Ihm reichte jetzt Tamara ihren Ausweis und den Passierschein durch eine Art länglichen Schlitz, der den Blick in das Innere der Behausung weithin verwehrte. Nur das teigige Gesicht des Mannes war zu erkennen. Tief hatte er die Mütze in die Stirn gezogen.

Lange prüfte er. Truckenbrodt fürchtete, dass Tamara jeden Augenblick zusammenbrechen würde.

«Machen Sie mal das linke Ohr frei.»

Sie tat es.

Nach einer Ewigkeit bekam sie die Papiere wieder nach draußen gereicht und ging ein Stückchen vor, um auf Truckenbrodt zu warten.

Dieser hatte schon befürchtet, sie würde jetzt im Sprintertempo davoneilen und noch im Nachhinein die Alarmglocken schrillen lassen, denn noch immer waren sie nicht auf sicherem, westlichem Boden.

Er liebte Gags, auch wenn sie makaber waren, und darum hatte er Angst, dass sie jetzt ihn festhalten würden. Doch alles ging glatt.

Wäre das ein Hollywoodfilm, dachte er, als er mit Tamara zum Automaten ging, um für Westgeld eine Fahrkarte für die westliche S-Bahn zu lösen, müsste jetzt eine Schicksalsmelodie aufbranden.

Er küsste sie zart und flüsterte: «Willkommen im goldenen Westen! Auf eine wunderbare Zeit mir dir, Angelika ... äh ... Tamara!»

Mehr wagten sie nicht. Erst als sie am Anhalter Bahnhof aus dem Zug gestiegen waren und oben auf dem Askanischen Platz standen, sich also wirklich auf West-Berliner Boden befanden, lagen sie sich in den Armen.

ZEHN
1980

RAOUL TRUCKENBRODT hatte sich eine Woche Urlaub genommen, um ganz für Tamara da zu sein und ihr alles zu zeigen, was West-Berlin so zu bieten hatte. Die meiste Zeit aber verbrachten sie mit Behördengängen, und auch die westlichen Geheimdienste legten Wert auf ein kurzes Gespräch mit ihr. Obwohl beide darüber lachten, war es offenbar so, dass man die Möglichkeit nicht ausschloss, der Osten habe sie als Perspektivagentin nach West-Berlin geschickt. Auch Truckenbrodt wurde befragt, blieb aber bei dem, was er auch allen Freunden und Verwandten erzählt hatte, nämlich dass er die Papiere für Tamara von einem ihm namentlich nicht bekannten Mann am Bahnhof Ostkreuz gekauft habe. Im Hinblick auf die Stellung seines Vaters und dessen Beziehungen verzichtete man darauf, besondere Nachforschungen anzustellen. Diese Strategie wäre natürlich gescheitert, wenn der Osten nun Angelika Kranold in aller Öffentlichkeit als Opfer präsentiert hätte, doch auch drüben blieb alles ruhig.

«Wenn ich nur wüsste, was in Schmöckwitz weiter passiert ist», sagte Truckenbrodt.

Sie saßen im Café am Neuen See, und keiner konnte hören, was sie miteinander sprachen.

«Was hätte ich gemacht, wenn ich an ihrer Stelle aufgewacht wäre?» Tamara versuchte, sich in die Lage von Angelika Kranold zu versetzen. «Ich hätte bei der Vopo angerufen und gesagt, was passiert ist.»

«Dann hätten doch das *Neue Deutschland*, der Berliner Rundfunk und das Fernsehen in der DDR die Sache längst ausgeschlachtet», hielt Truckenbrodt dagegen. «Von wegen schmutziger Menschenhandel und so.»

«Nein, nur keine schlafenden Hunde wecken, also andere auf die Idee bringen, es auch einmal mit unserem Trick zu versuchen. Und man hätte ja auch zugeben müssen, dass die Grenze doch nicht ganz dicht ist, dass es noch immer Lücken gibt. Also ist es viel klüger, alles totzuschweigen.»

Truckenbrodt fand das plausibel. «Und wenn Oybin sie gefunden hat, dann wird das auch nicht anders gelaufen sein.»

«Ja, und sie werden bei der Stasi und der SED-Bezirksleitung beschlossen haben, Angelika Kranold in aller Stille als neue Bürgerin der DDR zu begrüßen und sie, um ihr auf den Zahn zu fühlen, irgendwo in die Produktion zu stecken, möglichst weit weg von Berlin.»

Truckenbrodt spann den Faden weiter. «Vielleicht hat man ihr auch eine andere Identität verpasst, um sie später mal in den Westen zu schicken und dort zur Sabotage oder zur Spionage einzusetzen, möglich ist ja alles.»

Tamara Drescha war es nicht erspart geblieben, die ersten Wochen im Notaufnahmelager Marienfelde zuzubringen. Sosehr man im Westen jeden Republikflüchtling auch bejubelte, so wenig dachte man daran, seinetwegen die bürokratischen Mechanismen außer Kraft zu setzen.

Alles kam ihr wie ein Traum vor. War es ein eingeschmuggelter Roman, den sie gerade bei sich zu Hause im

Osten las, war es ein Film im Westfernsehen? Sie hatte sich viele Jahre lang nach dieser Welt gesehnt, nun lebte sie in dieser anderen Welt und fühlte sich wie eine Fremde. Es roch ganz anders hier, alles war bunter, die Leute berlinerten hier auf eine Art und Weise, die sie schwer einordnen konnte. Irgendwie aggressiver, auch durchsetzt mit amerikanischen Ausdrücken. Das war mehr Kodderschnauze als Gemütlichkeit. In Ost-Berlin hatte auch die Intelligenz berlinert, zum einen um sich von der sächsischen Besatzungsmacht und der Funktionskaste mit ihrer gestelzten Sprache abzusetzen, zum anderen um die proletarische Herkunft unter Beweis zu stellen und sich den Studienplatz zu sichern. Im Berliner Jargon hatte man zur Solidarität gefunden. Hier in West-Berlin sprach die Elite lupenreines Hochdeutsch, abgesehen einmal von ein paar SPD-Emporkömmlingen und den Polizeiführern. Was das Äußere betraf, schien ihr alles viel gelackter und amerikanischer. Während man sich in der DDR gern im Kollektiv versteckte und nur nicht auffallen wollte, kam es ihr vor, als wären im Westen alle darauf aus, sich wie auf einer großen Bühne zu bewegen, immer um bestmögliche Selbstdarstellung bemüht. Jeder Dialog eine filmreife Szene, hach und huch. Und laut über die unfähigen Politiker zu schimpfen gehörte überall zum guten Ton.

«Bei uns ist jedes Denkmal nur dazu da, angepinkelt zu werden», hatte Truckenbrodt einmal gesagt. «Und wer nichts in Frage stellt, stellt sich selbst in Frage.»

Tamara war Ergebenheitsadressen gewohnt und hatte in dieser Hinsicht viel dazuzulernen. Umzulernen hatte sie natürlich im Hinblick auf das Geld und das, was in den Schaufenstern lag und in den Regalen der Supermärkte stand, aber das war nicht sehr viel anders als beim Urlaub in

Prag oder am Plattensee. Die große Auswahl war mehr Lust als Qual.

Wie eine Touristin, die nur eine Woche lang Zeit hatte, wollte sie schnell alles abhaken, was den West-Berlinern wichtig war. Von manchem war sie begeistert, anderes dagegen fand sie weniger toll, und einige Mal musste sie sogar zugeben, dass die DDR diverse Probleme besser gelöst hatte.

Zuerst führte Truckenbrodt sie zu den Orten, die dem West-Berliner heilig waren, weil sie für die Kraft standen, mit der er seit 1946 dem Osten getrotzt hatte.

Auf dem Platz der Republik vor dem Reichstag hielt sich Truckenbrodt die Nase zu, um so zu klingen, wie Ernst Reuter einst geklungen hatte, und rief mit einigem Pathos: *«Ihr Völker der Welt, Ihr Völker in Amerika, in England, in Frankreich, in Italien! Schaut auf diese Stadt und erkennt, dass Ihr diese Stadt und dieses Volk nicht preisgeben dürft und preisgeben könnt!»*

Vor dem Schöneberger Rathaus zitierte er John F. Kennedys *Ich bin ein Berliner.* «Auch ich bin ein Berliner!»

Tamara merkte, dass sie eine Menge nachzuholen hatte. «Ehe ich dieselbe Denke habe wie ihr hier, wird's noch eine Weile dauern.» Von Ernst Reuter und John F. Kennedy hatte sie immerhin gehört, der nächste West-Berliner Held, den Truckenbrodt ihr präsentierte, war ihr hingegen völlig fremd, der französische General Jean Ganeval.

«1948 ist die Spaltung Berlins in Ost und West in vollem Gange, und Ganeval ärgert sich, dass der Ost-Berliner Rundfunk den Westen und seine Politiker ständig beschimpft und verunglimpft – und das vom Haus des Rundfunks aus, das bei uns in West-Berlin liegt, an der Masurenallee. Das war zwar nicht der französische, sondern der britische Sektor, aber der englische Stadtkommandant unternimmt nichts gegen den hetzenden Ost-Sender, weil er bestehende Viermächteverträge nicht brechen will. Da fällt Ganeval ein, dass die Funktürme des Ost-Senders ja in seinem Sektor stehen, am Flughafen Tegel. Und da behindern sie natürlich den Flugverkehr. Also muss er sie sprengen lassen. Damit hatte es sich ausgesendet. Bei den Russen bekommt Oberst Sergej Tulpanow vor Wut eine Gallenkolik, man unternimmt aber nichts.»

Tamara freute sich noch heute über diesen Streich. «Schließlich war ich Mitglied in der Deutsch-Sowjetischen Freundschaft.»

«Wollen wir mal auf den Funkturm fahren, damit du einen sehnsuchtsvollen Blick gen Osten werfen kannst?», fragte Truckenbrodt.

Tamara winkte ab. «Nee, lass mal, wer den Fernsehturm am Alex gewohnt ist, der muss nicht auf jeden Hochsitz klettern.»

Truckenbrodt blickte sie ein wenig misstrauisch an. «Das Glück wohnt immer am anderen Ufer, wie?»

«Nein, das Glück wohnt schon hier am westlichen Ufer, aber dennoch ist der Fernsehturm doppelt so hoch wie der Funkturm.»

«Und was willst du damit sagen?»

«Nichts.»

Truckenbrodt lachte. «Dann ist ja gut.»

Gegen das ICC als solches hatte Tamara nichts einzuwenden, das gefiel ihr ausnehmend gut, aber mit dem Namen hatte sie Schwierigkeiten. «Hätte man das nicht auch auf Deutsch sagen können?»

«Nein, das wäre dann von böswilligen Menschen nur mit Internationales KZ abgekürzt worden.»

Höhepunkt der ersten Tage waren natürlich der Kurfürstendamm, die Gedächtniskirche, der Tauentzien, das Europacenter und das KaDeWe.

«Hier schlägt das Herz West-Berlins», erklärte Truckenbrodt mit demselben Pathos, das Tamara schon am Reichstag und vor dem Schöneberger Rathaus aufgefallen war. «Das sind alles Symbole für unseren Freiheitskampf.»

Die West-Berliner schienen sich wirklich allesamt als Helden zu fühlen, und das kränkte sie.

«Wir hatten auch unsere Helden», sagte sie. «Die sind bestenfalls ausgebürgert worden und schlimmstenfalls in Bautzen verreckt oder an der Mauer erschossen worden.»

Es waren komische Reflexe. Drüben im Prenzlauer Berg hatte sie alles verdammt, was mit der DDR zu tun hatte, und kaum war sie für ein paar Tage im anderen Deutschland, da fing sie an, die DDR zu verteidigen. «Ich bin ein Kind der DDR, weißt du, aber die DDR ist auch irgendwie mein Kind – und auf meine Kinder lasse ich nichts kommen.»

Truckenbrodt stoppte abrupt. «Sag bloß, du hast schon Kinder?»

Sie lachte. «Wäre das so schlimm?»

«Nein», log Truckenbrodt, «aber wenn wir die auch noch nachholen sollen ...»

Sie beruhigte ihn. «Nein, keine Angst, ich will nur welche von dir. Zwei, wenn's geht.»

«Ja, das wird schon gehen, und Redundanz ist immer gut.»

Als Tamara oben in der Lebensmittelabteilung des KaDeWe angekommen war, begriff sie, warum die West-Berliner so gerne über das lästerten, was in Ost-Berlin in den Regalen der Kaufhallen stand: Bambina, die Milchschokolade mit den gerösteten Haselnusssplittern und der Milchkaramellcremefüllug; Bärenblut und Rosenthaler Kadarka, die bulgarischen Rotweine; Bero, der lösliche Kaffee; Bino-Speisewürze; Cafésan, das Milchpulver für den Kaffee; Cama, die Delikatessmargarine; Carena, die Fruchtsaftlimonade; Carola, der Limonadensirup mit Cola-Geschmack; Creck, die Schokolade mit viel Rinderblut und wenig Kakao; Eiwü, die Speisewürze; Erwa, die gekörnte Brühe; Feuertanz, der bulgarische Rotwein; Goldkrone, der Weinbrand; Gotano, der Wermut; Grillette, der Fleischklops aus Schweinefleisch; Halko, die Konserven aus Halberstadt; Hallorenkugeln, die Pralinen aus Halle; Helios, der Weinbrandverschnitt; Im nu, der Kaffee-Ersatz; Juwel, der Weizenbrand; Klick, das Brausepulver; Marina und Sonja, die Margarine zum Backen; Mokka fix Gold; Patras, der griechische Schafskäse; Persipan, die Ersatzmasse für Marzipan; Rondo, der feingeröstete Kaffee; Rügener Badejunge, der Camenbert; Suppina, die Trockensuppe aus Auerbach im Vogtland; Vipa, die weinhaltige Limonade; Vital, das krustenlose Vollbrot.

Ein Satz von Ludwig Feuerbach fiel ihr ein: *Der Mensch ist, was er isst.* Dann war sie also auch aus dem gemacht, was ihr spontan an Essbarem und Trinkbarem eingefallen war und auf das sie nun verzichten musste. Und nun wurde sie sozusagen ein Mischling, denn jetzt aß und trank sie Milka und Lindt, Mon Chéri, Nescafé, Beaujolais, Maggi und Knorr, Coca Cola, Sprite, Fanta, Asbach Uralt, Herva mit Mosel, Bassermann-Konserven, Rama, Tchibo, Eduscho, Hamburger und, und, und.

Als sie bei Kaviar und Austern angekommen waren, fragte Tamara, ob es denn überhaupt Leute gäbe, die das kaufen könnten, was hier im KaDeWe angeboten wurde.

«Ja, ich», antwortete Truckenbrodt und nahm auch noch eine Flasche Champagner mit. «Bei manchen Menschen ist die Zigarette danach das Wichtigste, bei uns wird es heute dies hier sein.»

Am nächsten Tag starteten sie dann ihre «West-Berlin-Inbesitznahme», wie Truckenbrodt das nannte, am Charlottenburger Schloss.

«Dass die Barbaren bei euch das Stadtschloss abgerissen haben, werde ich denen nie verzeihen», sagte Truckenbrodt. «Das hier war nach dem Krieg ebenso zerstört, und wir haben es wiederaufgebaut.»

Tamara musste ihm eingestehen, dass sie die alte Hohenzollernresidenz nie vermisst hatte. «Und wer nun Friedrich der I., der II., der III. und der IV. war, weiß ich auch nicht.»

«Friedrich IV. gab es nicht mehr, nur beim Friedrich Wilhelm reicht die Skala vom I. bis zum IV., dagegen bei Wilhelm nur bis zu Wilhelm II.»

«Schön, dass wir das alles nicht lernen mussten.»

«Ja, damit Platz für den Dialektischen Materialismus war.»

«Fangen wir uns jetzt schon an zu streiten?», fragte Tamara.

Truckenbrodt lachte. «Damit kann man nicht früh genug anfangen, nur das erhält eine Partnerschaft am Leben.»

Tamara musste zugeben, ein wenig Angst vor dieser anderen Welt zu haben. Aber viele andere hatten es ja auch geschafft, hier anzuwachsen und halbwegs glücklich zu werden, glücklicher jedenfalls als zwischen Rügen und Oberwiesenthal.

Von der Schlossbrücke in Charlottenburg fuhren sie mit dem Dampfer zur Kongresshalle, und Tamara staunte, wie aufgeräumt im Westen alles war, wie neu und farbenfroh. Sie hatte sich Truckenbrodts Fotoapparat ausgeborgt und knipste wie eine Wilde.

«Ich bin auch noch da», sagte Truckenbrodt.

«Du, das ist mein Beruf. Damit will ich mein Geld verdienen.»

Wieder musste Truckenbrodt schlucken. Er hatte Tamara eher als Hausfrau und Mutter gesehen.

Auf dem Rückweg liefen sie durch den Tiergarten, und Truckenbrodt zeigte ihr das Hansaviertel. Da es noch früh am Tage war, schlug er ihr vor, mit der U-Bahn nach Tempelhof zu fahren.

«Am Hansaplatz rein in die U9, am Leopoldplatz umsteigen in die U6 und dann runter zum Platz der Luftbrücke.»

Tamara musste einen Augenblick nachdenken, aber so befremdlich war ihr die neue Heimat schon noch, dass sie schnell merkte, wo hier der Haken war.

«Die U6 fährt doch durch den Osten?»

«Ja, warum sollte sie auch nicht, wir bezahlen schließlich genug Devisen dafür, dass sie das darf.»

Tamara blieb stehen. «Und wenn wir nun auf einem der Geisterbahnhöfe anhalten und sie mich aus dem Zug holen, als Republikflüchtling?»

Truckenbrodt winkte ab. «Das ist meines Wissens noch nie passiert.»

«Alles weißt du ja auch nicht.»

Truckenbrodt war ein bisschen eingeschnappt. «Sicher weiß ich nicht, wie viele erdähnliche Planeten es im Weltall gibt, aber manches weiß ich schon.»

«Es steht ja nicht alles in der Zeitung», beharrte Tamara.

«Bei uns steht alles in der Zeitung!», rief Truckenbrodt.

«Dass das nicht stimmt, siehst du ja daran, dass das mit Angelika Kranold nicht drinsteht», wandte Tamara ein.

«Da merkt man doch gleich, wo du geschult worden bist!», rief Truckenbrodt.

«Ja, nimm dich in Acht vor mir.»

«Danke für die Warnung. Also fahren wir nicht mit der U-Bahn. Wie wäre es denn mit einer Taxe, gnädige Frau?»

«Willst du mich auf dem Rücksitz vernaschen?»

«Ja, das auch.»

«Dann nehmen wir eine.»

Das Luftbrückendenkmal löste bei Tamara keine hehren Gefühle aus, den gigantischen Flughafenbau der Nazis fand sie dagegen «umwerfend« und brauchte zwei Filme, um alles einzufangen und später zu Hause bewundern zu können.

Truckenbrodt war entsetzt. Auch beim Gang durch die UFA-Fabrik in der Viktoriastraße ließ Tamara die Begeisterung vermissen, die man in West-Berlin an den Tag zu legen hatte, wenn man nicht im Abseits und neben den vielgeschmähten Wilmersdorfer Witwen stehen wollte. Überhaupt konnte sie mit der alternativen Szene, auf die die West-Berliner so stolz waren, nicht allzu viel anfangen.

«Das sieht mir hier zu sehr nach DDR aus», sagte Tamara. «Alles ein bisschen schmuddelig und nur Improvisation.»

Auch der Rundgang durch Kreuzberg löste bei ihr nur Abwehr- und Fluchtreflexe aus. Nach einer Stunde Meringhof, Oranien- und Adalbertstraße, Heinrich- und Mariannenplatz sowie dem Künstlerhaus Bethanien hatte sie die Nase voll.

«Nein, ich will in keiner Wohngemeinschaft leben, dazu habe ich zu viele Ernteeinsätze und FDGB-Ferienlager hinter mir, ich will keine Szenezeitung lesen, sondern *BZ*, *Morgenpost* und *Tagesspiegel*, meine Kinder sollen keine selbstverwaltete Schule besuchen, sondern ein traditionelles Gymnasium, ich will in keinem Fotokollektiv arbeiten, denn ich habe alle Kollektive satt, ich will in keine Genossenkneipe gehen, sondern im ‹Kopenhagen› am Kudamm essen, ich will in keinem miefigen Off-Theater sitzen, sondern im Theater des Westens, ich will keine Klamotten aus Handware- oder Secondware-Läden tragen, sondern aus einer Boutique in der Meineckestraße, und ich will meine Lebensmittel im KaDeWe kaufen und nicht in einem Naturkostladen.»

Auch fand sie es gar nicht schön, dass es in Kreuzberg so viele Türken gab.

Zum ersten Mal stellte sich Truckenbrodt die Frage, ob es nicht doch besser gewesen wäre, sich eine Frau fürs Leben aus seiner West-Berliner Clique zu suchen. Egal, nun war es zu spät, er warf das Steuer herum und führte sie in die Gourmetrestaurants, die gerade angesagt waren, und ging mit ihr in die Philharmonie sowie ins Schillertheater. Da begann sie, West-Berlin zu genießen.

Ein wenig Angst hatte sie vor Truckenbrodts Eltern und Freunden. Für den 12. Juli waren alle zu einer großen Fete eingeladen worden.

«Was soll ich denn an Salaten selber machen?», fragte sie.

«Das kommt doch alles vom Partyservice, aus dem KaDeWe.»

Besonders neugierig war sie auf Achim Wasserfuhr, von dem ihr Truckenbrodt eine Menge erzählt hatte. Als er ihr dann vorgestellt wurde, fand sie ihn eher enttäuschend. Typen wie ihn gab es in der Szene rund um die Schönhauser Allee jede Menge.

«Na, wie weit ist denn deine Akkulturation schon gediehen?», wurde sie von Wasserfuhr gefragt.

«Meine was?»

«Der Begriff Akkulturation bezeichnet das Hineinwachsen eines Menschen in eine vorgefundene kulturelle Umwelt.»

«Und wie ist das, wenn man junge Bäume verpflanzt?»

Wasserfuhr lachte. «Ich kenne nur die Theorie von den alten Bäumen. Aber hier in West-Berlin ist es leicht anzuwachsen, denn es wird jeder mit offenen Armen begrüßt, der verhindert, dass wir austrocknen. Man muss nur begreifen, dass der West-Berliner von einmaliger historischer Größe ist und die Menschheitsgeschichte mit ihm ihren Höhepunkt erreicht hat. Seine Insel der Glücklichen ist eine wunderbare Galaxy. Er ist immer wieder von neuem wie Phönix aus der Asche auferstanden, er ist der größte und erfolgreichste Kämpfer für Freiheit, Demokratie und Wohlstand *all over the world*, er hat während der Blockade und in den Zeiten der Mauer unmenschlich gelitten und ein einmaliges Durchhaltevermögen an den Tag gelegt, er ist nicht totzukriegen, er hat mit Ernst Reuter und Willy Brandt zwei charismatische Stadtoberhäupter gehabt, die ihresgleichen suchen, er ist von keinem Geringeren als John F. Kennedy zum Helden und zum großen Vorbild der westlichen Welt erklärt worden, er hat seine Frontstadt zu einem dermaßen attraktiven Schaufenster zum Osten gemacht, dass der Ostblock nicht anders können wird, als eines Tages zu zerfallen, er hat West-Berlin zur attraktivsten Stadt der Welt gemacht, und er, der West-Berliner, sorgt dafür, dass alternatives Leben keimen, sich entfalten und über den ganzen Erdball ausbreiten kann. Also, liebe Tamara, herzlich willkommen bei uns!»

Nur mit Mühe konnte sie sich seiner Umarmung entziehen. Schwierigkeiten hatte sie auch mit ihren zukünftigen Schwiegereltern. Dr. Herbert Truckenbrodt war ihr zu sehr aalglatter Funktionär, wie sie ihn in Ost-Berlin gehasst hatte, und gegen Renate Truckenbrodt hatte sie von vornherein etwas, weil sie die DDR klammheimlich bewunderte. Außerdem war sie Lehrerin. Aber Tamara litt darunter nur wenig, denn auch zu ihren eigenen Eltern hatte sie keinen sehr engen Kontakt gehabt.

«Das ist der Vorteil, wenn man die Kinder schon als Babys in die Krippe gibt», hatte Truckenbrodt einmal gelästert.

Als sie durch die Reihen der Gäste schlenderte, wurde sie überall offen und herzlich begrüßt, aber auch bestaunt, hatte Truckenbrodt doch überall verbreitet, dass es seinem Vater zusammen mit einem namhaften Schriftsteller gelungen sei, Tamara freizukaufen, nachdem ihre Flucht über die ungarisch-jugoslawische Grenze gescheitert sei. Alle versprachen, ihr bei der Suche nach einem Job als Fotografin zu helfen.

Dr. Herbert Truckenbrodt bat den Discjockey, die Musik für einen Moment ein wenig leiser zu stellen und ihm das Mikrofon zu geben.

«Liebe Honoratioren, liebe Verwandte und Freunde, liebe Gäste! Ich heiße alle herzlich willkommen! Die meisten von Ihnen, die meisten von euch werden noch nie gesehen haben, dass ich Tränen in den Augen habe. Heute nun ist es so weit, denn heute finden wir Tamara in unserer Mitte, und ich darf die deutsche Vereinigung vorwegnehmen, wenn ich nach alter Sitte die Verlobung meines Sohnes Raoul Truckenbrodt, BRD, mit Tamara Drescha, DDR, das heißt Ex-DDR, bekanntgebe.»

Zwei Monate nach ihrer Verlobung lag bei Raoul Truckenbrodt eine Postkarte aus Prag im Briefkasten. Er wollte sie erst achtlos zur Seite legen, denn einerseits langweilten ihn Grüße aus dem Urlaub, andererseits ließen sie auch einen gewissen Neid in ihm aufkommen. Dann bemerkte er, dass es die Handschrift einer Frau war, etwas mädchenhaft noch.

Lieber Raoul Truckenbrodt, Sie werden sicher ein kleines Lebenszeichen von mir erwartet haben. Hier ist es aus der ČSSR. Ich darf Ihnen für alles danken, Sie haben mir zu meinem Glück verholfen. Ihre Angelika Kranold.

Sofort rief Truckenbrodt Tamara an. «Du, es ist alles in Ordnung mit ihr, und sie trägt mir nichts mehr nach, im Gegenteil, von ihrer Seite haben wir nichts mehr zu befürchten.»

ELF
1990

AM SONNABEND, DEM 7. JULI 1990, hatten die Truckenbrodts zu einer großen Fete eingeladen, um das zehnjährige Jubiläum von Tamaras Flucht aus der DDR zu feiern.

Es war unfassbar, wie sich die Welt seitdem verändert hatte. Formal gab es die DDR zwar immer noch, aber eigentlich hatte sie sich schon aus der Geschichte verabschiedet. Am 18. Oktober 1989 war Erich Honecker zurückgetreten und am 9. November 1989 die Mauer gefallen. Am 1. Juli 1990 war in der DDR mit Inkrafttreten der Wirtschafts-, Währungs- und Sozialunion der beiden deutschen Staaten die D-Mark gesetzliches Zahlungsmittel geworden, und am 3. Oktober 1990 sollte die Deutsche Einheit gefeiert werden.

Auch bei Tamara und Raoul Truckenbrodt war es in diesen zehn Jahren durchweg turbulent zugegangen, aber sie hatten allen Grund zur Freude. Zwei Kinder hatten sie in die nun vom Kalten Krieg erlöste Welt gesetzt: Ricardo, 7, und Friederike, 5. Was das Berufliche betraf, so war Truckenbrodt inzwischen zum bezirklichen Baustadtrat aufgestiegen, und Tamara hatte sich mit einer Foto- und Werbeagentur selbständig gemacht. Millionäre waren sie zwar nicht geworden, aber zu einem schönen Einfamilienhaus in Lübars hatte es allemal gereicht. Tamaras Pferd stand nebenan im Stall, und in jeder freien Minute ritt sie über die Felder und durchs Fließtal. Auch Raoul Truckenbrodts Eltern freuten sich des Lebens wie auch ihres Wohlstandes. Nur sein Freund Achim Wasserfuhr fiel etwas aus dem Rahmen: Er war Single geblieben, lebte von Sozialhilfe und schrieb in seiner vielen freien Zeit historische Romane, die allerdings keiner drucken wollte.

«Weißt du, was ich heute Nacht geträumt habe?», fragte Truckenbrodt, als die beiden lieben Kleinen mit ihrem Opa zum Ponyreiten abgezogen waren.

Tamara schmunzelte. «Davon, was aus dir geworden wäre, wenn du zu mir in die DDR gekommen wärst anstatt ich zu dir nach West-Berlin?»

«Du bist schon auf der richtigen Spur, aber das ist es noch nicht ganz.» Er leerte seine Kaffeetasse, wie um Anlauf zu nehmen. «Nein, von Angelika.»

«Angelika Milster aus *Cats*?»

«Nein, meiner Angelika – Angelika Kranold.»

Tamara lachte. «Ah, darum hast du so lustvoll gestöhnt.»

«Wen ich auch immer in meinem langen Leben begehrt habe, sie nun ganz sicher nicht. Es war eher ein Alptraum: Sie ist gekommen, um mich festnehmen zu lassen.»

«Wann verjährt denn so was?», wollte Tamara wissen.

«Keine Ahnung. Ich will auch keinen Juristen so direkt danach fragen. Aber erpressen kann sie mich wahrscheinlich immer noch. Wenn das von damals alles in der *BILD*-Zeitung steht, kann ich meine politische Karriere vergessen. 1980 hätten sie im Westen alle gejubelt, heute aber bin ich kein Held mehr, sondern ein Unhold, der ein armes, unschuldiges Mädchen verschleppt hat.»

Tamara versuchte, sich in die Lage der anderen Frau zu

versetzen. «Angenommen, sie lebt jetzt glücklich und mit eigener Familie in, sagen wir, Heringsdorf, ist Leiterin eines Bonzen-Hotels, hat eine dicke Stasi-Akte, möchte aber von den neuen Herren übernommen werden. Meinst du, da geht sie an die Öffentlichkeit?»

«Nein, wird sie nicht.»

«Hast du denn mal in den Telefonbüchern nachgesehen und die Auskunft angerufen?», fragte Tamara.

«Ja, habe ich. Aber nirgendwo eine Angelika Kranold.»

«Sie wird geheiratet haben», sagte Tamara. «Das soll gelegentlich immer noch vorkommen.»

«Mir wäre wohler, wenn ich definitiv wissen würde, was aus ihr geworden ist», sagte Truckenbrodt.

«Mach doch mal einen Test», sagte Tamara.

«Was denn für 'nen Test?», fragte Truckenbrodt.

«Nächste Woche liest Bernhard Oybin in der Dorotheenstädtischen Buchhandlung in Moabit, gegenüber vom Kriminalgericht. Geh doch mal hin. Wenn er Angelika Kranold damals bei sich in Schmöckwitz gefunden hat und sie ihm alles erzählt hat, dann müsste er doch irgendwelche Reaktionen zeigen, wenn er dich jetzt sieht.»

Truckenbrodt nickte. «Klingt logisch.»

«Soll ich mitkommen?», fragte Tamara.

«Aber sicher. Meine Mutter kommt gerne her und spielt den Babysitter.»

«Hoffentlich liest sie den Kindern *Pipi Langstrumpf* vor und nicht den *Faust*.»

Truckenbrodt fand in der Turmstraße keinen Parkplatz und kurvte lange herum, bis er nahebei in der Wilsnacker Straße einen gefunden hatte. Sie stiegen aus und machten sich auf den Weg zur Buchhandlung.

«Ein bisschen unheimlich, die Gegend hier», sagte Tamara.

Truckenbrodt lachte. «Kein Wunder, nebenan steht ja das Gefängnis, und die Wellen des Bösen breiten sich aus.»

Sie überquerten die Turmstraße und sahen, dass sich vor der Buchhandlung schon eine kleine Schlange gebildet hatte.

«Ah», sagte Truckenbrodt, «alle wollen mitbekommen, wie sich Oybin vom Speichellecker von Ulbricht und Honecker zum Widerstandskämpfer gegen die SED umdefiniert.»

«Deine Mutter sagt, man müsse ein literarisches Werk immer von der Person des Urhebers trennen und ganz für sich bewerten.»

Truckenbrodt stöhnte auf. «Der alte Besinnungsaufsatz: Würden wir den *Faust* ebenso schätzen und zum Kult machen, und wäre er uns genauso viel wert, wenn er von Adolf Hitler geschrieben worden wäre?»

«Aber der Vergleich hinkt doch: *Der Dispatcher* ist nicht der *Faust*, und Oybin ist nicht Adolf Hitler.»

«Trotzdem», beharrte Truckenbrodt.

«Ist doch auch egal», sagte Tamara. «Wir müssen diesen Besinnungsaufsatz nicht schreiben.»

«Geh doch mal zu einer Party, da reden sie doch alle Besinnungsaufsätze. Und was meinst du, was sie Oybin nach der Lesung alles fragen werden.»

«Sollen wir alle schweigen?», fragte Tamara.

«Ja. *The rest is silence.*»

Damit stellten sie sich an, um noch einen Platz zu bekommen. Der überaus rührige Buchhändler war schon dabei, zusätzliche Stühle aus dem Keller zu holen. Was die Leute in Scharen anlockte, war nicht nur die Person Bernhard Oybins, sondern auch das Versprechen, in der Pause Soljanka serviert zu bekommen. *Soljanka* hieß nämlich das neueste Buch Oybins.

«Soljanka, war das nicht bei euch die ukrainische Suppe aus Fleisch, Speck, Zwiebeln, Paprika, sauren Gurken und verschiedenen Gewürzen?», fragte Truckenbrodt.

«Du sagst es. In den Restaurants haben sie alle Reste des Tages in einen Topf geworfen und dann scharf gewürzt, damit das Zeug nicht ganz so muffig schmeckte, und fertig war die Soljanka.»

«Mal sehen, was Oybin alles für literarische Reste in seinen Topf geworfen hat», sagte Truckenbrodt.

Bernhard Oybin stieg gerade aus dem Wartburg eines Mannes, der sein Bodyguard zu sein schien. Als Truckenbrodt ihn grüßte, blieb er stehen.

«Ah, der Sohn der Renate Truckenbrodt aus der Bayernallee!», rief er.

«Raoul Truckenbrodt, ja. Darf ich vorstellen, meine Frau.»

«Angenehm.» Oybin verbeugte sich und machte die Andeutung eines Handkusses. «Schön, Sie kennenzulernen.» Er wies auf den vermeintlichen Bodyguard. «Das hier ist mein Freund Martin Mutsch.»

Truckenbrodt drückte Mutsch die Hand. «Schön, dass Sie mitgekommen sind.»

«Wenn man an dieser Kultstätte schon nicht selber lesen darf, dann muss man wenigstens die Chance nutzen, andere lesen zu hören.»

Schon wollte Martin Mutsch weitergehen, da fiel ihm noch etwas ein. «Übrigens, ich soll Sie schön grüßen ...»

«Ja, von Möbel-Hübner.» Das war ein Reflex, gegen den kein West-Berliner ankam.

«Nein, von einer alten Bekannten von Ihnen ...» Martin Mutsch machte es spannend.

«Ich habe viele alte Bekanntinnen», sagte Truckenbrodt. Von Freundinnen wollte er im Beisein Tamaras nicht sprechen.

«Von einer Angelika Kranold.»

Truckenbrodt kam sich vor wie ein Boxer, der voll von einer krachenden Geraden erwischt worden war, sich aber nichts anmerken lassen durfte. Er verzog das Gesicht, um anzudeuten, dass es ihm schwerfallen würde, sich an eine Angelika Kranold zu erinnern. Sollte und konnte er zugeben, sie gekannt zu haben? Ja, das musste er wohl. Er flüchtete sich in eine Floskel, um Zeit zu gewinnen.

«Ah ja ... Wo steckt die denn jetzt?»

«In Havanna. Sie ist mit einem Kubaner verheiratet, mit Alberto, und arbeitet als Übersetzerin. Ich war ja letzten Januar auf einer Lesereise auf Kuba, und das als Krimischreiber. Jeden Abend haben wir zusammengesessen und über das diskutiert, was in Deutschland gerade passiert. Wir DDR-Bürger haben natürlich über die Kontakte geredet, die wir zu Leuten aus der BRD aufbauen konnten, und da ist dann auch der Name Ihrer Mutter gefallen. Da hat Angelika Kranold gerufen, dass sie den Sohn kennen würde. ‹Der hat mir mal Ost-Berlin gezeigt.› Und ich soll Sie schön grüßen. Vielleicht kommt sie mal zu Besuch nach Berlin.»

Truckenbrodt hatte das Kriminalgericht im Rücken, und er sah sich schon auf der Anklagebank sitzen, doch Martin Mutsch sagte nichts weiter, drückte ihm und Tamara nur die Hand und drängelte sich dann an Oybin vorbei, der schon dabei war, sich an seinem Arbeitsplatz einzurichten sowie Stuhl und Licht zu prüfen.

Noch Tage nach dieser Begegnung versuchten Truckenbrodt und Tamara, alles auszuloten.

«Wichtig ist, dass sie lebt», sagte Tamara. «Du musst also keine Angst mehr haben, dass deine K.o.-Tropfen nicht richtig dosiert waren und sie daran gestorben ist.»

«Das wussten wir doch ohnehin schon – oder hast du die Karte aus Prag vergessen?»

Angelika Kranold möglicherweise durch eine Überdosis seiner Beruhigungsmittel getötet zu haben war etwas, das Truckenbrodt anfangs furchtbar bedrückt hatte, doch seit das Lebenszeichen aus der ČSSR gekommen war, konnte er es ja vergessen.

«Nehmen wir die Fakten», sagte Tamara. «Angelika Kranold lebt glücklich auf Kuba, und es sieht ganz danach aus, als würde sie nicht auf Rache sinnen.»

«Das kann sich aber ändern, wenn sie wirklich nach Berlin kommt und zumindest zivilrechtlich auf Schmerzensgeld klagt», sagte Truckenbrodt.

Tamara versuchte, seine Bedenken zu zerstreuen. «Wie soll sie denn beweisen, dass du sie damals am 5. Juli 1980 nach Schmöckwitz gelockt und mit deinen K.o.-Tropfen betäubt hast, um mich mit ihren Papieren nach West-Berlin zu bringen? Wir streiten einfach alles ab.»

«Und wenn Oybin nun unter Eid aussagt, sie bei sich im Haus gefunden zu haben?», rief Truckenbrodt.

«Dann können wir einpacken», musste Tamara zugeben. «In der Tat. Aber hat er bei unserer Begegnung vor der Buchhandlung so etwas angedeutet?»

«Nein, hat er nicht.»

«Also, was können wir daraus schließen? Dass er Angelika Kranold nicht gefunden hat und von deinem Tun nichts weiß. Sie wird, lange bevor er nach Hause gekommen ist, aus ihrer Betäubung erwacht und zur Polizei gelaufen sein. Dort wird die Stasi sie in die Mangel genommen haben.»

«Und Oybin?», fragte Truckenbrodt.

«Der wird von alledem nichts mitbekommen haben. In seinem Haus waren ja so oft Freunde zu Gast, dass er eine gewisse Unordnung als selbstverständlich hingenommen hat.»

Truckenbrodt blieb skeptisch. «Und du meinst wirklich, dass ihn die Stasi-Leute völlig außen vor gelassen haben?»

«Ja, das meine ich, schließlich war er eine ziemlich große Nummer und hatte überall seine Gönner. Warum ihm Schwierigkeiten machen?!»

Truckenbrodt entkorkte eine zweite Flasche Beaujolais. «Ja, es spricht alles dafür, dass es so gewesen ist.»

Letzte Gewissheit sollten sie rund drei Monate später erhalten, als sie Post von Martin Mutsch bekamen. *Anbei etwas, das Sie interessieren wird …*

Er hatte eine Traueranzeige aus Havanna kopiert, auf der Alberto bekanntgab, dass seine Frau Angelika nach kurzer schwerer Krankheit sanft entschlafen war.

ZWÖLF
2007

HANS-JÜRGEN MANNHARDT war dabei, die Akte mit dem Mordfall Schmöckwitz ein für alle Mal zu schließen. Bevor er es ausdruckte, überflog er noch einmal, was auf dem Bildschirm stand.

Fasst man alle Erkenntnisse zusammen, so handelt es sich bei dem Opfer auf dem ehemaligen Grundstück Bernhard Oybins am Imkerweg mit an Sicherheit grenzender Wahrscheinlichkeit um die Lektorin Annett Krause aus Berlin-Pankow. Die Tat ist in den ersten Julitagen des Jahres 1980 begangen worden. Als Täter kann der Schauspieler und Synchronsprecher Konradin Moschner aus Berlin-Mitte angesehen werden. Er hat am 24. Dezember 1980 Selbstmord begangen.

Dann röhrte der Drucker. Mannhardt nahm das Blatt heraus, heftete es in den Schnellhefter und trug alles ins Archiv. «Wenn das wirklich mein letzter Fall war, dann wäre ich lieber Leo», sagte er zu Yaiza Teetzmann, die ihm auf dem Rückweg ins Büro entgegenkam.
«Welcher Leo?»
«Na, Leo Fall, der österreichische Operettenkomponist, der *Die Rose von Stambul* komponierte.»

Yaiza Teetzmann fasste sich an den Kopf. «Das ist doch schon ein wenig krank, oder?»

«Das ganze Leben ist eine unheilbare Krankheit», sagte Mannhardt.

«Was kann dich eigentlich noch aufheitern?», fragte Yaiza Teetzmann.

«Eigentlich nur die Rede, die der Pfarrer bei meiner Beerdigung halten wird.»

«Na, warte doch erst einmal deine Abschiedsparty ab, was sie da alles sagen werden.»

«Da kommen doch nur wieder diese fürchterlichen Gedichte: Mannhardt hatte eine feine Nase,/und fasste jeden Täter,/doch wegen seiner vollen Blase/manchen auch erst Jahre später.» Das spielte darauf an, dass ihnen einmal ein Doppelmörder entkommen war, weil er vor der Verfolgung erst noch dringend pinkeln musste.

Yaiza Teetzmann küsste ihn auf die Wange. «Armer schwarzer Kater.»

«Ich bin kein Carter, der Jimmy schon gar nicht, und außerdem ist der kein Schwarzer.»

«O Gott!» Yaiza Teetzmann lief schreiend davon.

Mannhardt machte sich auf den Weg zur Pressestelle, um zu Protokoll zu geben, dass man im Mordfall Schmöckwitz nicht mehr gegen Bernhard Oybin ermitteln würde und die Sache aufgeklärt sei. Den Zeitungen und örtlichen Sendern war das allemal eine Meldung wert.

Das Echo ließ auch nicht lange auf sich warten, denn schon am übernächsten Vormittag rief ein Herr Steffen Zemitsch aus Leipzig-Connewitz bei ihm an.

«Ich bin alter Berliner, wohne aber jetzt hier in Leipzig und befinde mich bei uns auf dem Friedhof», begann er. «Überall rings um mich herum Grabsteine.»

«Sagen Sie bloß!», rief Mannhardt.

«Ja, und ich habe gerade Zeitung gelesen, ich kaufe

mir hin und wieder eine Zeitung aus Berlin, damit ich ... Die alte Heimat, Sie wissen schon!» Er seufzte.

«Entschuldigen Sie, Herr Zemitsch, aber hier ist die Mordkommission.»

«Ich weiß. Darum ... Ach Gott, jetzt ist der Akku von meinem Handy leer.»

«Schade. Einen schön Tag noch!»

Mannhardt legte auf und hoffte, den Mann losgeworden zu sein. Doch Irrtum, fünf Minuten später war er wieder am Apparat.

«Ich stehe jetzt hier in der Friedhofsverwaltung, und da lässt man mich telefonieren, weil ... Also, was ich Ihnen sagen wollte: Im Gräberfeld B2 steht ein Grabstein mit der Aufschrift *Annett Krause* ...»

«Ja, und?» Mannhardt hatte gar nicht mehr richtig hingehört.

«Na, das ist doch die von Schmöckwitz! Und wie kann ihr Skelett letzten Monat bei Oybin auf dem Grundstück gefunden worden sein, wenn sie hier seit 1991 auf dem Friedhof liegt?»

«Es wird mehrere Frauen dieses Namens gegeben haben», sagte Mannhardt. «Aber vielen Dank für Ihren Anruf.»

Nachdem er aufgelegt hatte, überlegte er lange, ob er den Anruf einfach vergessen sollte oder nicht. «Lass die Toten ruhen», hatte seine Mutter immer gesagt, aber das war für einen Kriminalbeamten auch nicht gerade das richtige Motto. Also besprach er die Sache mit Rico Schönbier. Sein Nachfolger hatte auf Knopfdruck die richtige Strategie parat.

«Haken wir also gleich mal nach, ob die Annett Krause auf dem Leipziger Friedhof mit der Lektorin identisch ist, mit der Oybin etwas gehabt hat», sagte Schönbier.

Sie machten sich also mit Hilfe von Google, der Auskunft der Telekom, einiger Meldestellen und ihrer Telefone ans Werk und schafften es in der Tat bis zum Abend, die Wahrheit herauszufinden. Ihre wichtigste Quelle dabei war die Mutter Annett Krauses, die einzige noch lebende Verwandte. Sie war 93 Jahre alt, eine frühere Lehrerin und lebte in einem Heim in Leipzig.

«Ja, meine Tochter ist wirklich bei einem Fluchtversuch erschossen worden, im Sommer 1988, wo, wissen wir noch immer nicht so genau, und ihre Urne hat eine wahre Odyssee durch den ganzen Ostblock angetreten. Nach der Wende dann haben mein Mann und ich es geschafft, sie ordentlich auf christliche Weise zu bestatten. Dass sie mit Bernhard Oybin eine Zeitlang liiert war, wussten wir, und wir haben diesem herzlosen Karrieristen nie verziehen, dass er unsere Tochter angeschwärzt hat, als sie ihm erzählt hatte, dass sie die DDR verlassen wolle. Darum ja auch der überstürzte Fluchtversuch über die ‹grüne Grenze›.»

Was blieb Mannhardt nach dieser Aussage anderes übrig, als ins Archiv zu gehen und sich die Akte Schmöckwitz/Oybin wieder herausgeben zu lassen.

Sie riefen Yaiza Teetzmann an und setzten sich dann zu dritt zusammen, um über das weitere Vorgehen zu beraten.

«Die Knochen aus Schmöckwitz haben wir», sagte Schönbier, «und wenn nun wirklich alle Bürger schon mit ihrem genetischen Pass gespeichert worden wären, könnte uns ein einfacher DNA-Abgleich schnell Gewissheit verschaffen ... Aber schade, das funktioniert ja noch nicht.»

«Was ist denn mit der Gesichtsrekonstruktion anhand des Schädels?», fragte Yaiza Teetzmann.

Mannhardt kratzte sich am Kopf. «Das hab ich ganz vergessen. Die wollten das beim Landeskriminalamt irgendwo extern machen lassen. Muss ich mich nachher mal drum kümmern.»

«Und wir müssen mit unseren Leuten noch einmal mit Sieb und Spaten zum Imkerweg raus und alles umgraben», sagte Schönbier.

«Dieser Schwellnuss wird mit der Schrotflinte auf uns schießen», fürchtete Mannhardt.

«Dann kommt er eben in die Psychiatrie zu seinen Kollegen, da kann er sich freuen», sagte Schönbier.

Es dauerte keine Woche, da waren sie einen erheblichen Schritt weiter, das Ziel schien greifbar nahe zu sein.

Im märkischen Sand am Imkerweg hatte man dicht neben der Fundstelle der Frauenleiche eine Gürtelschnalle und eine silberglänzende Münze gefunden. Die Schnalle hatte, wie man nach mühsamer Recherche herausbekam, zu einem Kleid gehört, das im Frühjahr 1980 bei C&A verkauft worden war, und die Münze war ein Markstück aus der BRD.

«Sollte die Tote womöglich aus dem Westen stammen?», fragte Mannhardt.

«Das ist doch absurd!», rief Schönbier.

«Immerhin hatten wir mal die Transitleichen», sagte Mannhardt und erinnerte den jungen Kollegen an einige Fälle, bei denen Menschen, die in West-Berlin ermordet wurden, in ein Auto verladen und in der Nähe der Transitautobahnen, also in der DDR, entsorgt worden waren.

Schönbier lachte. «Schmöckwitz liegt meines Wissens an keiner Autobahn, oder?»

«Gott, es geht ums Prinzip!», gab Mannhardt zurück.

Yaiza Teetzmann, die gerade ins Zimmer getreten war und zugehört hatte, mischte sich ein. «Ich denke da eher an etwas anderes, wovon die bei uns immer gesprochen haben, wenn es um Republikflucht ging: Ein West-Berliner nimmt eine Frau, die seiner Freundin irgendwie ähnlich sieht, mit nach Ost-Berlin, bringt sie dort um, klaut ihr die Papiere und bringt mit denen seine Freundin rüber in den Westen.»

«Hast du das neulich im Kino gesehen oder im Fernsehen?», fragte Schönbier.

«Ich sehe nicht mehr fern, seit sie da nur noch Typen wie dich im Programm haben!», rotzte Yaiza Teetzmann zurück.

Mannhardt registrierte ganz nüchtern, dass die Tote durchaus auch eine Frau aus dem Westen gewesen sein konnte, obwohl die Wahrscheinlichkeit dafür bei höchstens einem Prozent lag. Aber: Da damals kein Einbruch gemeldet worden war, musste ja davon ausgegangen werden, dass einer von Oybins Freunden mit den Schlüsseln ins Haus gekommen war, die ihm anvertraut worden waren, und diese Freunde kamen doch alle aus der DDR oder höchstens noch aus den sozialistischen Bruderstaaten, nicht aber aus der BRD oder West-Berlin.

Dann erhielten sie von der Universität Freiburg die Gesichtsrekonstruktion, die man dort mit Hilfe eines Forschungsprogramms der biologischen Anthropologin Ursula Wittwer-Backofen vorgenommen hatte, das im Max-Planck-Institut für Demografische Forschung Rostock entwickelt worden war. Es war keine dreidimensionale Rekonstruktion aus Plastik, sondern nur eine Art Passfoto, das bei Mannhardt auf dem Schreibtisch lag, aber immerhin.

Mannhardts Vorgesetzte entschieden, es mit den entsprechenden Informationen den Zeitungen zu mailen und abzuwarten, ob es irgendwelche Reaktionen gäbe.

Es kam eine ganze Menge, aber es war nur das, was Schönbier als Spam bezeichnete. «Gleich wieder löschen!»

So blieb ihnen nichts weiter übrig, als sich an die Karteikästen zu setzen und nachzuschlagen, was es in der Zeit nach dem 1. Juli 1980 an Vermisstenmeldungen gegeben hatte. Mannhardt murrte, so öde hatte er sich seinen Abgang nicht vorgestellt. Zudem zuckte er immer zusammen, wenn er das Wort vermisst hörte, und böse Erinnerungen quälten ihn, denn zu oft hatte er im und nach dem Krieg erlebt, wie seine Verwandten geweint hatten. «Rudi ist als vermisst gemeldet worden.» Vermisst hieß, dass einer gefallen war, man aber seinen Leichnam noch nicht gefunden beziehungsweise geborgen hatte.

Nach fast zehn Stunden monotoner Arbeit schrie Mannhardt plötzlich auf. «Hurra, ich hab's!»

Das Passfoto auf der Karteikarte und die Gesichtsrekonstruktion aus Freiburg wiesen eine verblüffende Ähnlichkeit auf, und am nächsten Tag konnten die Medien melden, dass es sich bei der Toten, die man auf dem ehemaligen Grundstück Bernhard Oybins in Schmöckwitz gefunden hatte, um die kaufmännische Angestellte Angelika Kranold handelte, geboren am 14. Juli 1958 in Krefeld, zuletzt wohnhaft in Berlin (West), Senftenberger Ring 24 A.

Mannhardt brachte die Ratlosigkeit seiner Mordkommission mit einem altberliner Spruch auf den Punkt: «Wie kommt Kuhkacke aufs Dach, die Kuh kann doch nicht fliegen?»

Yaiza Teetzmann war ein bisschen gekränkt und berlinerte deshalb stärker als sonst. «Na Mensch, so, wie ick jesagt habe: Ein West-Berliner will seine Braut aus der DDR rausholen und ...»

Schönbier unterbrach sie. «Wissen wir ja, aber wie kommt dieser West-Berliner ausgerechnet zu Oybin nach Schmöckwitz?»

«Fragen wir ihn doch selber nach seinen Westkontakten in dieser Zeit», sagte Mannhardt.

Schönbier als Mensch der Tat griff auch gleich zum Telefon, um die Nummer des Heims am Müggelsee zu wählen und nach Oybin zu fragen. Nachdem er seinen Wunsch vorgetragen und seiner Gesprächspartnerin am anderen Ende der Leitung zugehört hatte, verdüsterte sich sein Gesicht. «Oybin ist am Morgen nach einer Gehirnblutung ins Krankenhaus gekommen und im Augenblick nicht ansprechbar.»

«Der Mann hat wirklich ein Gefühl fürs Timing», brummte Mannhardt. Aber es hatte schon was, von der Bühne des Lebens abzutreten, bevor man als Mörder entlarvt wurde.

«Was bleibt uns anderes übrig, als uns im Umfeld dieser Angelika Kranold umzusehen», sagte Yaiza Teetzmann.

«Sofern sie überhaupt eines hatte», murmelte Mannhardt.

Und er sollte mit seiner Skepsis recht behalten, denn als sie sich mit den Behörden in Krefeld sowohl per E-Mail wie auch per Telefon in Verbindung setzten, erfuhren sie nur, dass die Mutter von Angelika Kranold Anfang des Jahres 2004 gestorben war, und der Kollege aus Nordrhein-Westfalen, der auf dem Wege der Amtshilfe im Mietshaus in der Süchtelner Straße nachforschte, konnte auch nur mitteilen, dass es eine entfernte Cousine in Dortmund geben würde.

Als es Mannhardt endlich gelungen war, den Namen, die Anschrift und die Telefonnummer dieser Dame herauszubekommen, einer gewissen Sabrina Schulz, brauchte er noch eine ganze Woche, ehe er sie endlich am Apparat hatte.

Nachdem er sein Verslein vorgetragen hatte, sagte

diese: «Ja, ich bin die Großcousine von Angelika Kranold, da haben sie recht. Das ist ja schrecklich, was Sie da sagen, aber wir sind ja schon immer davon ausgegangen, dass sie ermordet worden ist. Haben Sie denn den Täter schon?»

«Das ist es ja, weswegen ich bei Ihnen anrufe. Können Sie sich noch daran erinnern, warum Ihre Cousine damals nach Berlin gegangen war?»

«Ja, sie wollte studieren, an der FU ... Keine Ahnung, was. Irgendetwas Unnützes. Mit Marxismus. Sie war ja schon immer verbohrt, sogar in der DKP war sie drin.»

Mannhardt wurde hellhörig. «Kann es sein, dass sie in die DDR rüber wollte, freiwillig?»

«Ja. Immer wenn sie von der DDR geschwärmt hatte, hieß es bei uns in der Familie: ‹Dann geh doch rüber!› Und ich glaube auch, dass sie von ihrer Mutter deswegen zu Hause rausgeschmissen wurde.»

Mannhardt machte sich eifrig Notizen. «Hat sie denn in Berlin schnell Anschluss gefunden?»

«Keine Ahnung. Einen Freund hatte sie sicher nicht, die Männer haben ja alle einen Bogen um sie gemacht.»

«Und wovon hat sie gelebt?», wollte Mannhardt wissen.

«Ich glaube, sie wollte in den Semesterferien jobben.»

«Und wo?»

«Keine Ahnung. Kann sein, dass es die EUROMAG war.»

Mannhardt bedankte sich und legte auf. «Faust», sagte er nur, als Schönbier ihn fragte, was er herausgefunden habe.

«Faust?»

«Ja, Goethe: *Da steh ich nun, ich armer Tor! / Und bin so klug als wie zuvor.*»

«Tor, Tor, Tor!», schrie Schönbier. «Hansa Rostock steigt wieder auf in die Erste Bundesliga.»

Mannhardt dachte daran, seine Dienstwaffe zu nehmen, auf die Toilette zu gehen und einen dicken blutroten Schlussstrich unter sein Leben zu ziehen. In seine Traueranzeige sollten sie dann drucken: *Wohl denen, die ermordet werden und das nicht selber tun müssen.*

DREIZEHN
2007

ALS HANS-JÜRGEN MANNHARDT am Vormittag im Büro saß und darüber nachdachte, wie die letzten Stunden der Angelika Kranold ausgesehen haben mochten, kam Yaiza Teetzmann herein und trällerte einen alten DDR-Schlager, der ihr gerade eingefallen war: «Ein Mädchen wie Angelika ist für die große Liebe da ...»

«Unsere Angelika kam aus Krefeld», sagte Schönbier.

Mannhardt sah auf. «Warum denn nicht: Ostmann verliebt sich in Westfrau und holt sie zu sich rüber. Was logisch erscheint, da sie ja in der DKP drin war.»

«Und warum bringt er sie dann um?», fragte Yaiza Teetzmann.

Schönbier grinste. «Vielleicht hat er sie so stürmisch geliebt, dass sie ...»

Mannhardt schüttelte den Kopf. «In diesem Falle hätte man doch den Notarzt ...»

«Die SMH», verbesserte Yaiza Teetzmann ihn. «In Schmöckwitz damals die SMH.»

«Die Schweizer Mobile Heilsarmee?», rätselte Mannhardt.

«Die Schnelle Medizinische Hilfe!», rief Schönbier.

Mannhardt bedankte sich und hatte einen ganz anderen Gedanken. «Vielleicht war es auch genau umgekehrt: keine so stürmische Liebe, dass sie dabei kollabiert ist, sondern der Mann konnte nicht, und als sie ihn deswegen verspottet hat, ist es zu einer Kurzschlusshandlung gekommen. Wäre ja nicht das erste Mal, dass so etwas passiert.»

«Das geht doch wieder gegen Oybin», sagte Schönbier.

Mannhardt nickte. «Sicher. Er hat Angelika Kranold irgendwo in West-Berlin aufgepickt, bei einer seiner Lesungen, und sie dann überredet, ihn am Imkerweg zu besuchen. Das tut sie auch, und dann ... Er hält es für zu gefährlich, die Leiche irgendwo in den Wald zu fahren, denn so etwas hinterlässt ja immer Spuren, und die Morduntersuchungskommission bei ihm ist gut, das weiß er, also vergräbt er Angelika Kranold bei sich im Garten, dicht an der Hauswand. Da wird sie niemand suchen und schon gar nicht finden.»

«Los, fahren wir hin zu ihm!» Schönbier hatte im Krankenhaus angerufen und erfahren, dass es Oybin schon wieder besser ging.

Mannhardt bremste den jungen Kollegen. «Nein, solange wir nichts gegen Oybin in der Hand haben, bringt das nichts. Wir brauchen unbedingt einen Zeugen, der gehört hat, dass Angelika Kranold auf dem Weg nach Schmöckwitz war, zu Oybin.»

«Da werden sich 27 Jahre später auch noch alle dran erinnern können», höhnte Schönbier.

«Ich erinnere mich noch genau an das, was meine Nachbarin vor fünfzig Jahren und mehr zu mir gesagt hat», hielt Mannhardt dagegen.

«Was denn?», fragte Yaiza Teetzmann.

«Dass wir die Doktorspiele mit ihrer Tochter unterlassen sollten, sonst würde sie das Jugendamt holen.»

Mannhardt und Schönbier standen im Archiv der Wohnungsbaugesellschaft und wälzten alte Akten. Bei Hochhäusern mit zwanzig Stockwerken und mehr war es sinnvoll zu wissen, in welcher Zelle Angelika Kranold gelebt hatte. Nach einer Stunde hatten sie herausgefunden, dass es der siebzehnte Stock gewesen war. Sie machten sich auf den Weg ins Märkische Viertel. Mannhardt hatte sich Heikes Wagen ausgeliehen, so dass sie sich mobil in die Berliner Staugebiete begeben konnten.

Als sie in Reinickendorf angekommen waren und die Flottenstraße kreuzten, meinte Mannhardt, dass sie schnell mal bei der EUROMAG nachfragen sollten, ob es dort noch Spuren der Gesuchten gab.

«Das ist doch absurd!», rief Schönbier. «Nach so vielen Jahren, und wo sie da doch allenfalls ein paar Wochen gejobbt hat.»

Mannhardt blieb gelassen. «Vielleicht ist sie dabei einem Jungbuchhalter begegnet, der sie angehimmelt und mit seiner Agfa Klack fotografiert hat. Das Foto hütet er natürlich wie eine Reliquie. Auf ihm sehen wir im Hintergrund einen Mann – den Mann, mit dem Angelika Kranold nach Schmöckwitz fahren sollte, um sich dort erwürgen zu lassen.»

Schönbier staunte. «Das spricht doch aber gegen deine These, dass Oybin der Täter ist.»

«Oh ...» Jetzt hatte es auch Mannhardt selber bemerkt. «Nein, das passt doch noch zusammen, wenn wir davon ausgehen, dass Oybin nach West-Berlin gekommen ist, um sie abzuholen. Sicherlich hatte er seine Möglichkeiten, sie ohne großen Aufwand, also ohne Passierscheinantrag und -abholung, nach Ost-Berlin zu bringen.»

«Es gibt Wahrscheinlichkeiten, die gegen null gehen», brummte Schönbier.

«Die mag ich aber ganz besonders gern.»

Bei der EUROMAG konnten sie es nicht fassen, nach Geschehnissen aus dem Jahre 1980 befragt zu werden. Der Manager, zu dem sie geschickt wurden, schien ein Weltbild zu haben, laut dem zu dieser Zeit in Deutschland nur ein diffuses Nichts existiert hatte. «IQ-150-Idioten« nannte Mannhardt Menschen wie ihn. Zudem war er arroganter und blasierter als Helmut Schmidt und Ulrich Wickert zusammen.

«Wir sind Global Players – und da fragen Sie uns nach den Daten einer Aushilfskraft aus dem vergangenen Jahrhundert.»

«Gibt es denn noch Angestellte aus dieser Zeit bei Ihnen?», wagte Mannhardt zu fragen.

«Wir sind ein dynamisches Unternehmen, und da hat keiner eine Chance bei uns, der deutlich über vierzig ist.»

Mannhardt hatte nicht übel Lust, seinen ersten Mord zu begehen, verfügte aber nach so vielen Dienstjahren doch über eine ausreichend große Impulskontrolle, um sich, wenn auch grußlos, aus dem Zimmer zu begeben, ohne zuzuschlagen.

Schönbier grinste nur, empfand er doch Mannhardts Besuch bei der EUROMAG als völlig überflüssig und hätte selber ebenso reagiert wie der Manager.

Da sie nun schon einmal hoch oben im Norden waren, machte Mannhardt einen kleinen Umweg.

«Ich will nur mal schnell eine Pilgerfahrt zu den heiligen Stätten meines ersten Lebens machen», sagte er zu Schönbier. «In Hermsdorf habe ich mal ein kleines Häuschen im Grünen besessen und mit dem mir angetrauten Weibe zwei Kinder großgezogen.»

«Kinder ...» Schönbier verzog das Gesicht. «Wenn ich

die Wahl zwischen Krebs oder Kindern hätte, dann würde ich mich nicht für Kinder entscheiden.»

Mannhardt fühlte sich getroffen und keilte zurück. «Männer, die so reden, kriegen später Hodenkrebs.» Er sah, wie Schönbier sich unwillkürlich dort zu kratzen begann, wo die Beschwerden einsetzen mussten. Treffer!

«Meinetwegen Kinder», lenkte Schönbier ein, «aber nur, wenn ich die dazugehörige Frau nicht ewig am Hals haben muss. Du hast es doch auch nicht mehr ausgehalten, oder?»

«Ich hätte schon noch, nur meine Frau hat nicht mehr. Das war damals die Zeit, als sie sich alle als schreckliche Feministinnen gegeben haben. Da bin ich dann weg und in eine Laube gezogen, hier hinten am Tegeler Fließ.» Mannhardt rollte mit dem Wagen langsam vorüber. «Das war so 'ne Art Landkommune, die wir hatten, alles Aussteiger. Eine von uns hieß Suppenhahn, weil sie so blass und mager war, die andere Tolldu, weil sie bei allem, was sie gut fand, ekstatische Schreie ausgestoßen hat: ‹Toll, du!› Mein Freund hieß Blaubacke, was vom vielen Trinken herrührte, und war ein Germanist, der die alte deutsche Sprache wiederbeleben wollte. Ich war der Lünkeram, der Mann, der Halunken linkte, also Verbrecher überführte.»

«So etwas würde mich in den Wahnsinn treiben», sagte Schönbier,

«Mich hat vieles in den Wahnsinn getrieben, insbesondere ein Vorgesetzter namens Dr. Weber. Als ich ihn mit einem Hohllochziegel erschlagen wollte, haben sie mich in die Psychiatrie gebracht, nach Bad Brammermoor, das ist da oben bei Bremen. Dann kam die Wende, und ich wurde nach Oranienburg geschickt, um da beim Aufbau der Kripo mitzuhelfen.»

«Wahnsinn!», rief Schönbier. «Heute da ...»

«Damals waren die Menschen etwas menschlicher als heute.»

Als sie am Senftenberger Ring angekommen waren, hätte sich Mannhardt am liebsten in die Büsche geschlagen, denn er litt unter einer gewissen Hochhausphobie. Immer, wenn er sich in einem solchen aufhielt, war er von der Gewissheit erfüllt, es würde gerade in diesem Moment in sich zusammenfallen und er bei lebendigem Leibe begraben werden. Da gegen einen Wahn keine rationalen Argumente halfen, konnte ihn auch Heike mit ihrer Bemerkung, dass es in Berlin noch nie ein Erdbeben gegeben hätte, nicht beruhigen.

«Aber es sind genug Flugzeuge in der Luft, die ... Ich meine, nimm nur den 11. September in New York, oder jemand arbeitet für Osama Bin Laden und hantiert mit Sprengstoff ... Es kann so viel passieren. Zumindest kann es zu einem Zimmerbrand kommen, weil einer beim Rauchen nicht aufgepasst hat, und die Feuerwehrleitern reichen nur bis zur vierten Etage.»

Schönbier grinste. «Nehmen wir einen Fahrstuhl, oder laufen wir nach oben?»

«Wir laufen natürlich.» Mannhardt glaubte nicht, dass Schönbier bis zum siebzehnten Stock durchhalten würde. Typen wie er waren Sprinter und keine Langstreckenläufer. Er hingegen trainierte für den nächsten Berlin-Marathon im September und war überzeugt davon, auch beim Treppenlauf eine gute Figur abzugeben. «Dann mal ab!» Er riss die Tür zum Treppenhaus auf.

«Nicht doch!» Schönbier hielt ihn am Ärmel fest. «Bei der Hitze, ich bin doch nicht verrückt.»

«Na schön.» Mannhardt registrierte den Sieg über den

wesentlich Jüngeren mit einem lautlosen Jubelschrei. Er wäre aber auch aus einem anderen Grund gern gelaufen: um dem Lift zu entgehen. Als Zehnjähriger nämlich hatte er in einem Groschenheft gelesen, wie ein Gangster den Boden einer Fahrstuhlkabine so umgebaut hatte, dass dieser nach unten wegklappte, wenn er per Fernsteuerung einen ganz bestimmten Mechanismus auslöste, und seitdem fürchtete er bei jeder Fahrt, ins Jenseits verklappt zu werden.

Zugleich hatte er Heikes Stimme im Ohr: «Kennst du die berühmte Mannhardt-Formel: Der Mensch ist die Summe seiner Ängste.»

Endlich waren sie oben und machten sich auf die Suche nach der Wohnungswabe, in der Angelika Kranold vor 27 Jahren gelebt hatte. Es dauerte einige Zeit, bis sie vor der richtigen Tür angekommen waren.

«*Kütahya*», las Mannhardt.

«Schusssichere Westen anlegen», sagte Schönbier.

Nicht einmal Mannhardt, sonst immer darauf bedacht, bei diesem Thema äußerste politische Korrektheit an den Tag zu legen, protestierte bei diesem Spruch, denn oft genug hatten er und seine Kollegen bei der Überprüfung jugendlicher Intensivtäter mit Migrationshintergrund das klassische «Ich mach dich urban!» gehört, wobei urban für das Kreuzberger Urban-Krankenhaus stand.

Doch Herr Kütahya war ein friedlicher Schneider und so erfolgreich integriert, dass er ihnen gerne Auskunft gab.

«Wir wohnen erst seit zehn Jahren hier, und ich habe nie etwas von einer Frau Kranold gehört, aber fragen Sie mal die alte Frau in der Wohnung links vom Fahrstuhl, die weiß alles, die Frau Waberski. Da kommt sie gerade mit ihrem Rollstuhl.»

Mannhardt sah sich nach einem Fluchtweg um, denn

Frau Waberski erinnerte ihn an die schrecklichen alten Tanten, die ihm als Kind das Leben zur Hölle gemacht hatten. Gibst du der Tante mal das gute Händchen! Was auf dem Teller ist, wird aufgegessen! Erst die Hände waschen! Meist litten sie auch noch an maligner Logorrhö, dem krankhaften Redefluss. Aber das konnte sich ja in ihrem Falle bei Frau Waberski durchaus als Vorteil erweisen.

«Die Angelika Kranold, natürlich kann ick mich an die erinnern. Stand ja jetz ooch jenug von ihr drinne inne Zeitung, det se ihre Knochen da unten in ... wie heißt det Nest? ... in Schmöckwitz jefunden ham. Die Arme, die! Schrecklich, wenn eena nach so lange Zeit wieda ausjebuddelt wird. Det Jefühl, nee, Sie! Wenn ick mir so vorstelle, det se mir späta ooch mal ...» Frau Waberski schüttelte sich und ging dazu über, den beiden Kriminalbeamten die Vorzüge ihres elektrischen Rollstuhls zu erklären. «Und wissen Se, wat det Schärfste is: Ick musste für det Ding 'n Führerschein machen. Da war eena vonne Kasse da, der hat jekuckt, ob ick ooch allet richtich mache.»

«Kommen wir mal wieder zu Angelika Kranold zurück», sagte Schönbier. «Was war sie denn für ein Mensch?»

«Det war 'n ziemlicher Trampel, aber mit 'm hübschet Jesicht. Irjendwo aus Westdeutschland her isse jekommen und hat hier studieren wollen, wat weeß ick nich, und kurz jearbeitet hat se ooch – bei die EUROMAG inne Flottenstraße. Aba dann war se plötzlich weg, inn Osten isse jegangen, ham se jesagt.»

«Wissen Sie denn, wer die Wohnung hier aufgelöst hat?», fragte Schönbier.

Frau Waberski brauchte nicht lange nachzudenken. «Nee, weeß ick nich, da war ick jrade im Krankenhaus, mit meine Nierensteine.»

«Hatte denn Frau Kranold einen Freund hier in West-Berlin?», fragte Mannhardt.

«Nee, nich, det ick wüsste … Doch eenmal, da hat sie sich mit eem verabredet, da wollten se nach Ost-Berlin rüber.» Frau Waberski war plötzlich so aufgeregt, dass sie nach ihrem Asthmaspray greifen musste «Mensch, det wird der Tag jewesen sein, wo se nich mehr wiedajekomm is!»

Schönbier wollte ganz sicher gehen. «Sie war mit einem West-Berliner verabredet, um mit dem nach Ost-Berlin rüberzufahren?»

«So hat se mir det jesagt.»

«Und das wissen Sie ganz genau?»

«Det ist zwar schon ’ne Weile her, aba mein Jedächtnis is noch det Beste an mir.»

«Einen Namen hat sie aber nicht genannt.»

«Nee, nich, det ick wüsste.»

VIERZEHN
2007

MANNHARDT genoss es einerseits und fühlte sich geschmeichelt, dass eine der großen Berliner Zeitungen sein bevorstehendes Ausscheiden aus dem öffentlichen Dienst zum Anlass nehmen wollte, eine große Reportage über ihn zu bringen, andererseits aber war ihm das Ganze auch irgendwie peinlich, und er fürchtete kritische Anmerkungen zu seiner Person ebenso wie den Spott seiner Kollegen. Außerdem war die Redaktion mit hoher Wahrscheinlichkeit nicht von sich aus auf diese Idee gekommen, sondern von Heike, die selber Journalistin war, auf ihn aufmerksam gemacht worden. Peinlich, aber er hatte dennoch zugesagt, sich interviewen zu lassen, denn seine narzisstische Bedürftigkeit war dann doch ziemlich hoch. Dann schickten sie aber nicht einmal einen gestandenen Journalisten mit großem Namen zu ihm nach Tegel, sondern einen Volontär, der gerade mal sein Abitur bestanden hatte und so jung war, dass ihm Mannhardt aus Versehen Silvios Kindersekt zu trinken anbot.

«Sie wollen sicher wissen, wie ich zur Kripo gekommen bin?», fragte Mannhardt den Volontär.

Der sah auf seinen Block. «Ja. Woher wissen Sie das?»

«Wenn man vierzig Jahre lang Leute verhört, dann muss man dem anderen nur in die Augen schauen, um zu wissen, mit welchem Schachzug er die Partie eröffnen wird.»

«Darf ich mein Tonbandgerät mitlaufen lassen?», fragte der Volontär.

«Aber gern», antwortete Mannhardt, weil er wusste, dass der junge Mann nicht in der Lage sein würde, das Gerät, das ihm die Redaktion mitgegeben hatte, in Betrieb zu setzen.

Nach fünf Minuten hatte der Volontär aufgegeben und begnügte sich damit, Mannhardts Worte mitzuschreiben. Da er keine Kurzschrift gelernt hatte, war das ziemlich mühselig. Für ihn wie auch für Mannhardt.

«Wie sind Sie also zur Kripo gekommen?»

Mannhardt hatte Mühe, den nötigen Ernst an den Tag zu legen und nicht zu sagen, dass er mit der U-Bahn zur Kripo gekommen sei. «Ich wollte eigentlich studieren, aber dazu ist es nicht gekommen, denn zum einen wusste ich nicht, was für ein Fach, und zum anderen hatte meine Mutter nicht das Geld dazu, mich studieren zu lassen.»

«Und ihr Vater?»

Mannhardt überlegte einen Augenblick. In Wahrheit war sein Vater, in der Wehrmacht bis zum Oberleutnant aufgestiegen, bei der Schlacht um Berlin gefallen – aber was gab das schon her? Nicht viel. Also machte er die Sache etwas dramatischer.

«Mein Vater? Der ist 1944 von einem Einbrecher erschossen worden, und meine Mutter hat zu mir gesagt: ‹Junge, wenn du mal groß bist, musst du zur Kripo gehen und herausfinden, wer das getan hat.›»

«Und – haben Sie?»

Mannhardt seufzte eindrucksvoll. «Nein. Hunderte von Mördern und Totschlägern habe ich zur Strecke gebracht, doch den Mann, der meinen Vater getötet hat, den habe ich nie ausfindig machen können. Aber lassen wir das!»

Der Volontär schrieb alles auf und kam zur nächsten Frage. «Haben Sie im Laufe der Zeit eine besondere Witterung für Mörder entwickelt?»

«Nein, denn Mörder sind im Allgemeinen Menschen wie du und ich. Manche, die ich kennengelernt habe, sind mir auf Anhieb sympathisch gewesen, und ich hätte mich gefreut, sie zu meinen Freunden zählen zu dürfen.» Mannhardt genoss es, so druckreif reden zu können.

«Erinnern Sie sich noch an Ihren ersten Fall?»

«Ja, natürlich.» Doch der war so unspektakulär gewesen, dass Mannhardt zögerte, davon zu erzählen. «Ein Mann hatte einen Haartrockner in die Badewanne seiner Frau geworfen und versucht, die Sache als Unfall hinzustellen.»

Der Volontär kicherte. «Meine Freundin duscht nur.»

«Schreiben Sie bloß nicht, dass das mit dem Fön in der Badewanne einer mal ausprobieren soll.» Mannhardt hatte Angst vor den bösen Kommentaren seines Vorgesetzten. Er hatte das Interview zwar genehmigt bekommen, war aber doch darauf hingewiesen worden, nicht unnötig aus dem Nähkästchen zu plaudern und vor allem nichts von seiner Attacke auf den Vorgesetzten zu erzählen.

«Welche Fälle sind Ihnen denn ganz besonders im Gedächtnis geblieben?»

Mannhardt dachte nach. «Da hatte ich mal einen Unternehmer, der einen Bankraub beging, um seine Firma zu retten. Dann hatten wir einmal einen kleinen, hässlichen Angestellten, den sie gemobbt hatten und der, um sich zu rächen, seine lieben Kollegen mit etwas Sprengstoff ins Jenseits befördern wollte. Morde gab es in einer verbrecherischen Sekte, bei einer Jagd auf Ausländer, bei der Entführung eines Babys, das eine prominente Schauspielerin im Kinderwagen liegen hatte, und so weiter und so fort. Als ich in Bramme war, ist ein Antifa-Kämpfer umgebracht worden, in meiner Oranienburger Zeit, nach der Wende damals, ein Industriemanager ... Schade, dass ich das nicht alles aufgeschrieben habe.»

Der Volontär wechselte das Thema. «Welches ist für Sie der gefährlichste Ort in Berlin, ich meine, der Platz, wo die Wahrscheinlichkeit am größten ist, ermordet zu werden?»

Mannhardt lachte. «Das ist die eigene Küche. Die meisten Fälle von Mord und Totschlag sind Beziehungstaten, denn: Je enger die Beziehung, desto heftiger der Konflikt.»

«Welches ist denn der Fall, an dem Sie gerade sitzen?»

«Der Fall des Skelettfundes vom Imkerweg in Schmöckwitz. Wer hat Angelika Kranold aus Berlin-West ermordet und ihren Leichnam in Berlin-Ost vergraben?»

«Ah, da habe ich ja letzte Woche was drüber geschrieben. War die Kranold nicht auch in der DKP?»

«Ja. Warum?»

Der Volontär blätterte in seinem Notizblock. «Da habe ich doch vor einiger Zeit einen alten DKP-Mann interviewt ... Der ist aus dem Ruhrgebiet nach Berlin gekommen und war hier großer Funktionär bei der SEW. Fragen Sie den doch mal, vielleicht kann der sich an Angelika Kranold erinnern. Der Mann heißt ... warten Sie ... Fritz Stechert aus Neukölln, Hobrechtstraße 41.»

Mannhardt hatte ein ungutes Gefühl, durch Neukölln-Nord zu gehen, schließlich war er nicht nur Deutscher, sondern auch noch Bulle. Hoffentlich war ihm das nicht anzusehen. Das eine wie auch das andere. Aber es war ja Tag, und hysterisch war er nicht. Zumindest nicht in dem Maße, dass es behandlungsbedürftig gewesen wäre. Nicht immer geriet er in Panik, wie in diesem Augenblick am U-Bahnhof Schönleinstraße, wenn ihn Jugendliche mit Migrationshintergrund mit ihrem berühmten «Was guckst du so?!» anschauten. Gehörten sie zu dieser liebenswerten libanesischen Türsteher-Gang, deren eines Mitglied er vor kurzem wegen einiger kleinerer Straftaten – Mord und schwere Körperverletzung – aus dem Verkehr gezogen hatte? Nein, sie arbeiteten in der Dönerbude nebenan.

Über die Bürkner- kam er in die Hobrechtstraße. Er vermutete, dass sie nach dem Stadtrat James Hobrecht benannt worden war, der Berlin vor mehr als hundert Jahren Kanalisation und Rieselfelder beschert hatte. Einerseits ... Andererseits hatte er aber auch den Bau der Berliner Untergrundbahn jahrelang verhindert, um seine Abwasserröhren nicht zu gefährden.

Alles erschien Mannhardt heute mehrschichtig. So war es auch mit seinem Gesprächspartner Fritz Stechert, 91, gelernter Tischler, später Journalist. Einerseits ein imposanter Mann, ein Spanienkämpfer, was Mannhardt höchsten Respekt abnötigte, andererseits aber ein Stalinist, der nichts dazugelernt hatte und den GULag vehement verteidigte, das umfassende Repressionssystem der Sowjetunion, bestehend aus Zwangsarbeitslagern und Straflagern, Gefängnissen und Verbannungsorten: «Wo gehobelt wird, da fallen Späne, und das Gute muss immer schwer erkämpft werden, auch mit Freunden, die man opfert, wenn sie das Erreichen des großen Ziels gefährden.»

Mannhardt schwieg erst einmal, dann murmelte er nur: «Die größten Verbrechen werden immer im Namen des Guten begangen ...»

«Bitte?», fragte Fritz Stechert, der schwer hörte, aber kein Gerät benutzen wollte.

«Gut, dass es Sie noch gibt», sagte Mannhardt, oder vielmehr schrie er im Bemühen, den Mann nicht gleich am Anfang ihres Gespräches so zu verärgern, dass dieser ihn zur Tür hinauswarf. «Es geht nämlich um einen Mord, den in Schmöckwitz aus dem Jahre 1980. Im Imkerweg auf Bernhard Oybins Grundstück.»

«Ah, diese Angelika Kranold!» Fritz Stechert war geistig noch immer hellwach und hatte alles in der Zeitung verfolgt. «Das ist doch eine üble Hetzkampagne, mit der man das große Werk Oybins in den Schmutz ziehen will.»

«Tut mir leid», entgegnete Mannhardt mit der notwendigen Lautstärke. «Aber Fakt ist nun einmal, dass die sterblichen Überreste der Angelika Kranold auf Oybins Grundstück gefunden wurden.»

«Die wird man nachträglich dort hingebracht haben, um ihm so den Garaus zu machen.»

«Wir sind hier nicht bei Stalin und dem KGB», murmelte Mannhardt.

«Haben Sie mal was von der CIA gehört, junger Mann?», fragte Fritz Stechert.

Mannhardt überhörte es. «Wenn es so war, wie Sie es vermuten, dann setze ich alles in Bewegung, um herauszufinden, wer das getan hat. Es ist wahrscheinlich mein letzter Fall, und mir kann keiner mehr auf die Füße treten. Außerdem schätze ich Bernhard Oybin als Autor und als Mensch. Und es ist nun an Ihnen, Herr Stechert, mir zu helfen, Licht ins Dunkel zu bringen und die zu fassen, die Oybin diskriminieren wollen.»

«Na, dann fragen Sie mal, junger Mann.»

«Ja, danke ... Hat sich denn Angelika Kranold damals 1980 hier in West-Berlin bei der SEW sehen lassen?»

«Ja, ich kann mich noch gut an sie erinnern. Ein niedliches Gesicht, aber eine Figur wie eine Kugelstoßerin. So, wie ich es bei Frauen immer geliebt habe.»

«Aber Sie haben Sie nicht geliebt?», fragte Mannhardt.

Fritz Stechert schmunzelte. «Ich hätte schon gerne, aber ich war damals schon über sechzig. Und außerdem, sie war ja plötzlich verschwunden.»

«Kann es sein, dass sie freiwillig in die DDR gegangen ist?»

«Nein, ausgeschlossen, immer wieder hat sie betont, ihr Platz wäre hier im Westen!»

Mannhardt machte sich Notizen. «Und wenn nun der gute Oybin, der ja Frauen bezirzen konnte, sie überredet hat, seine Geliebte zu werden und mit ihm nach Ost-Berlin zu kommen?»

Fritz Stechert schlug mit der Faust auf den Tisch. «Ausgeschlossen! Schluss jetzt!»

Mannhardt lief zum Kottbusser Tor, um mit der Hochbahn ins Büro zu fahren. Als er aber einen der sattgelben Züge oben auf der Trasse sah, zögerte er. Zwar hatte es vor fast hundert Jahren das letzte und auch einzige Unglück gegeben, bei dem Waggons in die Tiefe gestürzt waren, aber gerade das sprach ja dafür, dass es bald wieder einmal fällig sein würde. Andererseits, stieg er hinunter in den Tunnel der U8, musste er nicht nur einen erheblichen Umweg in Kauf nehmen, sondern begab sich auch in die Gefahr, bei einem Tunnelbrand elendlich zu ersticken. Also nahm er doch die U1.

Im Büro saßen Schönbier und Yaiza Teetzmann bei einer kleinen Tasse Tee und sahen sich so an, wie es Menschen tun, wenn sie wild darauf sind, es miteinander zu treiben. Es traf ihn mächtig. Er hatte anderthalb Jahrzehnte nur davon geträumt, und sein Nachfolger schaffte es in ein paar Wochen.

Mannhardt sank in seinen Drehsessel und beamte sich an die Ufer des Rio Pecos. Dort zu sein hatte er sich als Junge immer sehnlichst gewünscht, denn dort standen die Zelte der edlen Apachen, dort war Winnetou zu Hause, und alle liebten seinen Blutsbruder Charley, also Karl May oder vielmehr Old Shatterhand, den größten Westmann aller Zeiten.

«Nun, du siehst ja so betrübt aus.» Yaiza Teetzmann musterte ihn. «Hast du dich mit einem Bordellbesuch bestechen lassen, und will dich nun einer erpressen?»

«Schlimmer noch», antwortete Mannhardt. «Ich hatte meine Viagra vergessen und ...» Das Telefon riss ihn aus seinem Gedankengang.

«Das werden diese Leute sein», sagte Schönbier. «Du hättest trotzdem bezahlen müssen.»

«Psst!», machte Mannhardt.

Nun lachte Yaiza Teetzmann los, und dies mit einer gewaltigen Lautstärke, denn das «Psst!» war eines der nobelsten Bordelle der Stadt. «Das ist der Beweis.»

Mannhardt verzog das Gesicht. «Ja, Pardon, aber ich verstehe Sie nicht. Hier ist eine Kollegin zu Besuch, die gerade aus der Psychiatrie entlassen worden ist, und die bekommt manchmal ihre Anfälle ... Pardon, hier ist wirklich die 12. Mordkommission, da sind Sie schon richtig. Ich verstehe. Sie haben gerade eine Buchhandlung übernommen, in Charlottenburg, und da ist Ihnen beim Ausmisten eine Liste in die Hand gefallen?»

«Ja, eine aus dem Jahre 1980, und da taucht der Name Angelika Kranold auf. Das ist doch die aus Schmöckwitz, die ... Ich habe das alles aufmerksam in der Presse verfolgt, weil ich zu Bernhard Oybin ein sehr gebrochenes Verhältnis habe.»

«Mensch!», rief Mannhardt. «Wunderbar! Und worum geht es da bei dieser Liste?»

«Die hat meine Vorgängerin offenbar bei einer Lesung herumgehen lassen, damit sich die Leute, die Interesse an Informationsmaterial hatten, eintragen konnten.»

«Steht da auch ein Datum drauf?», fragte Mannhardt.

«Nein, aber es muss im Juni 1980 gewesen sein, denn in derselben Mappe liegen Flyer, mit denen für die Lesung von Bernhard Oybin geworben wurde, und die war am 12. Juni.»

Mannhardt freute sich. Vielleicht war das ja endlich jenes kleine Fünkchen Hoffnung, auf das er so lange gewartet hatte. «Bitte, auf alle Fälle aufheben, wir kommen in den nächsten Tagen einmal vorbei. Können Sie mir aber die Liste mit den Namen vorab schon mal rüberfaxen?»

«Ja, natürlich.»

Mannhardt bedankte sich, gab der Buchhändlerin seine Faxnummer, legte auf und eilte zum Faxgerät. Wenig später hatte er alles bei sich auf dem Schreibtisch liegen.

Es waren neben Angelika Kranold noch sieben weitere Besucher der Lesung Oybins gewesen, die sich mit Namen und Adresse in die herumgereichte Liste eingetragen hatten, aber die sagten ihm alle nichts: Margot Sandmann, Gertrud Entrich, Franz Ciazynski, Renate Hartmann, Helene Behrendt, Erna Prause und Volker Volterra.

Er sah Schönbier und Yaiza Teetzmann an. «Nun haben wir es sozusagen amtlich, dass Oybin und Angelika Kranold sich begegnet sind, und zwar hier in West-Berlin. Das ist ein gewaltiger Schritt nach vorn.»

«Schon», musste Schönbier zugeben, aber er kam sofort mit einem Einwand, der nicht von der Hand zu weisen war. «Damit ist aber noch nicht im Geringsten bewiesen, dass er sie zu sich nach Schmöckwitz eingeladen hat.»

«Nein, aber Tatsache ist ja nun einmal, dass sie bei ihm auf dem Grundstück vergraben worden ist!», rief Mannhardt.

«Das kann außer ihm die halbe DDR gewesen sein», sagte Schönbier.

«Ick war et diesmal aber nich», sagte Yaiza Teetzmann. «Ick hab 'n Alibi für die Tatzeit: Ernteeinsatz in der Uckermark.»

«Die halbe DDR?», wiederholte Mannhardt. «Eben nicht, denn wie soll jemand, der Oybin nicht gekannt hat, ausgerechnet auf das Grundstück am Imkerweg kommen?»

Schönbier rang die Hände. «Ich wiederhole es zum x-ten Mal: Viele seiner Freunde und seiner Frauen hatten Schlüssel zum Imkerweg.»

«Und das sind alles ehrenwerte Männer und Frauen», fügte Yaiza Teetzmann hinzu.

Mannhardt lachte. «Ehrenwerte Stasi-Zuträger.»

Yaiza Teetzmann überhörte das. «Ich habe ja einen anderen Verdacht, einen Verdacht in eine ganz andere Richtung.»

«Dass sie sich selber erdrosselt und vergraben hat?», fragte Mannhardt.

«Du siehst zu viele Comedies!», hielt sie ihm vor.

«Davon kann man nie genug sehen.»

Schönbier stöhnte auf. «Nun lass sie doch mal!»

Yaiza Teetzmann nahm einen neuen Anlauf. «Schön, Oybin lädt Angelika Kranold zu sich ein. Sie kommt nach Schmöckwitz, er ist aber noch nicht rechtzeitig von der Ostsee zurück, als sie klingelt. Da ist aber der Handwerker, der Oybins feuchten Keller sanieren will und die Hauswand freilegt. Er lässt Angelika Kranold auf das Grundstück und will dann die Gelegenheit nutzen. Ein bisschen getrunken hat er auch. Sie wehrt sich. Das Ende kennen wir. Der Mann verbuddelt sie auf seiner eigenen Baustelle.»

«Genial!», rief Mannhardt. «Aber wenn ich mich richtig erinnere, dann hat Oybin doch abgestritten, Angelika Kranold zu sich eingeladen zu haben.»

«Dann wird sie von allein gekommen sein», sagte Schönbier. «Es soll ja solche Literatur-Groupies geben.»

«Fehlt uns nur noch der Handwerker, der im Juni/Juli 1980 bei Oybin das Haus saniert hat», sagte Mannhardt. «Wahrscheinlich war es keine Firma, sondern einer, der da schwarz für ein paar Westmark gearbeitet hat.»

«Das müsste doch noch herauszubekommen sein», sagte Yaiza Teetzmann. «Ich werde mal alle seine Freunde anrufen, sofern sie noch leben.»

Sie tat es, hatte jedoch keinen Erfolg. Es ließ ihr aber keine Ruhe, und da sie das verlängerte Wochenende sowieso bei einem Ex-Freund auf Rügen verbrachte, fuhr sie kurz nach Baabe hinüber, wo eifrige Kulturschaffende dabei waren, Oybins Sommerhaus zum Bernhard-Oybin-Museum herzurichten. Da alles sorgfältig geordnet war, fand sie in der Mappe mit der Aufschrift *1980 – Sonstiges* nach kurzer Suche die Rechnung einer PGH, einer Produktionsgenossenschaft des Handwerks, in Eichwalde. Mit den Arbeiten am Imkerweg war ein gewisser Uwe Weischlitz beauftragt worden.

Mannhardt und Yaiza Teetzmann saßen in der S-Bahn nach Königs Wusterhausen. In Zeuthen war auszusteigen, und Mannhardt als Liebhaber und Kenner Theodor Fon-

tanes seufzte, als dieser Ort im Zug auf dem Display aufleuchtete.
«Schade, dass du nicht die Lene Nimptsch bist und ich der Rittmeister Botho von Rienäcker.»
«Wer?», fragte Yaiza Teetzmann.
«Die beiden aus *Irrungen, Wirrungen*, die zum Gasthaus streben, das es einstmals an Hankels Ablage gegeben hat.»
«Tut mir leid, der Film muss mir entgangen sein.»
«Ich meine auch eher das Buch.»

Sie waren auf dem Weg zu Uwe Weischlitz, der aus vielerlei Gründen interessant für sie war, nicht zuletzt deswegen, weil er in der DDR mehrfach verurteilt worden war. Zumeist waren es Rohheitsdelikte, über die sie in den Akten etwas gefunden hatten, aber auch eine Anklage wegen versuchter Vergewaltigung war dabei. Es war also genau das Täterprofil, das passte.

Sie fanden den Mann am Hankelweg in einem Häuschen, dem man deutlich ansah, dass es ohne fremde Hilfe errichtet worden war, in vielen Jahren immer Stein für Stein, zu Zeiten knappen Materials.

Ebenso war auf den ersten Blick zu erkennen, dass Uwe Weischlitz allein lebte und Alkoholiker war. Arbeitslos war er aber nicht, wie sie schon erfahren hatten, und in dem Baumarkt, wo er für alles zuständig war, was man für Renovierung und Sanierung brauchte, hatte man nur Gutes über ihn zu berichten gewusst.

Irgendwer musste ihm gesteckt haben, dass sich die Kripo für ihn interessierte, denn als sie bei ihm geklingelt und sich vorgestellt hatten, zeigte er sich von ihrem Besuch nicht im Geringsten überrascht.

«Wahrscheinlich wegen die alten Sachen, det is doch aba allet verjährt.»

«Dürfen wir aber trotzdem mal reinkommen?», fragte Yaiza Teetzmann.

«Meinetwegen, immer rin in die jute Stube, det heißt, wir setzen uns mal hier in den Jarten, da isset schön kühl.» Er rückte ihnen zwei Stühle zurecht und stellte den Sonnenschirm so hin, dass sie im Schatten sitzen konnten. «Wenn ick Ihnen wat anbieten kann, dann nur Wasser.» Er zeigte auf den Hahn in seiner Nähe, an dem der Rasensprenger angeschlossen war. «Bier hab ick nämlich keens da, ich bin zur Zeit uff Entzug.»

«Sehr löblich», sagte Mannhardt, der mitunter alte Wendungen liebte. «Ich kenne das, ich habe auch mal an der Flasche gehangen und ...» Damals hatte er den Spruch geprägt: Glück hat auf die Dauer nur der Süchtige.

Uwe Weischlitz holte drei Gläser und zapfte für jeden frisches Wasser aus dem Hahn.

«Prost! Da bin ick aba nu mal jespannt, wat Sie zu mir führt – so spät nach Feierabend noch.»

Yaiza Teetzmann begann. «Sie haben doch mal, so um 1980 herum, in Eichwalde in einer Produktionsgenossenschaft des Handwerks gearbeitet?»

Uwe Weischlitz grinste. «Ja, als Maurer, Tischler, Zimmermann, Dachdecker, Glaser, Maler, Fliesenleger und noch anderet, wenn's nötig war und eena det Trinkjeld in D-Mark parat hatte.»

«Da waren Sie sicherlich auch mal in Schmöckwitz drüben?»

«Zeuthen, Eichwalde, Schmöckwitz, Wildau und Königs Wusterhausen, klar.»

Yaiza Teetzmann glaubte, dass die Vorbereitung reichte, um zum Schmetterball zu kommen. «Und wann waren Sie bei Oybin?»

«In Oybin war ick mal in eem Erholungsheim. Da hatten se 'ne tolle Schmalspurbahn.»

«Ich meine Bernhard Oybin.»

«Klar kenn ick den. War ja ooch nur 'n kleena Scherz. Der hatte Wasser im Kella, 'ne feuchte Wand, da musste ick außen allet uffjraben. Dann trocknen lassen und Teer und Dachpappe druff, Styropor jab et ja nich. Doch, ja, er hat wat aus 'm Westen besorcht. Wenichstens für det letzte Ende. Darum hat det ooch so lange jedauert.»

«Wann waren Sie denn bei ihm?»

«So um den 5. Juli herum, aba da war ick nur 'nen halben Tag da, denn det war 'n Sonnabend, und ick musste zum Jeburtstag bei meim Bruda.»

Mannhardt war erstaunt. «Und das wissen Sie heute noch so genau?»

«Ja, weil mein Bruda am 5. Jeburtstag hat. Bis dreie hab ick jemacht und bin zu spät jekommen bei ihm. Da warn die schon beim Kaffeetrinken, und mein Bruda is mir mit so blöde Sprüche jekommen, det ick ihm eene uffs Maul jejem habe. Da war natürlich die Kacke am Dampfen.»

Das war, sollte Uwe Weischlitz es wirklich gewesen sein, eine Vorwärtsverteidigung, die allen Respekt verdiente, zumal der liebe Bruder es auf seinen Eid nehmen würde, dass es sich vor 27 Jahren so abgespielt hatte, und Mannhardt fürchtete, dass die Nuss Uwe Weischlitz nur schwer zu knacken war. Er versuchte es mit der Schocktherapie.

«Es gibt aber auch noch eine andere Version, Herr Weischlitz, die so aussieht, dass sie gearbeitet haben und plötzlich eine adrette junge Dame am Gartenzaun haben stehen sehen, die zu Herrn Oybin wollte. Sie ließen sie herein, damit sie hinten auf der Terrasse warten konnte. Da überkam es sie, und sie wollten zärtlich werden. Und als

Angelika Kranold, so heißt die junge Dame nämlich, sie abwies, passierte das, was in solchen Fällen öfter passiert: *Und bist du nicht willig, so brauch ich Gewalt.* Angelika Kranold wehrte sich, und Sie haben ihr die Kehle zugedrückt, um ans Ziel zu gelangen. Als Sie merkten, dass Angelika Kranold tot war, blieb Ihnen nichts anderes übrig, als sie auf Ihrer Baustelle zu vergraben. Und da Sie der Einzige waren, der dort zu tun hatte, hatten Sie auch keine große Mühe, alle Spuren zu verwischen. Sie haben Ihre Sache auch so gut gemacht, dass man Angelika Kranolds Skelett erst in diesem Jahr entdeckt hat.»

Uwe Weischlitz reagierte nicht mit wildem Protestgeschrei, wie sie es erwartet hatten, sondern sank in sich zusammen und begann zu schluchzen.

«Ick wusste ja, als ick det inne Zeitung jelesen habe, det et zum Schluss an mir hängenbleibt. Wer einmal aus dem Blechnapf frisst ...»

Yaiza Teetzmann fixierte ihn. «Darf man das als Geständnis werten?»

«Quatsch! Ick hab doch diese Angelika nie jesehn.»

FÜNFZEHN
2007

MANNHARDT fragte auch an diesem Morgen, noch von zu Hause aus, im Köpenicker Krankenhaus nach und erhielt diesmal die erfreuliche Nachricht, dass es Bernhard Oybin schon wieder so gut gehen würde, dass ein kurzes Gespräch durchaus möglich sei.

«Ich komme mir langsam so vor wie dieser einbeinige Kapitän auf der *Pequod*, wie dieser Ahab», sagte Mannhardt. «So verbissen, wie der den weißen Pottwal jagt, so möchte ich Oybin zur Strecke bringen.»

«Moby Dick, ach.» Heike sah ihn an. «Blinder Hass ist selten gut, und ich wüsste nicht, dass Oybin dir ein Bein abgebissen hat.»

«Nein, aber er hat mitgeholfen, dass man mich 28 Jahre lang in West-Berlin eingezäunt und eingemauert hat und ich am Festungskoller gelitten habe. Wenn ich einmal nach Schmöckwitz, Zeuthen, Königs Wusterhausen, Erkner, Bernau, Oranienburg, Nauen oder Potsdam wollte, dann war es immer eine höchst aufwendige Sache, dorthin zu gelangen, und auf ein paar Mal im Jahr begrenzt. Und waren wir dann drüben, hatten wir immer Angst, dass sie uns unter irgendeinem Vorwand einsperren würden. Dafür möchte ich mich rächen dürfen, besonders an einem, der seine elende Diktatur noch immer schönzureden versucht.»

«Du steigerst dich da in was rein.»

Mannhardt erregte sich immer mehr. «Du hast da bei dir oben in Bremen gesessen, und die deutsche Teilung war weit weg von dir.»

«Mag ja sein, aber ... Dass Oybin nun unter Mordverdacht steht, wird ganz sicher zu seinem Schlaganfall beigetragen haben. Wenn er unmenschlich war, musst du es nicht auch noch sein. Sag doch endlich: Es ist alles verjährt.»

«Nichts ist verjährt!», rief Mannhardt.

«Du hast es schon schwer», sagte Heike. «Besonders mit dir selber.»

Das waren Augenblicke, in denen Mannhardt den Tod nicht mehr fürchtete. Er hätte einen wirklich erlösen können.

Er verabschiedete sich von seinen Lieben und lief zur U-Bahn. An der Endstation Alt-Tegel bekam er immer einen Sitzplatz und konnte Zeitung lesen. Das war aber auch nicht gerade erbaulich. Kein Tag verging, an dem nicht ein Jugendlicher mit Migrationshintergrund einen anderen nieder- oder gar erstochen hätte.

Der Rentner neben ihm las mit und murmelte ebenso drastisch wie zynisch: «Am besten machen det die Koranleute bei sich im Gazastreifen: Da bringen se sich gegenseitig um.»

Mannhardt zuckte zusammen und strafte den Mann mit einem Blick, der sagen sollte: Noch einen solchen Satz, und ich zeige Sie an. Als Gutmensch konnte er gar nicht anders reagieren, andererseits kotzten ihn diese entsetzlichen Gutmenschen auch an, und wenn er Claudia Roth oder Volker Beck von den Grünen auf dem Bildschirm sah, schrie er auf, dass ihm schlecht werde, und griff sofort zur Fernbedienung, um umzuschalten.

Im Büro angekommen, vermisste er Schönbier. Allein wollte er nicht zu Oybin fahren, also wartete er und begann mit dem Ausmisten seiner Schränke und Schubladen. Vieles konnte weggeworfen werden, und allzu Persönliches musste seinem Nachfolger nicht in die Hände fallen.

Als Schönbier auch um zehn Uhr noch nicht erschienen war, fiel ihm ein, dass der Kollege einen Urlaubstag genommen hatte, um zur Hochzeit seiner Mutter nach Rostock zu fahren. Also ging er zu Yaiza Teetzmann hinüber und fragte sie, ob sie nicht Lust hätte, mit ihm zu Oybin ins Krankenhaus zu fahren.

«Nein», war ihre Antwort. «Eigentlich nicht.»

«Und warum nicht?»

«Weil ich mal in der Schule einen Aufsatz über Oybins *Dispatcher* schreiben musste und dafür nur eine Vier bekommen habe.»

Mannhardt versuchte, sie zu überreden. «Du musst aber mitkommen, denn mit mir als Westmenschen wird er nicht groß kommunizieren wollen, aber mit dir als echtem Arbeiterkind aus Marzahn ... Außerdem bist du eine Frau, und mit denen konnte er ja schon immer gut.»

«Weshalb er diese Angelika Kranold auch umgebracht hat!», rief Yaiza Teetzmann. «Na, klasse!»

«Für dich ist er also noch immer ein Held, ist ja interessant.»

«Für mich ist er ein Teil meines Lebens», sagte Yaiza Teetzmann.

«Er ist mitschuldig am Leiden Hunderttausender!», rief Mannhardt. «Und statt ihn in den Knast zu stecken, wird er weiterhin bejubelt. Und offensichtlich nicht nur von den Verbohrten in der PDS, sondern auch von dir.»

«Das kannst du nicht verstehen.»

«Nein, kann ich auch nicht.»

«Und was ist, wenn du dir die alten UFA-Filme ansiehst und dabei deinen Orgasmus bekommst?», hielt Yaiza Teetzmann ihm vor. «Heinz Rühmann, Marika Rökk – alle haben sie doch das Naziregime unterstützt, indem sie das deutsche Volk gut unterhalten und abgelenkt haben.»

Mannhardt seufzte. «Reden wir von etwas anderem ... Warum kann Hertha BSC nie wieder Deutscher Meister werden?»

«Weil ...» Yaiza Teetzmann suchte nach der Zeitung, in der sie das gerade gelesen hatte. «Weil da zu viele junge und hochbegabte Spieler im Kader sind, die als unerzogen gelten.»

«Das steht im Sportteil», sagte Mannhardt. «Im Feuilleton ist es doch das Schlimmste, was man über einen Menschen schreiben kann, dass er höflich und gut erzogen ist. Bürgerlich sind sie alle bis zum Gehtnichtmehr, projizieren alles, was für sie tabuisiert ist, in andere hinein und jubeln sich einen ab, wenn die Unerzogenen als Schauspieler, Sänger oder Literaten in Erscheinung treten.»

«Was willst du eigentlich studieren, wenn du pensioniert bist?», fragte Yaiza Teetzmann. «Das alles?»

Mannhardt hatte genug von solchen Mannhardt-Beschimpfungen. «Kommst du nun mit zu Oybin?»

«Ja, ich komme mit zu ihm. Aber warte mal ...» Ihr war eingefallen, dass bei einer Kollegin *Soljanka* im Regal stand. «Wenn ich mit einem seiner Romane zu ihm komme und ihn bitte, den zu signieren, werden wir es mit Oybin ganz sicher leichter haben.»

Und so war es denn auch. Als sie an seinem Krankenbett standen und sie mit ihrer Bitte kam, leuchteten seine Augen.

«Aber gerne, meine Teuerste.»

Offensichtlich hatte er nicht ganz realisiert, dass auch sie von der Kripo kam. Mannhardt jedenfalls ignorierte er. Der war unter seiner Würde.

Bernhard Oybin sah furchtbar schlecht aus. Nur noch Haut und Knochen. Mannhardts Mutter hatte bei einem Anblick wie diesem immer ausgerufen: «Der is ja gerade noch dem Tod von der Schippe gesprungen.» Über Nacht war Oybin regelrecht zum Greis geworden. Wieder fiel Mannhardt ein alter Spruch ein, auf dem Schulhof hatten sie ihn immer gebraucht: «Der nächste Schlag is Leichenschändung.» Wenn er jetzt auf Oybin einschlug, konnte es dessen Tod bedeuten. Also ließ er es und warf Yaiza Teetzmann einen Blick zu, der ihr signalisieren sollte, sie möge doch bitte anfangen.

«Lieber Bernhard Oybin», begann sie supersanft. «Ich bin hier, um die Kollegen davon abzubringen, Ihnen den Mord an Angelika Kranold anzuhängen.»

Oybin richtete sich ein wenig auf. «Wer ist Angelika Kranold?»

Perfekt gekontert, dachte Mannhardt, da tut der alte Fuchs so, als würde er in der nächsten Sekunde sein Leben aushauchen, und dabei ist er hellwach und auf der Hut.

«Angelika Kranold war die Frau, deren Skelett man bei Ihnen in Schmöckwitz auf dem Grundstück gefunden hat», erklärte ihm Yaiza Teetzmann.

Oybin tat erstaunt. «Ich denke, die hieß Annett Krause und hatte eine Affäre mit mir?»

«Nein, das war ein Irrtum unsererseits.»

«Und Angelika Kranold ist kein Irrtum Ihrerseits?»

«Nein, das steht nun hundertprozentig fest.» Yaiza Teetzmann wusste nun auch nicht mehr, wie sie weiter mit

Oybin umgehen sollte, und fuhr erst einmal fort zu referieren. «Geschehen ist alles am 5. Juli 1980, einem Sonnabend.»

«Da war ich oben in Baabe!», rief Oybin.

«Woher wissen Sie das denn so genau?», fragte Mannhardt.

«Weil das der Geburtstag meiner Ex-Frau ist und ich möglichst weit weg von ihr sein wollte. Erst am nächsten Morgen bin ich zurück nach Berlin.»

«Und haben bei sich im Haus und Garten nichts Ungewöhnliches festgestellt?», hakte Yaiza Teetzmann nach.

«Nein, absolut nichts.»

«Da hat aber die tote Angelika Kranold schon bei Ihnen an der Hauswand gelegen», sagte Mannhardt.

Oybin lächelte. «Aber tief unten im Erdreich und mit vielen Steinplatten darüber.»

Mannhardt lächelte zurück. «Und Sie bleiben dabei, nie eine Angelika Kranold gekannt zu haben?»

«Ja, das bleibe ich.»

«1980 war Angelika Kranold aber in West-Berlin bei einer Ihrer Lesungen und hat mit Ihnen gesprochen.»

Auch davon ließ sich Oybin nicht erschüttern. «Ich hatte viele Lesungen, und Tausende haben mit mir kurz Gedanken ausgetauscht.»

«Aber Angelika Kranold war eine ganz besondere Zuhörerin», sagte Mannhardt. «Sie war DKP-Mitglied und hat die DDR verehrt, was im Westen ja nur wenige getan haben. Daher liegt die Vermutung nahe, dass sie gern von Ihnen eingeladen werden wollte.»

«Ich habe sie nicht eingeladen.»

«Sie haben aber viele Frauen eingeladen.»

«Ja, habe ich.» Oybins Gesicht entspannte sich, und er

genoss den Gedanken an diese vergangenen Zeiten. «Und ich bereue das auch nicht.»

Mannhardt wollte weiter nachhaken, da meldete sich sein Handy. «Entschuldigung.» Er zog es aus der Tasche, klappte es auf und meldete sich. Es war sein Vorgesetzter. «Yaiza und ich sitzen hier am Krankenbett von Bernhard Oybin.»

«Kinder, packt eure Sachen, und lasst den armen Mann in Frieden.»

«Wieso denn das?»

«Wir haben den, der es wirklich war, auch ein Schriftsteller: Volker Volterra. Er sitzt hier und hat alles zu Protokoll gegeben. Demnach hat er Angelika Kranold bei einer Lesung Oybins kennengelernt, und beide haben beschlossen, zusammen einen Ausflug zu seinem Freund Bernhard Oybin zu machen. Der war nicht zu Hause. Es ist zu Zärtlichkeiten gekommen, ab einem bestimmten Punkt an wollte die Kranold aber nicht mehr. Da hat er dann die Kontrolle über sich verloren und sie gewürgt. Ihren Tod habe er nicht gewollt. Als er ihn festgestellt hat, ist er in Panik geraten, hat sie an der Hauswand vergraben und ist dann allein nach West-Berlin zurückgefahren.»

Mannhardt ging vor die Tür des Krankenzimmers, damit Oybin nicht mithören konnte. «Und warum hat er sich freiwillig gestellt?»

«Weil er nicht wollte, dass seinem Freund Bernhard Oybin dieser Mord, dieser Totschlag angehängt wird und der deswegen noch stirbt.»

«Okay.» Mannhardt ging zu Oybin zurück und fragte ihn, ob er einen Volker Volterra kennen würde.

«Ja, das war mir immer ein lieber Kollege, zwar West-Berliner, aber von guter Gesinnung.»

«Aber Schlüssel für den Imkerweg hatte er keine?»

«Doch, die hatte er.»

Mannhardt sah Oybin lange an. Irgendwie war er froh, dass es so gekommen war. Sosehr er Bernhard Oybin auch gehasst hatte, seinen Tod hatte er nie gewollt, und es wäre für ihn ein Trauma geworden, wenn Oybin als Folge ihres Gespräches einen Rückfall erlitten hätte und gestorben wäre. Alle hätten dann gesagt oder wenigstens gedacht: Du hast dem armen Mann den Rest gegeben.

«Was ist denn?», fragte Oybin, sichtlich irritiert.

«Freispruch erster Klasse für Sie», sagte Mannhardt. «Sie können es gar nicht gewesen sein. Wir bitten um Entschuldigung.»

SECHZEHN
2007

VOLTERRA war 1946 in Bremervörde zur Welt gekommen, hatte in Bremen das Abitur gemacht und dann an verschiedenen Universitäten Germanistik studiert, ohne zu einem Abschluss zu kommen. Nachdem er sich als Seemann und Animateur in verschiedenen Ferienclubs durchgeschlagen hatte, zog er 1978 nach West-Berlin, um hier als Straßenkehrer, auf dem Bau, als Friedhofsgehilfe, Komparse, Sportreporter und Stadtführer zu arbeiten. Während dieser Zeit hatte er auch zu schreiben begonnen. Neben Kurzgeschichten für verschiedene Anthologien waren seitdem ein Jugendbuch mit dem Titel *Geschichten aus dem Grunewald* und der Roman *Ende ohne Anfang* entstanden. Volterra verdiente sein täglich Brot, indem er für fremde Familien Geburtstagsgedichte verfasste, auf Berliner U-Bahnhöfen Geige spielte, als Trauerredner auf verschiedenen Berliner Friedhöfen agierte und für Geld Hunde ausführte. Er wohnte in Marzahn in der Platte, war bekennender Single und hatte einen kastrierten Kater namens Erich.

«Hast du bis gestern jemals etwas von einem Volterra gehört?», fragte Mannhardt beim Frühstück.

Heike brauchte nicht lange nachzudenken. «Nein, garantiert nicht.»

«Und kaum ist bekannt, dass er vor 27 Jahren einen Mord begangen hat, sind alle Zeitungen voll von ihm. Irgendeine Illustrierte zahlt eine fünfstellige Summe, eine Filmfirma noch mehr ... Von wegen: *Crime doesn't pay!*»

«Gibt dir das nicht zu denken?», fragte Heike.

«Soll ich auch einen Roman schreiben, den kein Schwein lesen will, Titel *Das Ende des Kreises*, und dann jemanden umbringen und irgendwo ablegen, wo ein Promi wohnt, am besten bei Günther Jauch?»

Heike goss sich eine zweite Tasse Kaffee ein. «Nein, aber ... Ist euch nie in den Sinn gekommen, dass er die Tat nur vorgetäuscht hat, um endlich mal im Mittelpunkt zu stehen? An dem nagt doch sicher ein unglaublich großer Geltungsbedarf, und dann auch noch sein permanenter Geldmangel.»

Mannhardt schüttelte den Kopf. «Die Puzzleteile passen doch alle zusammen. Er war mit Oybin befreundet, er hatte die Schlüssel für dessen Haus und Grundstück, und er ist Angelika Kranold nachweislich auf einer Lesung begegnet.»

«Weil das alles stimmt und nachzuprüfen ist, geht er doch gar kein Risiko ein.»

Mannhardt lachte. «Außer dem Risiko, wegen Vortäuschung einer Straftat für ein paar Jahre im Knast zu landen.»

«Das nimmt er billigend in Kauf, den Preis bezahlt er gerne, weil er damit für die Medien weiterhin interessant bleibt. Mal eine Rangelei mit einem Schließer, dann ein Hungerstreik, und schon hat er wieder kostenlos Werbung für seine Bücher. Außerdem wird sein Anwalt auf mildernde Umstände plädieren, weil Volterra das ja alles nur getan hat, um seinem Freund Bernhard Oybin das Leben zu retten.»

«Ja, ja ...» Mannhardt winkte ab. Die Geste war bewusst

als Abwertung Heikes gedacht. Einen Beruf zu haben, bei dem jeder ein wenig mitreden konnte, war schlimm. Hätte er sein Geld als Astronom oder Kernphysiker verdient, wäre sie nie auf die Idee gekommen, alles besser zu wissen als er.

Schnell das Abschiedsritual, dann eilte er zur U-Bahn. Aber Heikes Argumente waren wie eine Retard-Kapsel: Ihre volle Wirkung entfalteten sie erst, als er am Leopoldplatz von der U6 in die U9 umstieg.

Klar, Volterra wäre schön dumm gewesen, wenn er die Chance nicht genutzt hätte, plötzlich wer zu sein. Bei Vortäuschung einer Straftat konnte man zu höchstens drei Jahren Gefängnis verurteilt werden. Vielleicht stellten sie die Sache auch wegen Geringfügigkeit ein, man wusste ja nie.

Im Büro angekommen, beriet er sich mit Schönbier und Yaiza Teetzmann. Wie nicht anders zu erwarten, waren sie unterschiedlicher Meinung.

«Ich habe doch lange mit ihm gesprochen», sagte Rico Schönbier, «und würde meine Hand dafür ins Feuer legen, dass seine Angaben echt sind. Für mich ist die Sache gegessen.»

Das ist das Schöne an dieser Generation, dachte Mannhardt, dass sie so sehr von sich überzeugt ist und nichts mehr von dem hatte, was sie früher in der Schule spöttelnd als «des Gedankens kränkelnde Blässe« bezeichnet hatten.

Yaiza Teetzmann hielt es eigentlich für ihre Pflicht, Mannhardt recht zu geben, waren sie doch alte Weggefährten, doch zugleich wollte sie Schönbier nicht verärgern, denn mit dem musste sie in den nächsten Jahren zusammenarbeiten.

Sie versuchte, Zeit zu gewinnen. «Wenn ihr mich fragt,

dann ... Wie eng waren oder sind Oybin und Volterra eigentlich miteinander befreundet?»

«Wozu ist das wichtig?», fragte Mannhardt.

«Weil ...» Sie sah Mannhardt an. «Du hältst Oybin noch immer für den Täter, und du», ihr Blick wanderte zu Schönbier, «diesen Volterra. Vielleicht habt ihr auch beide recht: Volterra fährt mit Angelika Kranold nach Schmöckwitz, und Oybin kommt später hinzu. Sie treiben es zu dritt, und dabei stirbt Angelika Kranold – meinetwegen am plötzlichen Hirntod oder an Kreislaufversagen. Sie überlegen und halten es für das Beste, Stillschweigen zu bewahren und Angelika Kranold an der Hauswand zu vergraben.»

«Ach, Unsinn!», rief Schönbier.

Mannhardt blieb gelassen. «Das hieße also, dass Volterra nicht die ganze Wahrheit gesagt hat.»

«Ja.» Yaiza Teetzmann fand immer mehr Gefallen an ihrer Version. «Um seinen Freund Bernhard Oybin zu schonen. Er weiß doch, dass der sich nicht groß aufregen darf, sonst ... Und mit einem Mord wäre er auch für seine Freunde in der SED nicht mehr tragbar.»

Mannhardt kam zu einer Entscheidung. «Okay, dann lassen wir uns den Mann mal kommen und nehmen ihn in die Mangel ... ganz sanft.»

Als Volker Volterra ihnen gegenübersaß, fühlte sich Mannhardt in seiner beziehungsweise Heikes Ansicht bestätigt, denn für einen Mörder, der lebenslänglich zu erwarten hatte, sah ihm dieser viel zu heiter aus.

«Ich leite die Ermittlungen im Mordfall Schmöckwitz», begann Mannhardt, «konnte aber gestern nicht dabei sein, als Sie Ihr Geständnis abgelegt haben, Herr Volterra, darum möchte ich heute noch einmal persönlich mit Ihnen sprechen, bevor die Akten an die Staatsanwaltschaft gehen.»

Volterra schmunzelte. «Ich bin es gewohnt, öfter dasselbe vorzutragen, manchmal liest man ja denselben Text x-mal.»

«Haben Sie denn viele Lesungen gehabt?», fragte Mannhardt.

«Regelmäßig.»

«Einmal im Jahr ist auch regelmäßig.» Mannhardt wollte es darauf anlegen, Volterra zu provozieren, da hielt er sich an Fontanes Weisheit *Hundert Nadelstiche regen mehr auf als ein Kolbenstoß*. Und schließlich sollte sich Volterra ja so aufregen, dass er die Selbstbeherrschung verlor und sein Geständnis widerrief.

«Ich habe meine Lesungen nicht gezählt», sagte Volterra scheinbar gleichmütig.

Mannhardt machte weiter. «Nun, da Sie es durch Ihren Mord und Ihr Geständnis zum Prominenten gebracht haben, wird sich ja die Zahl Ihrer Lesungen vervielfachen. Werden Sie denn in Ihrer Gefängniszelle einen neuen Roman schreiben?»

«Ja, selbstverständlich.»

«Nach drei Jahren müssen Sie ihn aber fertig haben», sagte Mannhardt.

«Wieso das denn?», fragte Volterra.

«Weil es für Vortäuschung einer Straftat maximal drei Jahre gibt.»

Jetzt erst begriff Volterra, worauf das alles hinauslief, und sofort wurde er lauter. «Was Sie mir da unterstellen, das ist ja ... Ich habe Angelika Kranold erdrosselt. Punkt! Aus!»

Yaiza Teetzmann sah ihn freundlich an. «Wenn Sie bitte so nett sein würden, Herr Volterra, uns ganz genau zu schildern, was sich am fraglichen Tag, am 5. Juli 1980, wirklich ereignet hat.»

«Wie soll ich mich nach 27 Jahren noch an jedes Detail erinnern?!», rief Volterra.

«Versuchen Sie's dennoch», sagte Mannhardt.

Volterra schilderte nun, wie er sich auf dem Bahnhof Friedrichstraße mit Angelika Kranold getroffen hatte und wie sie zusammen mit der S-Bahn und der Straßenbahnlinie 86 zu Oybin gefahren waren, ihn aber nicht angetroffen hatten.

«Da haben wir uns auf die Terrasse gesetzt, etwas getrunken und mächtig geflirtet. Als ich mir sicher war, dass auch Angelika nicht abgeneigt war, bin ich zum Angriff übergegangen ... Und schon haben wir bei Oybin auf der Bettkante gesessen. Nach dem Vorspiel aber wollte sie nicht mehr, ich war jedoch schon so erregt, dass ich sie genommen habe und aufs Bett warf. Da muss es dann passiert sein: Sie hat keine Luft mehr bekommen und war plötzlich weg.»

«Und da haben Sie keinen Arzt gerufen?», fragte Yaiza Teetzmann.

«Nein, ich hatte ja schnell gemerkt, dass sie tot ist.»

«Woher konnten Sie das so genau wissen?», fragte Mannhardt.

«Ich war lange genug Sanitäter bei der Bundeswehr.»

Jetzt mischte Schönbier sich ein. «Und außerdem waren Sie ja West-Berliner und wussten, was es bedeutete, wenn Sie es mit den Organen der DDR zu tun bekamen.»

Volterra nahm das dankbar auf. «Ja. Und auch darum habe ich Angelika Kranold schnell vergraben und bin dann wieder zurück zum Bahnhof Friedrichstraße.»

«Sie hätten Angelika Kranold doch einfach in Oybins Schlafzimmer liegen lassen können», hielt ihm Yaiza Teetzmann vor. «Das wäre doch viel einfacher gewesen, und außerdem konnten Sie im Garten ja auch von den Nachbarn beobachtet werden.»

«Dazu war die Hecke viel zu dicht», konterte Volterra. «Und wenn Angelika Kranold im Schlafzimmer liegen geblieben wäre ... Ich musste ja damit rechnen, dass Oybin jeden Augenblick zurückkommen konnte.»

Mannhardt fixierte ihn. «Schön ... Sie haben Angelika Kranold also vergraben, Herr Volterra. In welche Richtung denn, ich meine, mit dem Kopf in Richtung Adlergestell oder in Richtung Wasser?»

«Wie soll ich das nach fast dreißig Jahren noch wissen?!», rief Volterra.

Mannhardt fing an zu bluffen. «Alles, was wir über Verbrecher wissen, geht dahin, dass sich solche Bilder bei einem Menschen so im Gehirn einbrennen, dass sie nie wieder ausgelöscht werden können. Und warum sollte es ausgerechnet bei Ihnen anders sein?»

Volterra schloss die Augen, um anzuzeigen, wie sehr er bemüht war, das fragliche Bild aus den Tiefen seines Gedächtnisses hervorzuholen.

«Ich habe sie nach draußen getragen, wie man eine Tote eben trägt, den Kopf links von mir ... Also muss ihr Kopf in Richtung Adlergestell gezeigt haben.»

«Das ist ja interessant ...» Mannhardt hatte Mühe, seinen Triumph nicht offen zu zeigen. Er öffnete eine Schublade und holte ein Foto hervor, dass Angelika Kranolds freigelegtes Skelett vor der Hauswand zeigte. «Auf diesem Bild hier ist der Kopf genau auf der anderen Seite.»

Das Foto zeigte seine Wirkung bei Volterra, so dass er nur noch herumstotterte. «Dann muss ich ... Kein Wunder in der Panik ... Jetzt weiß ich wieder, wie es war: Als ich sie nach draußen getragen habe, war ihr Kopf links, dann habe ich sie aber ablegen müssen, um die ... um die Grube herzurichten, und als ich sie dann wieder hochgenommen habe, war der Kopf rechts.»

Mannhardt hielt die Zeit für gekommen, zum K. o.-Schlag auszuholen. «Als Schriftsteller haben Sie ja viel Phantasie, Herr Volterra ... Und auch in diesem Falle haben Sie viel davon an den Tag gelegt, denn in Deutschland geht ja bekanntlich nichts verloren, und auch die Listen mit den West-Berlinern, die am 5. Juli 1980 nach Ost-Berlin einreisen durften, existieren noch. Sogar alphabetisch geordnet, das konnten die Computer aus der DDR, und wissen Sie, welchen Namen ich dort nicht gefunden habe?»

«Nein ...»

«Ihren!», rief Mannhardt. «Den von Angelika Kranold schon, aber nicht den Namen Volker Volterra. Was mag das wohl bedeuten? Dass Sie wahrscheinlich im Strandbad Wannsee gelegen und sich gesonnt haben, als Angelika Kranold in Schmöckwitz ermordet worden ist.»

Da stand Volterra auf und drückte Mannhardt die Hand. «Gratuliere, Herr Kommissar. Ich wusste doch, dass Sie mich als Nichttäter überführen würden. In der Tat, ich habe mir das alles nur ausgedacht, aber ein bettelarmer Schriftsteller aus dem Heer der No Names kann sich eine solche Chance einfach nicht entgehen lassen. Jetzt bin ich für die Medien interessant, jetzt werden die Leute meine Bücher kaufen. Kurzum, ich bin gerettet. Auch Ihnen deshalb meinen herzlichsten Dank!»

Gerade hatten sie Volker Volterra in seine Zelle zurückbringen lassen, als plötzlich die Nachricht kam, dass Bernhard Oybin im Krankenhaus Köpenick verstorben sei.

«Nimmt er also seine Schuld mit ins Grab», sagte Mannhardt mit altväterlichem Pathos. «Friede seiner Asche!»

Wer in den Feuilletons der Zeitungen und Sender etwas auf sich hielt, stürzte sich in den nächsten Wochen auf Bernhard Oybin. War er gestorben, weil ihm seine Schuld die Seele zerfressen hatte, oder war er sanft entschlafen, weil er durch Volterras Geständnis frei war von der Last, in den Nachschlagewerken des *Who's who in der Literatur* als Frauenmörder gebrandmarkt zu werden? Das Lager der Intellektuellen, ob sie nun pseudo oder echt waren, zerfiel in zwei Gruppen: Ja, er hat Angelika Kranold ermordet und vergraben – und nein, er hat Angelika Kranold nicht ermordet und vergraben, das hat ein anderer getan, der die Schlüssel zum Imkerweg hatte. Mal hatte die eine Gruppe das Übergewicht, mal die andere. Auch die Politiker begannen, sich heftig zu streiten, zumal es galt, das Sommerloch zu füllen. Im Westen freuten sich die meisten, dass ihnen Oybin einen weiteren Beweis für die Verworfenheit der DDR-Eliten geliefert hatte, im Osten nahmen sie den Schriftsteller weithin in Schutz, was ihnen im Westen als Versuch, ein verbrecherisches Regime reinzuwaschen, übelgenommen wurde.

Die Wogen schlugen demnach hoch, und Mannhardt und Yaiza Teetzmann erhielten von höchster Stelle den Auftrag, in Oybins Nachlass nach Beweisen zu suchen, die für oder gegen seine Schuld sprachen, wie auch immer.

Als sie das Pflegeheim am Müggelsee betraten und sich ordnungsgemäß an der Rezeption anmeldeten, grinste die Studentin, die dort jobbte, nur.

«Da sind Sie nicht die Ersten, die sich für Herrn Oybins Hinterlassenschaften interessieren.»

«Die Geier von der Presse?», fragte Yaiza Teetzmann.

«Nein, sein bester Freund, ein Herr Mutsch, und seine Ex-Ehefrau, die Katja Koschlick. Beide konnten sich ausweisen.»

«Das können wir auch.» Mannhardt zeigte ihr das Schreiben des Untersuchungsrichters.

Sie durften passieren und warteten auf den Fahrstuhl. Als die Tür aufging, kam ihnen eine Dame entgegen, die sich, auf ihren Rolli gestützt, zentimeterweise vorwärtsbewegte. Ihr folgte ein Mann, der um einiges jünger war als Mannhardt, aber lallend und sabbernd im Rollstuhl saß und von einem Pfleger geschoben werden musste.

Mannhardt mochte nicht hinsehen. Bald war es möglicherweise so weit, dass auch er diese Stadien der eingeschränkten Mobilität erreicht hatte und Windeln tragen musste.

Was ihn wieder etwas aufheiterte, war das Bild, das Katja Koschlick und Martin Mutsch abgaben. Beide hassten sich, beide belauerten sich, beide suchten nach einem Testament, das ihnen vermachte, was Bernhard Oybin angehäuft hatte, insbesondere die Edeldatsche auf Rügen.

Martin Mutsch begrüßte sie mit hohem emotionalem Aufwand, und es hatte den Anschein, als würde er Mannhardt am liebsten umarmen. «Wie schön, dass wir nun professionelle Hilfe bekommen!»

Mannhardt wich ein Stück zurück, denn Männer, die ihr Schwulsein so ostentativ zur Schau stellten, waren nicht ganz sein Fall, und er erinnerte sich an das, was Schönbier neulich über Martin Mutsch und dessen Gehabe gesagt hatte: «Was soll er denn machen, um auffällig zu werden und seine Bücher zu verkaufen: Ein Genie ist er nicht, Jude ist er nicht, Ex-Minister oder Talkmaster auch nicht, in der Waffen-SS war er nicht, umgebracht hat er keinen, ein Kotzbrocken wie Rainer Werner Fassbinder ist er nicht und auch kein bekennender Alkoholiker.»

Das hatte Mannhardt überzeugt, und so nahm er Martin Mutsch als gegeben hin, zumal ihn Oybins Ex-Frau noch mehr nervte.

«Bernhard, mein Bernie!», rief sie. «Er war ein wunderbarer Mensch!»

Mannhardt stutzte. «Das habe ich aber noch ganz anders im Ohr.»

Katja Koschlick schloss kurz die Augen, dann hatte sie es: «*Du hast früher nie so gut von ihm gesprochen. – Er war ja früher auch nicht tot.* Gwyneth Paltrow und Joseph Fiennes in *Shakespeare in Love*, USA 1998, Regie: John Madden.»

Yaiza Teetzmann fixierte sie. «Aber mal ganz ehrlich, er ist doch für Sie noch immer der Täter?»

«Er war mein Mann.»

«Ihrer aber nicht, Herr Mutsch», entfuhr es Mannhardt, und er erschrak heftig darüber, denn wenn der Krimiautor es darauf anlegte, konnte ihm das eine Dienstaufsichtsbeschwerde und einen gehörigen Anschiss einbringen. Statt der üblichen Laudatio bei seiner anstehenden Verabschiedung.

Doch Martin Mutsch reagierte keineswegs sauer, sondern grinste breit. «Nein, leider nicht. Bernhard war schon mein Typ, aber er konnte leider nur mit Frauen.»

Mannhardt war erleichtert und hakte nach. «Und was meinen Sie, hat er sich diese Angelika Kranold wirklich aus West-Berlin geholt?»

«Sie soll ja, hab ich gelesen, mollig gewesen sein.»

Yaiza Teetzmann nickte. «So der Typ einer Kugelstoßerin.»

«Ja, zugegeben, er hatte ein Faible für korpulente Frauen.»

«Aber doch keine vom Klassenfeind!», rief Katja Koschlick.

«Sie war in der DKP», wandte Mannhardt ein. «Und beide haben sich bei einer Lesung in West-Berlin nett unterhalten.»

«Ist Ihnen denn in den Tagen nach dem 5. Juli nichts an ihm aufgefallen?», fragte Yaiza Teetzmann.

«Nein», Katja Koschlick schüttelte den Kopf. «Allerdings habe ich ihn in dieser Zeit auch nicht gesehen.»

«Ich schon», sagte Martin Mutsch.

«Und?», fragte Mannhardt.

«Ach, lassen wir das!» Martin Mutsch wandte sich ab und suchte weiter in Oybins Manuskripten nach einem Testament.

«Das war doch die Zeit, in der er den schweren Autounfall hatte», sagte Katja Koschlick. «Auf der B96 nach Rügen hoch ... Und dann war er auch noch selber schuld dran.» Sie verzog das Gesicht. «Ach Gott, das hätte ich nicht sagen sollen, das belastet ihn noch.»

«Dir wäre es doch lieb, wenn feststeht, dass er ein Frauenmörder ist!», rief Martin Mutsch.

Katja Koschlick blickte ihn böse an. «*Fang endlich an, mit deinem Kopf zu spielen! Das ist die komische Kugel, einen halben Meter über deinem Arsch.* – *Eine Klasse für sich*, USA 1992, Regie: Penny Marshall.»

Das Geplänkel zwischen den beiden ging noch weiter, während die Ermittler sich daranmachten, die Berge von Papier, die Oybin hinterlassen hatte, nach einem Geständnis und einem Hinweis auf Angelika Kranold zu durchsuchen.

Nach drei Stunden zogen Mannhardt und Yaiza Teetzmann wieder ab, ohne etwas gefunden zu haben, das sie weitergebracht hätte.

Ebenso vergeblich war ihr Besuch bei Oybins Trauerfeier. Selbstverständlich wurde er auf dem Dorotheenstädtischen Friedhof in der Chausseestraße beigesetzt, denn in der Nähe Bertolt Brechts begraben zu sein schmückte ungemein.

Was ihnen noch blieb, war Oybins Stasi-Akte. Eifrig, wie er gewesen war, hatte er mehrere Meter an Vermerken über Bürger der DDR, der BRD und West-Berlins geschrieben. Obwohl sie sich auf das Jahr 1980 konzentrierten, brauchten sie mehrere Tage, um sich durch alles hindurchzukämpfen. Doch am Ende schien all ihre Mühe vergeblich gewesen zu sein, denn der Name Angelika Kranold tauchte nirgendwo auf.

«Wen er aber im Frühjahr 1980 ausforschen sollte, war die Familie Truckenbrodt», sagte Yaiza Teetzmann. «Der Mann war Staatssekretär, die Frau Lehrerin. Und die hat ihn immer wieder zu Lesungen nach West-Berlin eingeladen.»

«Richtig!» Mannhardts Gedächtnis funktionierte noch bestens. «Truckenbrodt ist kein Allerweltsname, den vergisst man nicht so schnell, und stand der nicht auch auf der Liste mit drauf, wo Angelika Kranold ...?»

«Welche Liste?», fragte Yaiza Teetzmann.

«Na, die von der Buchhandlung, wo Oybin gelesen hat.»

Yaiza Teetzmann sah nach und stellte fest, dass es stimmte.

«Mann, bin ich stolz darauf!», rief Mannhardt.

SIEBZEHN
2007

MANNHARDT kam aus kleinen Verhältnissen und trug noch immer, obwohl nach außen hin braver Beamter und SPD-Genosse und hart an der Pensionsgrenze, den latenten Virus des Anarchisten und Revoluzzers in sich. Noch immer war seine klammheimliche Devise: Krieg der Oberschicht, Krieg dem Bürgertum, das den Reichen Macht und Reichtum sicherte.

Nur vor diesem Hintergrund war es zu verstehen, dass er sich überhaupt auf den Weg zu Renate Truckenbrodt machte, um die ein bisschen zu piesacken. Deutschlehrerinnen gehörten nämlich zu seinen beliebtesten Feindbildern. «Interpretieren Sie die Sentenz des amerikanischen Dichters John Vance Cheney (1848–1922): *Die Seele wäre ohne Regenbogen, hätten die Augen keine Tränen.* Mannhardt: Fünf!»

Schönbier freute sich, dass Leute Geld genug hatten, um in feudaleren Quartieren als Neukölln-Nord zu wohnen, und spazierte gerne durch die Bayernallee. In ein paar Jahren würde er den Aufstiegslehrgang in Hiltrup mit Glanz bestanden haben und konnte darangehen, sich irgendwo selber ein Haus zu kaufen. Auch gegen Deutschlehrerinnen hatte er nichts, ohne sie wäre er als Analphabet durchs Leben gegangen und hätte keine Chance gehabt, in den höheren Dienst aufzusteigen und Kriminaloberrat zu werden. Mindestens. Auch wenn ihn dieser ganze Kulturquatsch angeödet hatte, war er im Fach Deutsch stets mit einer Eins, schlimmstenfalls mit einer Zwei nach Hause gekommen, ihm flog halt alles zu. Und die Lehrerinnen hatten noch so arrogant sein können, ihm war das alles egal gewesen. So arrogant wie sie war er allemal.

Heike hatte Mannhardt erklärt, dass das, was Schönbier an den Tag lege, im Buddhismus die Idee der Achtsamkeit sei. «Einfach nur das wahrnehmen, was gerade da ist, ohne es zu bewerten, ohne zu denken: Das ist gut, und das ist schlecht.»

Mannhardt nickte. Irgendwie war es auch sein Traum, nur noch mit abgesenktem Bewusstsein durchs Leben zu gehen, sich treiben zu lassen. «Okay, dann warte ich auf meinen Alzheimer.»

Schönbier klingelte in der Bayernallee an einem Gartentor, an dem es kein Namensschild gab. Das zeugte sowohl von Reichtum und Prominenz wie auch von der Angst vor Einbruch und Entführung. Mannhardt freute es. Alles hatte eben seinen Preis.

Sie stellten sich vor und wurden hereingebeten. Mannhardt sah sich um. Häuser und Wohnungseinrichtungen wie diese kannte er nur aus dem Fernsehen. Er war ein wenig erstaunt, dass es so etwas wirklich gab.

«Mein Mann ist ja letztes Jahr verstorben», sagte Renate Truckenbrodt, «und für mich allein ist das Haus an sich viel zu groß, aber ins Heim zu gehen, dazu kann ich mich noch immer nicht durchringen. Vielleicht ziehe ich einmal zu meinem Sohn nach Lübars in die Einliegerwohnung ...» Sie brach ab und sah Mannhardt an. «Was war noch einmal der Grund Ihres Besuches?»

«Es geht um Angelika Kranold.»

«Wer ist Angelika Kranold?», fragte Renate Truckenbrodt.

«Die junge Frau aus West-Berlin, die 1980 ermordet worden ist und die man in Schmöckwitz auf dem Grundstück von Bernhard Oybin vergraben hat», antwortete Schönbier.

«Oybin ist doch gerade gestorben – oder irre ich mich da?»

«Nein, Sie irren sich nicht.»

«Ein wunderbarer Schriftsteller! Aber nehmen Sie erst einmal Platz, meine Herren.» Sie wies Mannhardt und Schönbier zwei Stühle zu und setzte sich dann in ihren Sessel. «Wenn ich das richtig verstehe, dann ... Das ist doch ungeheuerlich, Bernhard Oybin zuzutrauen, einen Mord begangen zu haben!»

«Viele Fakten sprechen gegen ihn», sagte Mannhardt.

Renate Truckenbrodt richtete sich ein wenig auf. «Mein Lieber, Klugheit ist die Kunst zu erkennen, was man übersehen muss.»

Mannhardt lachte. «Und wissen Sie, was Theodor Fontane zu diesem Thema gesagt hat?»

«Nein, und das ist nicht schlimm, denn für mich war er nie ein Mann der ersten Reihe.»

«Auch in der Zweiten Bundesliga spielt man guten Fußball», sagte Mannhardt und ließ sich nicht irritieren. «Bei Fontane heißt es: *Je älter ich werde, je mehr sehe ich ein: laufen lassen, wo nicht Amtspflicht das Gegenteil fordert, ist das allein Richtige.* Aber im Falle des Leichenfundes von Schmöckwitz erfordert es nun mal die Amtspflicht, nach dem Mörder zu suchen.»

«Nicht aber, wenn er selber schon tot ist!», rief Renate Truckenbrodt.

Mannhardt lächelte. «Aus Ihrer Reaktion darf ich schließen, dass Sie Oybin ...?»

«Nein, für den lege ich meine Hand ins Feuer.»

Schönbier war das alles zu unsachlich. «Lassen wir mal beiseite, was wir glauben, und kommen zu den Fakten zurück, Frau Truckenbrodt. Sie haben Bernhard Oybin mehrfach zu Lesungen eingeladen, und bei einer dieser Lesungen war auch Angelika Kranold dabei.»

«Wir hatten immer an die fünfzig Zuhörer und mehr – wie soll ich mich da an eine einzelne Person erinnern?»

«Für uns ist wichtig zu wissen, mit wem Angelika Kranold geredet hat, mit wem sie die Buchhandlung verlassen hat.»

«Tut mir leid, ich hatte Bernhard Oybin zu betreuen und die Veranstaltung zu moderieren. Außerdem mein Gedächtnis ... Das ist alles so lange her ...» Renate Truckenbrodt gab zu verstehen, dass sie das Gespräch gern beendet hätte.

Mannhardt erhob sich. «Gut, dann wollen wir Sie nicht länger behelligen.»

Und mit hundertprozentiger Sicherheit wäre das Verbrechen an Angelika Kranold nie aufgeklärt worden, wenn Mannhardts Blick in dieser Sekunde nicht auf ein großes Familienfoto gefallen wäre, das golden eingerahmt auf einem Sideboard stand.

«Da ist ja Angelika Kranold!», rief er und zeigte auf eine junge Frau auf dem Foto.

«Entschuldigen Sie, das ist meine Schwiegertochter, meine gewesene Schwiegertochter, sie haben sich ja scheiden lassen ... Tamara. Neben ihr steht mein Sohn Raoul, der damals gerade Stadtrat für Bau- und Wohnungswesen geworden war, dann meine beiden Enkelkinder ... Ricardo und Friederike, beide studieren jetzt, er Architektur, sie Germanistik. Und neben mir sehen Sie meinen verstorbenen Mann.»

Sie verabschiedeten sich, und als sie wieder draußen auf der Bayernallee waren und Richtung Theodor-Heuss-Platz gingen, fragte Schönbier, wie er denn darauf gekommen sei, diese Tamara Truckenbrodt mit Angelika Kranold zu verwechseln.

«Weiß ich auch nicht.» Mannhardt lachte. «Irgendeine göttliche Eingebung. Nee, vom Typ her hat sie mich an das Computerbild erinnert, das sie uns aus Freiburg geschickt haben, die Gesichtsrekonstruktion anhand des Schädels vom Imkerweg.»

Damit war das Thema erledigt, und sie setzten sich in ein Café am Theodor-Heuss-Platz, aßen ein Eis und diskutierten in männlicher Ausführlichkeit die Frage, ob die Mannschaft von Hertha wirklich untrainierbar sei und der neue Übungsleiter aus der Schweiz von Anfang an auf verlorenem Posten stand.

Und mit hoher Wahrscheinlichkeit wäre die ganze Sache in Vergessenheit geraten, wenn sie nachher im Büro nicht Yaiza Teetzmann ganz nebenbei von Mannhardts Ausraster berichtet hätten.

«Hält er doch die Schwiegertochter der Truckenbrodt für Angelika Kranold», sagte Schönbier. «Tamara Truckenbrodt als Angelika Kranold. Wie witzig.»

«Solange ich mich nicht für Oskar Lafontaine halte, geht's ja noch», sagte Mannhardt. «Denn dann würde ich sofort Selbstmord begehen.»

Yaiza Teetzmann dachte nach. «Tamara Truckenbrodt, Tamara Truckenbrodt ... Irgendwo ist mir der Name schon mal untergekommen ...»

«Ja, beim Auswendiglernen des Telefonbuches», spottete Schönbier.

Yaiza Teetzmann ging in ihr eigenes Büro und surfte einige Zeit im Internet. Dann telefonierte sie eine Stunde lang mit etlichen Leuten und Dienststellen, um kurz vor Feierabend den Kollegen etwas Überraschendes mitzuteilen.

«Woher ich Tamara Truckenbrodt kenne? Sie hatte mal eine Fotoagentur und war bei uns in der Volleyballhalle, als wir Reklame für Dessous gemacht haben.»

Schönbier stöhnte gekonnt. «Ja, das Poster damals über meinem Bett.»

«Jetzt kommt aber die Sensation: Wisst ihr, woher Tamara Truckenbrodt kommt?»

«Aus der Retorte?»

«Quatsch, aus der DDR! Da hieß sie Tamara Drescha und war in der Stubbenkammerstraße gemeldet. 1980 dann Republikflucht.»

«Und wie?», fragte Mannhardt.

«Keine Ahnung. Jedenfalls ist sie in West-Berlin im Notaufnahmelager gelandet und hat dann irgendwann Raoul Truckenbrodt geheiratet.»

«Dann könnte man ja folgende These wagen ...» Mannhardt brauchte einen Augenblick, um sie zu formulieren. «Raoul Truckenbrodt macht sich an Angelika Kranold ran, fährt mit ihr nach Schmöckwitz zu Oybin, der nicht zu Hause ist, sondern oben an der Ostsee, bringt sie dort um und verscharrt sie, um anschließend mit ihren Papieren zu Tamara Drescha zu fahren. Und Tamara passiert dann als Angelika Kranold die Grenze.»

«Bravo!» Schönbier klatschte in die Hände. «Ein schönes Drehbuch, Herr Mannhardt, aber so weit von der Realität entfernt, dass wir leider keinen Sender finden werden, der uns den Film finanziert.»

Auch Yaiza Teetzmann hatte er nicht überzeugen können. «Das setzt aber voraus, dass sich Raoul Truckenbrodt und Angelika Kranold vorher gekannt haben.»

«Sie werden sich bei der Oybin-Lesung begegnet sein, die seine Mutter arrangiert hatte.»

«Na schön, und wie willst du ihm das alles nachweisen? Auch, dass er Tamara Drescha schon vorher kennengelernt hat?»

«Wir werden mit ihr sprechen», sagte Mannhardt, wenn auch ein wenig lustlos.

«Tamara Drescha lebt jetzt auf Ibiza.»

«Gibt's da nicht auch einen Flugplatz?»

Schönbier hielt von dem ganzen Unternehmen nur wenig. «Wir sollten uns nicht in dieser Sache verrennen, die ... Haben wir nichts Wichtigeres zu tun?»

«Reden wir doch erst mal mit diesem Raoul Truckenbrodt», schlug Yaiza Teetzmann vor. «Ich komm mit zu ihm.»

In diesem Augenblick merkte Mannhardt, wie er gerade dabei war, ein herrliches Eigentor zu schießen. Wenn es Truckenbrodt war, der Angelika Kranold auf dem Gewissen hatte, dann war der liebe, gute und ach so herrliche Bernhard Oybin aus dem Schneider und konnte weiterhin angehimmelt werden.

Mannhardt hasste die Busse der BVG, weil die immer unpünktlich waren oder ganz ausfielen und man als Fahrgast durch die Gegend geschleudert wurde wie ein Astronaut beim Fähigkeitstest, und so hatte er sich, da Lübars nicht ans Berliner Schienennetz angeschlossen war, Heikes Wagen ausgeliehen, um dem Herrn Stadtrat einen Besuch abzustatten. Am Abend natürlich und zu Hause, um Attacken wegen angeblicher Rufschädigung von vornherein aus dem Wege zu gehen. Es konnte davon ausgegangen werden, dass seine Mutter ihn vorgewarnt hatte.

Da Mannhardt die Gegend von seiner Zeit als Alkoholiker ganz genau kannte, verfuhren sie sich nicht und hielten pünktlich vor Truckenbrodts Anwesen in der Benekendorffstraße.

«Bei seinem Namen hätte er eine Kosmetikfirma aufmachen sollen», sagte Mannhardt. «Truckenbrodt macht Wangen rot, Rouge vom Allerfeinsten.»

«Gott, deine Kalauer!» Yaiza Teetzmann stöhnte leise auf. «Was mache ich bloß, wenn du von uns gegangen bist?»

Mannhardt ließ sich nicht beirren. «Oder findest du die andere Variante besser: Truckenbrodt macht Frauen tot?»

«Makaber.»

«Die heißt nicht Miriam Makaber, sondern Miriam Makeba.» Und er begann zu singen: «*Pata Pata ...*»

Sie stiegen aus und gingen zum Gartentor. Mannhardt winkte in die Videokamera, die alle nahenden Besucher einfing, und klingelte.

«Ja, bitte?», kam es durch die Gegensprechanlage.

«Die Mordkommission!», antwortete Mannhardt, so laut, dass man es noch jenseits des Fließtales in Glienicke hören konnte.

Raoul Truckenbrodt erschien auf einer Art Freitreppe und schwebte zu ihnen hinunter. Schön war er, reich war er, und vielleicht machte ihn seine Partei einmal zum Kanzlerkandidaten. Mannhardt konnte sich daran erinnern, dass es Truckenbrodt vor Jahren einmal bis zum Ersatzspieler beim Davis-Cup geschafft hatte. Ein Serve-and-Volley-Spieler par excellence. Damit stand er bei Mannhardt hoch im Kurs, und das war mit einem gewissen Sympathiebonus verbunden. Sie begrüßten sich mit der Lockerheit, die spätestens seit der Weltmeisterschaft von 2006 als Markenzeichen neudeutscher Lebensart galt.

«Oh, das Fernsehen ist auch schon da!», rief Mannhardt, als er eine allseits bekannte Moderatorin auf einer Bank am Fischteich sitzen sah.

«Ja, aber nur privat. Das ist die Gefährtin meines Lebens.»

«Inwieweit gefährdet sie denn Ihr Leben?», fragte Mannhardt, und dies war ein Aufschlag, der Truckenbrodt offensichtlich vor einige Probleme stellte.

«Das wird eher meine Ex-Frau tun», sagte Truckenbrodt.

Mannhardt freute sich, dass er den ersten Ballwechsel gewonnen hatte, denn so hatte er ganz nebenbei erfahren, dass Tamara Truckenbrodt womöglich auf Rache aus war, und von solchen Frauen ließen sich immer wieder interessante Aussagen zur Sache erwarten.

«Wir hätten Sie gern allein gesprochen», sagte Mannhardt zu Truckenbrodt.

«Gern.»

Truckenbrodt führte sie ins Haus. Mannhardt sah sich um. Bei Truckenbrodt sah es schon etwas anders aus als bei einem Hartz-IV-Empfänger, ohne dass die Zimmer aber protzig gewirkt hätten. Es war zu merken, dass der Mann einmal Architektur studiert hatte und wusste, dass man Möbel nicht nur bei IKEA bekam.

Sie setzten sich. Truckenbrodt goss ihnen Mineralwasser ein und schlug nun selber auf.

«Meine Mutter hat mir schon am Telefon gesagt, dass und warum Sie mich besuchen werden.»

«Wunderbar.» Mannhardt konnte die Partie locker angehen, denn er hatte das Gefühl, dass sie die Stärkeren waren. «Dann kann ich mir ja die Einleitung sparen. Kommen wir also gleich zur Sache: Sie kannten Angelika Kranold?»

«Ja. Wir sind im Frühjahr 1980 bei einer Lesung ins Gespräch gekommen.»

«Bei jener Lesung, zu der Ihre Mutter Bernhard Oybin nach West-Berlin eingeladen hatte?», wollte sich Mannhardt vergewissern.

«Genau. Da ist mir ihre Ähnlichkeit mit Tamara aufgefallen.» Truckenbrodt sprach langsam wie zum Mitschreiben und wählte seine Worte sehr bedacht aus. «Tamara hatte ich vorher auf der Leipziger Messe kennengelernt, und sie war die große Liebe meines Lebens. Aber wie sollten wir jemals zusammenkommen, denn sie lebte in Ost-Berlin, sie war Bürgerin der DDR. Dort zu leben war ausgeschlossen für mich, und so blieb mir nichts weiter übrig, als mich an Leute zu wenden, die für Geld die Flucht aus der DDR organisieren konnten. Es wurde auch alles arrangiert, Tamara sollte während ihres Urlaubs in Ungarn über die ‹grüne Grenze› nach Jugoslawien flüchten. Von dort aus war die Ausreise in die Bundesrepublik dann möglich. Aber dieser Versuch scheiterte, es gab Tote, Tamara hatte unheimliches Glück gehabt, dass sie überlebte. Wir mussten uns etwas anderes ausdenken. Da ist mir dann Angelika Kranold über den Weg gelaufen. Sie war DKP-Mitglied und glühende Verehrerin der DDR und des Ostens allgemein. Dies und die Ähnlichkeit mit Tamara, was das Gesicht betraf, brachten meinen Fluchthelfer und mich auf die Idee, die wir dann auch in die Tat umgesetzt haben ..»

Truckenbrodt hatte so lange geredet, dass er zum Wasserglas greifen musste. «Am 5. Juli ist dann auch alles so abgelaufen, wie wir es geplant hatten. Ich hatte Angelika Kranold versprochen, ihr Ost-Berlin zu zeigen. Wir haben Passierscheine beantragt und sind dann am Bahnhof Friedrichstraße in die DDR eingereist. Dann habe ich ihr den Platz der Akademie gezeigt, wie der Gendarmenmarkt damals hieß, und wir sind zum Fernsehturm gelaufen. Am Bahnhof Alexanderplatz haben wir uns dann verabschiedet. Sie wollte zu Bernhard Oybin nach Schmöckwitz raus. Zum einen weil sie ihn sehr verehrte, zum anderen wollte sie mit ihm auch über ihre Übersiedlung in die DDR reden. Er sollte ihr da die Türen öffnen. Andererseits wollte sie aber auch in West-Berlin bleiben, weil sie geglaubt hatte, dort eine Mission erfüllen zu müssen. Wie auch immer, jedenfalls ist sie hoch zur S-Bahn, während ich mich im Operncafé mit einem Kurier getroffen habe. Ganz konspirativ hat er mir die Papiere übergeben, die ein Profi seiner Organisation vorher gefälscht hatte. Also den Ausweis von Angelika Kranold, ihren Passierschein mit dem Einreisestempel und die Zollerklärung. Damit bin ich dann zum Bahnhof Ostkreuz gefahren, um Tamara das alles zuzustecken. Wir sind dann zum Bahnhof Friedrichstraße und haben es gewagt – und es hat tatsächlich geklappt.» Truckenbrodt atmete schwer und musste sich den Schweiß von der Stirn wischen.

Auch Mannhardt und Yaiza Teetzmann waren so beeindruckt von dieser Schilderung, dass sie zunächst keine passenden Worte fanden, um das Gespräch fortzusetzen.

«Und an Angelika Kranold haben Sie gar nicht gedacht?», fragte Yaiza Teetzmann schließlich. «Was mit der bei uns in der DDR geschieht?»

«Doch. Aber was sollte ihr schon groß passieren? Sie war ja bei Bernhard Oybin, und der hatte in der DDR ein so großes Gewicht, dass ich keinen Augenblick daran gezweifelt habe ...» Truckenbrodt schaffte es nicht, den Satz grammatikalisch korrekt zu Ende zu bringen. «Also, man konnte davon ausgehen, dass er Angelika Kranold aus der Patsche helfen und sie zur DDR-Bürgerin machen würde. Es war ja sozusagen ein Menschentausch mit einem Plus für die DDR: Statt der Regimegegnerin Tamara Drescha hatte sie nun die glühende Kommunistin Angelika Kranold.»

Mannhardt hatte sich nun so weit gesammelt, dass er ganz bestimmte Fragen formulieren konnte.

«Aber warum, lieber Herr Truckenbrodt, sind Sie dann nicht sofort zu uns gekommen, als Sie in der Zeitung gelesen haben, dass die Tote vom Imkerweg in Schmöckwitz ebendiese Angelika Kranold ist, Ihre Angelika Kranold sozusagen?»

Truckenbrodt reagierte mit einem Achselzucken. «Ich habe es nicht gelesen, weil ich nicht in Berlin war. Das ist in die Zeit unserer Chinareise gefallen. Erst durch den Anruf meiner Mutter habe ich erfahren, dass Angelika Kranold ... Und da waren Sie schon auf dem Weg zu mir.»

«Und haben Sie denn nie nachgefragt, was aus Angelika Kranold geworden ist?», wollte Yaiza Teetzmann wissen.

«Natürlich habe ich das. Gleich nach der Sache ist eine Karte von ihr aus Prag gekommen, und später habe ich dann von einem Freund Oybins erfahren, dass sie glücklich bei den Kubanern gelandet ist und dort sogar geheiratet hat. In Havanna ist sie dann auch gestorben.»

Truckenbrodt eilte ins Nebenzimmer, um die Fotokopie der Traueranzeige zu suchen.

Mannhardt konnte nicht anders, als das alles stimmig zu finden. Dass Truckenbrodt keine weiteren Angaben zu den Fluchthelfern machen konnte, störte ihn nicht weiter, denn dass die sich gut getarnt hatten, war verständlich. Aber vielleicht war es gut, wenn er mit Tamara Truckenbrodt, ehemals Drescha, sprach und alles, was er eben gehört hatte, gegencheckte. Eine Dienstreise nach Ibiza war nicht schlecht – aber ob der Berliner Etat das noch hergeben würde?

ACHTZEHN
2007

HANS-JÜRGEN MANNHARDT konnte sich endlich einmal wichtig fühlen, und er genoss es. Eine Dienstreise ins Ausland, wer bekam die schon genehmigt, wenn er nicht Mitglied der politischen Kaste war? Die lumpigen Touristen, die gemeinsam mit ihm auf den Flug nach Ibiza warteten, nervten ihn allerdings in einem Maße, dass es seine Freude ganz erheblich trübte. Einige Frauen waren mächtig überagiert und plapperten so schwachsinnig wie die eine oder andere Moderatorin im privaten Radio, andere wiederum hatten billige Parfüms dermaßen reichlich benutzt, dass man sie im Todesfall als Sondermüll entsorgt hätte, während die Männer Filmhelden imitierten, ihre Tätowierungen sehen ließen und der lebende Beweis dafür waren, dass Bildung in Deutschland ein knappes Gut geworden war. «Darf ich Sie als Außenstehenden fragen, was Intelligenz für Sie bedeutet?» Mannhardt grauste davor, mit all diesen Leuten gemeinsam abzustürzen. Dass ein Flugzeug für längere Zeit in der Luft bleiben und ganz normal landen konnte, hielt er vom Gefühl her ohnehin für ausgeschlossen, obwohl er in seinem langen Leben schon mehrere hundert Mal problemlos geflogen war.

Und auch diesmal ging alles gut. Er nahm sich eine Taxe und ließ sich zu einem der Hotels an der Cala Tarida fahren. Ibiza-Stadt, katalanisch Eivissa, fand er fürchterlich, und auch ansonsten hatte man sich auf der ganzen Insel alle Mühe gegeben, beim Ranking der Bausünden weit oben zu landen.

Gemessen an der Hitze in Berlin, war es an der Cala Tarida auszuhalten, zumal er Tamara Drescha in einer klimatisierten Lounge antraf, wo sie am Tisch ihrer Reisegesellschaft saß, Beschwerden entgegennahm und den Leuten Tagesausflüge verkaufte. Nebenbei vermietete sie noch Autos, wie er an den Anschlagtafeln lesen konnte, und bot den Leuten großformatige Fotos an, die sie beim Betreten des Speisesaals von ihnen geschossen hatte. Sie sah viel jünger aus, als sie war, um die fünfzig musste sie sein, und Mannhardt war ihr dankbar für die unzüchtigen Gedanken, die sie in ihm aufkommen ließ.

Als sie einen Augenblick lang allein an ihrem Tisch saß, trat er an sie heran und stellte sich vor.

«Ich wusste, dass jemand kommen würde», sagte sie. «Ich habe nämlich in der Zeitung gelesen, dass man das Skelett von Angelika Kranold bei Oybin im Garten gefunden hat.»

«Können wir denn nachher einmal unter vier Augen ... irgendwo ungestört miteinander reden?»

«Ja, wir setzten uns hinten in den Konferenzraum, da ist es schön kühl. In zehn Minuten bin ich fertig ... Sie können sich ja schon mal ...»

«... frei machen», hätte Mannhardt gern gehört, doch leider schien er nicht ihr Typ zu sein. Keine Frau hatte heute mehr Mitleid mit einem alternden Bullen.

Tamara Drescha kam nach einer Viertelstunde zu ihm und servierte ihm einen Begrüßungscocktail, leider nur einen für Kinder, also ohne Alkohol.

«Sie sind ja im Dienst.»

«Und wie!»

Tamara Drescha setzte sich. «Gott, wer hätte gedacht, dass das alles noch einmal aufgewühlt wird. Hätte Oybin die Leiche nicht besser entsorgen können?!»

Mannhardt war überrascht, dass das Ende des Gesprächs gleich am Anfang stattfand. «Sie meinen also, dass er es gewesen ist?»

«Ja. Wer denn sonst?»

«Ihr Ex-Mann möglicherweise», sagte Mannhardt, obwohl ihm das alles zu schnell ging.

«Wieso?», fragte Tamara Drescha. «Er hatte doch die gefälschten Papiere, was sollte er die Kranold da noch umbringen?»

Mannhardt trank erst die Hälfte seines Glases aus, bevor er antwortete. «Woher wissen Sie so genau, dass er Sie mit gefälschten Papieren über die Grenze gebracht hat, es können doch auch die echten gewesen sein, die er Angelika Kranold in Schmöckwitz abgenommen hat?»

Sie stutzte. «Ja, eigentlich haben sie recht ...»

Mannhardt schlug die sanftesten Töne an, die ihm möglich waren. «Sie waren seine große Liebe, und er hat alles getan, um Sie aus der DDR herauszuholen.»

«Ich war seine große Liebe ... damals jedenfalls. Bis dann ... ja, bis dann meine zweite Flucht anstand, 2002, die aus Berlin nach Ibiza. Längst nicht so dramatisch wie die erste aus der DDR, aber für mich viel schwerer zu verkraften. Aber lassen wir das, ich habe mir hier eine neue Existenz aufgebaut, und langsam geht es wieder bergauf mit mir.»

«Das hört man gerne», sagte Mannhardt, obwohl es ihn entmutigte. «Und Sie sind auch nicht von Rachegedanken erfüllt, wenn Sie an Raoul Truckenbrodt denken?»

Tamara Drescha zögerte mit ihrer Antwort. «Nein,

denn dazu habe ich ihm zu viel zu verdanken: die Befreiung aus dem Gefängnis, denn die DDR war für mich eines, die beiden Kinder und eine wunderschöne Zeit mit ihm, fast zwanzig Jahre lang. Bis er dann diese ... Aber wie gesagt, lassen wir das.»

Mannhardt spielte mit seinem Glas, bei dem er mit dem Mittelfinger auf dem Rand entlangfuhr, und versuchte, hohe Töne zu erzeugen.

«Ja, Frau Truckenbrodt, Pardon, Frau Drescha, was soll meine Mordkommission nun machen? Wir haben eine Leiche, die sich nicht wegdiskutieren lässt, und wir haben zwei der Tat dringend verdächtige Männer: den toten DDR-Heros Bernhard Oybin und den lebenden Berliner Stadtrat Raoul Truckenbrodt, der den Höhepunkt seiner politischen Karriere womöglich noch vor sich hat. Wen auch immer ich als Täter angebe, die einen jubeln, die anderen prügeln furchtbar auf mich ein.»

Tamara Drescha nickte. «Das ist nicht schön für Sie, klar, aber ich kann Ihnen nur sagen – und ich kann das auch vor Gericht beeiden –, was Raoul Ihnen erzählt hat: dass er die gefälschten Papiere der Kranold für viel Geld von einer Fluchthelferorganisation gekauft und sich dann am Tag, an dem die Tat geschehen ist, am Alexanderplatz von Angelika Kranold getrennt hat, um sich mit mir auf dem Bahnhof Ostkreuz zu treffen. Wie die Kranold nach Schmöckwitz gekommen ist, tot oder lebendig, und wer sie umgebracht hat, aus welchem Grund auch immer, das entzieht sich meiner Kenntnis. Und wir, Raoul und ich, waren immer felsenfest davon überzeugt, dass Angelika Kranold in der DDR oder später auf Kuba glücklich geworden ist.»

Mannhardt bedankte sich, verabschiedete sich von Tamara Drescha und borgte sich an der Rezeption eine Badehose, um noch ein bisschen im Mittelmeer zu schwimmen, ehe er zurück zum Flughafen fuhr.

Alle verschwendeten Steuergelder – warum sollte er da zurückstehen, und dazu noch kurz vor seiner Pensionierung?

Nach seiner Rückkehr von den Balearen war eine knappe Woche vergangen, als Yaiza Teetzmann eines Nachmittags in sein Büro stürzte.

«Du, Neues aus Kuba!»

«Ist Fidel Castro gestorben?»

«Nein, aber eine Angelika Kranold hat nie auf Kuba gelebt! Die Recherche des Auswärtigen Amtes hat das ganz eindeutig erbracht. Und dazu passt auch, was das Landeskriminalamt inzwischen herausgefunden hat: dass nämlich die Todesanzeige aus Havanna, die Truckenbrodt uns gegeben hat, eine gut gemachte Fälschung ist.»

«Töhröh!», rief Mannhardt im Tonfall von Benjamin Blümchen. Regression fand er allemal besser als Depression.

«Einer muss also das Märchen von Angelika auf Kuba erfunden haben», sagte Schönbier. «Aber wer?»

«Raoul Truckenbrodt, ganz klar!», rief Yaiza Teetzmann.

«Nein, Bernhard Oybin!», konterte Mannhardt.

NEUNZEHN
2007

MANNHARDT hatte die Welt noch nie verstanden, doch im Augenblick verstand er sie noch weniger. Wie konnten Hunderttausende von Menschen einen so lausigen Schreiberling und auch nur mäßig begabten Rhetoriker und Denker wie Bernhard Oybin posthum zum Heroen hochstilisieren?

Yaiza Teetzmanns Antwort brachte ihn erst recht auf die Palme: «Er ist eben einer von uns gewesen.»

«Und das ist auch einer von euch gewesen», sagte er einige Tage später, als ein anonymer Brief auf seinem Schreibtisch landete. Für den Papierkorb war er viel zu schade, denn er enthielt neben vier Zeilen Text ein wunderschönes Foto, wenn auch nur in Schwarzweiß. Da hatte irgendein Michael den Farbfilm vergessen.

Bernhard Oybin war kein Verbrecher, las Mannhardt. *Der Verbrecher kommt aus dem Westen und ist der Stadtrat Raoul Truckenbrodt.* Dies alles mit Buchstaben, die aus einer Boulevardzeitung ausgeschnitten waren. «Ich war IM und sollte beobachten, was Oybin für Gäste aus dem Westen hatte. Am 5. Juli 1980 waren es Angelika Kranold und Raoul Truckenbrodt.»

Die Fotografie ließ, obwohl überbelichtet und grobkörnig, keinen Zweifel daran, dass es die beiden Genannten waren, die da am Imkerweg in Schmöckwitz das Gartentor öffneten. Die Spezialisten vom Landeskriminalamt bestätigten Mannhardt die Echtheit der Fotografie.

«Was schließen wir daraus?», fragte Mannhardt.

«Dass Truckenbrodt gelogen hat», antwortete Schönbier.

«Und Oybin in der Tat unschuldig ist», fügte Yaiza Teetzmann hinzu.

«Wie alle, die in der SED und bei der Stasi waren», murmelte Mannhardt.

«Als West-Berliner kannst du das nicht beurteilen», konterte Yaiza Teetzmann.

«Ich bin kein West-Berliner mehr, sondern Gesamt-Berliner», sagte Mannhardt. «Wer kommt denn nun mit zu Truckenbrodt?»

«Ich», sagte Schönbier. «Ich bin von meinen Genen her kein Deutscher, und mich geht die ganze deutsch-deutsche Scheiße sowieso nichts an.»

«Es sind meine heiligen Gefühle», sagte Mannhardt.

«Und meine auch», betonte Yaiza Teetzmann. «Außerdem ist es besser, wenn ihr Truckenbrodt hier antanzen lasst, das ist immer ein psychologischer Vorteil für uns.»

Uns so wurde Raoul Truckenbrodt schließlich von einer Praktikantin gebeten, am nächsten Tag um sechzehn Uhr in der Keithstraße vorbeizuschauen, den Grund wisse sie auch nicht.

Truckenbrodt erschien natürlich mit einer Verspätung von gut zwanzig Minuten. «Ich hatte noch eine Besprechung beim Regierenden Bürgermeister.»

Mannhardt schmunzelte. Er kannte die Spielchen: Seht her, was ich für mächtige Verbündete habe! Wenn ihr mich attackiert, dann bekommt ihr es mit denen da oben zu tun – und dann geht es euch schlecht.

Da Schönbier wusste, dass Mannhardt und Truckenbrodt derselben staatstragenden Partei angehörten, eröffnete er das Feuer.

«Herr Truckenbrodt, Sie haben uns gesagt, dass Sie sich am 5. Juli 1980 am frühen Nachmittag vor dem Bahnhof Alexanderplatz von Angelika Kranold verabschiedet haben. Sie wollte zu Oybin nach Schmöckwitz, während Sie in Richtung Operncafé gegangen waren, um sich mit einem Fluchthelfer zu treffen?»

«Richtig.»

«Und wissen Sie auch, dass Bilokation schwer möglich ist?»

Truckenbrodt guckte verwirrt. «Was soll unmöglich sein?»

«Die Bilokation: die Möglichkeit, an zwei verschiedenen Orten gleichzeitig zu sein.»

«Ich verstehe Sie nicht ...»

Schönbier freute sich, Truckenbrodt derart auf dem falschen Bein erwischt zu haben. «Herr Truckenbrodt, nach Lage der Dinge müssen Sie zur selben Zeit in Schmöckwitz und Unter den Linden gewesen sein.»

«Was soll denn das?», rief Truckenbrodt.

Das «Sie wissen wohl nicht, wen Sie vor sich haben!» konnte er sich gerade noch verkneifen, schien es Mannhardt. Er fand es gut, wie Schönbier den anderen angegriffen hatte, alle Achtung. Der Schmetterball war wunderbar vorbereitet, jetzt konnte er kommen. Mannhardt hielt Truckenbrodt das Foto hin, das ihnen der anonyme Briefschreiber beschert hatte.

«Hier betreten Sie gerade mit Angelika Kranold an Ihrer Seite das Grundstück von Bernhard Oybin ... Wie das, wo Sie sich doch schon am Bahnhof Alexanderplatz von der

Dame, die Ihrer Tamara so ähnlich sieht, verabschiedet haben?»

«Was sollen denn diese Tricks?», fuhr Truckenbrodt hoch. «Das ist doch eine üble Fälschung der Clique um Oybin.»

«Nein, das Foto ist echt, und mit ihm vor Augen haben wir eine ganz andere Version von dem, was an diesem 5. Juli 1980 geschehen ist», sagte Yaiza Teetzmann. «Sie fahren mit Angelika Kranold nach Schmöckwitz hinaus ...»

«So ein Unsinn!» Truckenbrodt regte sich immer stärker auf. «Woher soll ich denn die Schlüssel zu Oybins Haus und Grundstück gehabt haben?»

Schönbier lachte. «Na, von ihm selber. Er hat sie an viele Freunde verteilt, und Ihre Mutter war ja so etwas wie ein Groupie.»

«Ich verbitte mir das!»

Schönbier ließ sich nicht beirren. «Vielleicht hat er ein Paar Schlüssel auch bei seiner Lesung liegenlassen, und Sie haben sie an sich gebracht.»

«Ihre Phantasie möchte ich haben.»

«Das ist nicht unsere Phantasie, das ist unsere jahrelange Erfahrung», sagte Mannhardt. «Und nun mal weiter Klartext: Sie haben Angelika Kranolds Papiere nicht von irgendwelchen dubiosen Fluchthelfern gekauft, sondern Sie haben ihr diese Papiere bei Oybin in Schmöckwitz abgenommen ...»

«... und um sie ihr abnehmen zu können, mussten Sie Angelika Kranold zum Schweigen bringen», ergänzte Schönbier den Satz.

«Den möchte ich sehen, der mir das nachweisen kann!», rief Truckenbrodt.

«Nun gut ...» Yaiza Teetzmann wollte ihm eine Brücke

bauen. «Sie haben Angelika Kranold überreden wollen, Ihnen ihre Papiere zu geben. ‹Du willst ja sowieso in die DDR überwechseln, und Tamara will um alles in der Welt in den Westen – da tauschen wir euch quasi aus. Ich fessle und kneble dich jetzt, und du behauptest nachher, wenn Oybin auftaucht, ich hätte dich überwältigt und dir die Papiere abgenommen.›»

«Wir haben uns nicht mal geduzt», sagte Truckenbrodt. «Die Kranold und ich.»

«Und wenn Sie nicht scharf auf Angelika waren und auch sonst keine Pläne hatten, warum sind Sie dann mit ihr zu Oybin gefahren?», fragte Schönbier.

«Um sie mit Oybin bekannt zu machen. Sie hat den Mann angebetet und wollte ihn unbedingt kennenlernen, privat kennenlernen.»

«Damit geben Sie also zu, Oybins Grundstück zusammen mit Angelika Kranold am Nachmittag des 5. Juli 1980 betreten zu haben?», hakte Mannhardt nach.

«Ja, schon ...»

«Und weiter?», fragte Schönbier.

«Wir haben eine gute Stunde auf Oybin gewartet, und als er dann nicht gekommen ist, wurde mir die Sache zu dumm, und ich bin wieder gegangen.»

«Mit Angelika Kranold?», fragte Yaiza Teetzmann.

Truckenbrodt zögerte einen Augenblick. «Nein, sie wollte unbedingt warten. Es hat deswegen einen kleinen Streit gegeben. Ich musste aber weg, weil ich mit dem Kurier verabredet war.»

«Und da haben Sie Angelika Kranold allein in dem fremden Haus zurückgelassen?» Schönbier schlug sich mit der flachen Hand gegen die Stirn. «Das glaubt Ihnen doch keiner, nicht mal Ihr eigener Verteidiger. Nein, Herr Truckenbrodt, die Wahrheit sieht anders aus: Sie haben Angelika Kranold getötet, um an die Papiere heranzukommen. Ob vorsätzlich oder versehentlich, können wir im Augenblick außen vor lassen. Es wird einen kleinen Kampf gegeben haben, und da haben Sie dann ...»

Truckenbrodt sprang auf. «Nein, ich schwöre bei allem, was mir heilig ist, dass ich sie nicht umgebracht habe!»

Schönbier nickte. «Okay, nehmen wir also zu Protokoll, dass sich Angelika Kranold selber getötet und danach draußen an der Hauswand vergraben hat.»

«Wer immer es war, ich war es nicht!», schrie Truckenbrodt.

Yaiza Teetzmann versuchte abermals, Ruhe ins Spiel zu bringen. «Sie verlassen also das Haus und fahren mit der Straßenbahn in die Stadt zurück, während Angelika Kranold allein und putzmunter bei Oybin im Haus verbleibt?»

«Ja.»

«Und Sie sind auch nicht irgendwie an den Ausweis und den Passierschein von Frau Kranold gekommen?»

«Nein.»

«Den Namen des Kuriers, der Ihnen die gefälschten Papiere übergeben hat, den können Sie uns aber nicht nennen?»

«Nein.»

Yaiza Teetzmann machte eine hilflose Geste und gab den Ball an Mannhardt weiter. Der musste schnell eine Entscheidung treffen, und das war noch nie seine Stärke gewesen.

«Ja, Herr Truckenbrodt, wie die Sache aussieht, müssen wir Sie erst einmal hierbehalten und sehen, was der Untersuchungsrichter sagt.»

Der zögerte nicht lange und ordnete an, Truckenbrodt

in Haft zu nehmen. Und nachdem er sich lange mit seinem Anwalt unterhalten hatte, sagte Truckenbrodt am nächsten Tag aus, Angelika Kranold in Oybins Haus mit selbst hergestellten K. o.-Tropfen betäubt und ihr dann ihre Papiere abgenommen zu haben.

«... sie lag schlafend auf Oybins Couch, als ich das Haus verlassen habe, und sie war in diesem Augenblick noch am Leben, hundertprozentig. Ich habe mal einige Semester Medizin studiert.»

«Vielleicht waren die Tropfen dennoch zu hoch dosiert», sagte Yaiza Teetzmann. «Vielleicht ist sie kollabiert?»

Schönbier lachte. «Und hat sich dann anschließend selber begraben.»

«Nach mir muss jemand gekommen sein, der das getan hat!», rief Truckenbrodt. «Nachdem er sie vorher ermordet hat.»

«Oder auch nicht», sagte Schönbier.

«Richtig.» Yaiza Teetzmann spann den Faden weiter. «Oybin kommt nach Hause und findet eine Tote bei sich im Haus. Bei seinen vielen Frauengeschichten hat er Angst, dass man ihm einen Mord in die Schuhe schiebt. Und wenn nicht, dann ist das für einen Mann in seiner Position trotzdem ein Super-GAU, denn: Hängen bleibt immer was. Also beschließt er kurzerhand, die Leiche verschwinden zu lassen.»

«Hören Sie doch auf, Oybin reinwaschen zu wollen!», rief Truckenbrodt. «Er wird über sie hergefallen sein und sie erwürgt haben, als sie sich gewehrt hat.»

Mannhardt verfluchte die Tatsache, dass die Stasi nicht überall Videokameras eingebaut hatte. So schien es unmöglich zu sein, die Wahrheit herauszufinden.

Truckenbrodt hatte sich endlich gefangen und zu einer

Strategie gefunden, gegen die nicht anzukommen war, denn Oybin konnte sich nicht mehr wehren. Vielleicht kostete die Sache Truckenbrodt die große Karriere, vielleicht auch nicht, wenn es ihm gelang, sich und Tamara als die eigentlichen Opfer darzustellen. Wer Angelika Kranold wirklich getötet hatte, würde die Menschheit nie erfahren.

Mannhardt schloss die Augen. Seine Enttäuschung war grenzenlos. Auf den Akten zu seinem letzten Fall würde stehen *Ungelöst.* Das war für einen Menschen wie ihn die Höchststrafe – und typisch für sein ganzes Leben.

ZWANZIG
2007

«IN EINER DEMOKRATIE sollte man eine Frage von solcher Wichtigkeit mit Hilfe einer Volksabstimmung entscheiden», sagte Mannhardt. «Halten Sie a) Bernhard Oybin oder b) Raoul Truckenbrodt für den Mörder von Angelika Kranold?»

«88,8 Prozent der Befragten halten Truckenbrodt für schuldig», sagte Schönbier. «Empirische Basis: Geburtstagsfeier meiner Tante Irina.»

«Ja, alles Ex-Ost-Berliner», höhnte Mannhardt.

«Nein, total gemischt.»

Mannhardt legte die Boulevardblätter beiseite. «Diese Vorverurteilung ist wirklich eine miese Sache.»

«Truckenbrodt wird sich die besten Anwälte nehmen», sagte Schönbier. «Und die werden dann sagen: *in dubio pro reo*, und das heißt: Freispruch!»

Das ließ Yaiza Teetzmann zornig werden. «Und Freispruch für Truckenbrodt heißt immer auch, dass an Oybin was hängenbleibt.»

«Na, Gott sei Dank!», rief Mannhardt. «Ohne die Mauer und die Menschenverachtung der DDR wäre doch Truckenbrodt nie auf die Idee gekommen, seine Freundin mit Angelika Kranolds Papieren in den Westen zu holen, also ist Oybin mitschuldig an dem, was Truckenbrodt getan hat, was er tun musste.»

«Ich sehe das ganz nüchtern», sagte Schönbier.

«Das kann man nicht nüchtern sehen!», schrie Mannhardt ihn an.

Yaiza Teetzmann ging dazwischen. «Friede! Ich schlage vor, wir gehen heute Abend alle drei zu einer Lesung mit Texten von Bernhard Oybin und hören mal ganz genau hin, was er wirklich geschrieben hat. Ich lade euch vorher auch zum Essen ein.»

«Ja, zu Soljanka und Würzfleisch», spottete Mannhardt.

«In der Tat, zu Soljanka und Würzfleisch, denn *Soljanka* ist ein herrlicher Roman.»

Sie fanden in der neuen Berliner Mitte mühelos ein Restaurant, das die gemeinten Köstlichkeiten auf der Speisekarte hatte, und da Mannhardt seine geliebte Kollegin nicht verärgern wollte, aß er seine Portion auch auf und versicherte ihr mehrfach, dass es ihm gut bis sehr gut geschmeckt hätte. Mit zwei großen Pils ließ sich halt alles überstehen.

Dann brachen sie auf zur Kollwitzstraße. Der Andrang zur Gedächtnislesung war so groß, dass Oybins Freunde gezwungen gewesen waren, ein Off-Theater zu mieten. Trotzdem hatten Mannhardt, Yaiza Teetzmann und Rico Schönbier Mühe, in der vorletzten Reihe noch drei nebeneinanderliegende Plätze zu ergattern, und das auch nur, weil Katja Koschlick sie heranwinkte.

Mannhardt war erstaunt. «Nanu, Sie so weit hinten?»

«In der ersten Reihe träfe mich nur die Spucke derer, die da lesen, und die dürfte bei einigen das reinste Gift sein.» Sie schüttelte sich. «*Freundschaft, Charakter, Ethik. Ist dir klar wovon ich rede? – Von Schmutz.* Dialog aus *Miller's Crossing*, USA 1990, Regie: Joel Coen.»

Wegen des Durcheinanders an der Kasse verzögerte

sich der Beginn der Lesung um gut zehn Minuten, und Mannhardt nutzte die Chance, um noch einmal aus dem Saal zu eilen und nach einer Toilette zu suchen. Doch trotz all seiner Fähigkeiten als Detektiv fand er keine für Herren. Nicht einmal eine für Behinderte. Nur eine für Damen. Da seine Blase schrecklich drückte und Dranginkontinenz zu befürchten war, schlüpfte er schließlich in diese.

«Huuuch!», schrie eine Frau, die gerade am Waschbecken stand.

Mannhardt ließ sich nicht abschrecken und öffnete die Tür zum Raum mit den Kabinen. Schnell war er in einer verschwunden. Was nun? Musste man sich auf einer Damentoilette beim Pinkeln hinsetzen, auch wenn man ein Mann war, oder durfte man seine Notdurft im Stehen verrichten? Da Heike ihn zu Hause immer als unbelehrbaren Stehpinkler beschimpfte, setzte er sich wirklich hin. Seinen Schniedelwutz bei dem vorhandenen Druck durch die Oberschenkel nach unten zu ziehen, war gar nicht so einfach, denn wenn er ihn zu sehr einquetschte, reizte der Strahl die Harnleiter so sehr, dass es mächtig schmerzte. Endlich hatte er die Sache im Griff. Dennoch zuckte er zusammen, da plötzlich lauthals gelacht wurde. Über ihn? Gab es hier eine Videokamera, und man übertrug seine Darbietung ins Theater?

Nein. Das Lachen kam aus der hintersten Kabine, und als er genauer hinhörte, hätte er schwören können, dass sich da zwei Menschen eine ganz bestimmte Art von Lust verschafften. Wer nur harten Stuhlgang hatte, stöhnte anders. Damit nicht alle mitbekamen, wie sich ein richtiger Orgasmus anhörte, wurde nun anhaltend gespült.

Mannhardt ließ sich Zeit, um den beiden Damen, die sich da vergnügt hatten, nicht über den Weg zu laufen. Aber da kamen sie schon und bewegten sich zum Waschraum.

Mannhardt öffnete seine Tür einen Spaltbreit und hätte fast aufgeschrien, denn was er sah, waren keine Lesben, sondern eine Frau mittleren Alters und ... Martin Mutsch. Mannhardt konnte es nicht fassen.

Als er zwei Minuten später neben Katja Koschlick saß, hatte er sich noch immer nicht ganz eingekriegt und berichtete Oybins Ex von seinem Abenteuer.

«Ich denke, Martin Mutsch ist eindeutig schwul?», flüsterte Mannhardt.

«Ist er auch, aber nur, um seine Bücher besser verkaufen zu können. In Wirklichkeit ist er nicht einmal bi, sondern ein stinknormaler Heterosexueller. Und als ich ihn bei mir im Bett hatte ... Ach, lassen wir das.»

In Mannhardt begann es zu arbeiten, erst recht, als Martin Mutsch am Lesetisch Platz nahm und einen Text von Bernhard Oybin vortrug, in dem ein Schwuler schilderte, wie man in der NVA, der Nationalen Volksarmee, mit Verständnis auf seine Neigung einging und einen Kameraden bestrafte, der sich geweigert hatte, mit ihm unter einer Dusche zu stehen.

«Hat der Mutsch das schon immer so gemacht?», fragte Mannhardt seine Nachbarin.

«Nein, erst seit man die Leiche draußen in Schmöckwitz gefunden hat und er als Bernhards bester Freund in die Medien gekommen ist.»

«Und warum?

«Na, um noch mehr Aufmerksamkeit zu bekommen.»

Mannhardt hatte das Gefühl, dass es dafür einen anderen Grund gegeben hatte: Wenn sich Martin Mutsch als schwul ausgibt, kann mit Sicherheit, so denkt er, der Verdacht, Angelika Kranold vergewaltigt und ermordet zu haben, nicht auf ihn fallen.

Gleich nach der Lesung besprach er das mit Schönbier und Yaiza Teetzmann in einer Szenekneipe.

«Nehmen wir einmal an, Truckenbrodt hat die Wahrheit gesagt und Angelika Kranold wirklich bewusstlos am Imkerweg bei Oybin zurückgelassen», begann Mannhardt mit seinem neuen Szenarium. «Nun kommt Martin Mutsch und findet Angelika Kranold.»

«Dann hätte ihn doch der IM, der Truckenbrodt fotografiert hat, auch ablichten müssen!», rief Schönbier.

«Nein», widersprach ihm Mannhardt. «Warum denn, er sollte doch nur Westler aufnehmen, die bei Oybin zu Besuch waren, und nicht alle, die zufällig vorbeischauten. Und Mutsch schon gar nicht, den kannte er doch ganz genau.»

«Na schön.»

«Da Martin Mutsch ein sehr triebstarker Mensch ist, erinnert sei nur an die Szene in der Damentoilette, überkommt es ihn sofort», fuhr Mannhardt fort. «Bevor Angelika Kranold richtig zu sich gekommen ist, fällt er über sie her. Sie wehrt sich und will schreien, er drückt ihr die Kehle zu – stärker vielleicht, als er will –, und sie stirbt. Was nun? Die Leiche einfach liegen lassen? Nein, dann wäre das alles auf seinen Freund Oybin zurückgefallen – und der wäre womöglich erledigt gewesen. Das will er nicht. Also lässt er die Leiche verschwinden. Und 27 Jahre lang ist das ja auch gutgegangen.»

«Klingt logisch», sagte Yaiza Teetzmann, der es nicht unlieb sein konnte, dass Oybin damit endgültig aus dem Schneider war.

Auch Schönbier hatte sich von Mannhardt überzeugen lassen. «Klar, warum sonst hätte er uns gegenüber den Schwulen spielen sollen? Was nun?»

Mannhardt überlegte einen Moment. «Wir treffen uns morgen Vormittag mit Martin Mutsch zum Lokaltermin in Schmöckwitz.»

Professor Dr. Siegfried Schwellnuss hatte schnell begriffen, dass er jeden Tag nach Schmöckwitz fahren und den Bauarbeitern auf die Finger sehen musste, wenn er eine reelle Chance haben wollte, noch in diesem Jahr dort einzuziehen. So hatte er sich den hölzernen Pavillon in der hinteren rechten Ecke des Grundstücks als Arbeitsstätte hergerichtet und saß nun beim Schreiben auf demselben Stuhl, auf dem auch schon Bernhard Oybin gesessen und angefangen hatte, sein letztes großes Werk zu Papier zu bringen. Das wusste er aus einem Fernsehfilm über Bernhard Oybin. Da war es vor allem um dessen letzten Roman gegangen, den sein Freund Martin Mutsch im Nachlass gefunden hatte und zu Ende schreiben wollte. *Fett schwimmt immer oben* sei eine wunderbare Auseinandersetzung mit der Deutschen Einheit, hatte Martin Mutsch gesagt, und habe das Zeug zum absoluten Bestseller. Dazu hatte es Archivbilder aus dem Jahre 1979 gegeben, als Oybin seinen fünfzigsten Geburtstag gefeiert hatte und viel Prominenz nach Schmöckwitz gekommen war.

Schwellnuss begriff allmählich, dass die Eroberung des Grundstücks am Imkerweg ein ziemlicher Pyrrhussieg war, denn mindestens einmal in der Woche kamen Oybin-Verehrer bei ihm vorbei und wollten den Schreibpavillon besichtigen, und der Oybin-Freundeskreis, den Martin Mutsch ins Leben gerufen hatte, war schon beim Bezirksamt Treptow-Köpenick vorstellig geworden, um vorn am Zaun eine Gedenktafel anbringen zu dürfen.

Und nun auch noch dieser Lokaltermin, den die Kripo

auf seinem Grund und Boden abhalten wollte. Er hatte drei Freunde, die Juristen waren, und keiner wusste genau, ob er eine Chance gehabt hätte, dies zu verhindern. Also hatte Schwellnuss diesem Mannhardt am Telefon sein Placet gegeben. Um zehn Uhr sollte es losgehen, und er war gebeten worden, den Bauleuten eine Stunde freizugeben. Natürlich bezahlte ihm der Staat das nicht.

Mannhardt, Schönbier und Yaiza Teetzmann stiegen aus dem Wagen und warteten, bis auch Martin Mutsch auf dem alten Pflaster des Imkerwegs stand und ihnen folgte.

Mannhardt ging ein paar Schritte voraus und rief nach Schwellnuss. Der kam aus seinem Pavillon und sah recht griesgrämig aus. Man begrüßte sich kurz.

Als Schwellnuss Martin Mutsch entdeckt hatte, konnte er einen Ausruf des Erstaunens nur schwer unterdrücken.

«Was denn, den haben Sie als Tatverdächtigen ausgemacht?»

Mannhardt war von diesem Dialog wenig erbaut. «Bitte, etwas leiser! Es muss ja nicht ganz Schmöckwitz mitkriegen, dass wir ... Und Sie darf ich auch bitten ...»

«Ja, Diskretion war schon immer meine Stärke.» Schwellnuss sah auf seine Armbanduhr. «Wie lange wird's denn dauern?»

«Ich schätze, in einer halben Stunde sind wir fertig.»

«Gut, dann gehe ich mal schnell zur Brücke und gucke mir die Gegend an.» Damit schlenderte er davon.

«Mit den Örtlichkeiten muss ich Sie ja nicht extra vertraut machen», sagte Mannhardt zu Martin Mutsch. «Sie waren ja hier wie zu Hause.»

«Wie ein Dutzend anderer Freunde auch, Bernhard Oybin hatte das berühmte offene Haus.» Martin Mutsch strich sich über das Kinn. Er hatte vergessen, sich zu rasieren, und sah blass und müde aus.

Schönbier lachte. «Ein Dutzend anderer Freunde ... Alles Schwule wie Sie?»

«Gott, ja, ich bin keiner und war nie einer, aber ich brauchte etwas, um mich und meine Bücher besser zu verkaufen.»

«Und um uns von Ihnen abzulenken», fügte Mannhardt hinzu. «Als Schwuler scheidet man als Triebtäter natürlich aus – was Angelika Kranold betrifft.»

Martin Mutsch erschlug eine Mücke, die sich auf seinem linken Unterarm niedergelassen hatte. «Warum, meine Herren, meine Dame, warum müssen Sie denn im Fall Angelika Kranold alles so furchtbar verkomplizieren, die Wahrheit ist doch so simpel: Truckenbrodt hat Angelika Kranold getötet und vergraben, um seine Freundin mit den gestohlenen Papieren in den Westen zu bringen. Weder ich noch Bernhard Oybin oder irgendeiner der vielen Freunde, die Zugang zum Haus hier hatten, wenn er in Baabe war, haben mit der Sache etwas zu tun – wie denn auch?»

«Wie?», fragte Mannhardt und trug noch einmal seine These vor. «Sie kommen hierher, finden Angelika Kranold halb benommen im Wohnzimmer vor und wollen die Gelegenheit nutzen, einmal wieder GV zu haben, um es vornehm auszudrücken. Doch sie will nicht, sie wehrt sich, und da wenden Sie Gewalt an. Als Sie merken, dass Angelika Kranold tot ist, vergraben Sie sie hinten an der Hauswand. Es wird sie schon niemand finden. Hat ja auch 27 Jahre lang funktioniert. Das war also kein Fehler, den Fehler haben Sie erst gemacht, als man Angelika Kranold doch noch gefunden hat, nämlich den Fehler, uns den Schwulen vorzuspielen.»

«Das habe ich doch aus ganz anderen Gründen gemacht!», rief Martin Mutsch.

«Gehen wir mal ins Haus, Herr Mutsch, und zeigen Sie uns, wo Sie Angelika Kranold vorgefunden haben», sagte Schönbier.

«Ich habe Sie nicht vorgefunden!», schrie Martin Mutsch.

So ging es drei Stunden lang. Martin Mutsch stritt vehement ab, zur fraglichen Zeit in Schmöckwitz gewesen zu sein, und Mannhardt hatte nichts in der Hand, ihm dies nachzuweisen.

Entnervt gab er Schönbier einen Wink, etwas aus dem Auto zu holen: das Skelett der Angelika Kranold. Es war derselbe Trick, mit dem der Kollege Lüdtke im Jahre 1941 Paul Ogorzow, den sogenannten S-Bahnmörder, zur Strecke gebracht hatte: Er hatte ihm die kahlen Schädel seiner acht Opfer gezeigt.

Doch Martin Mutsch lachte nur lauthals los, als er das Skelett erblickte.

«Das soll Angelika Kranold sein? Das haben Sie doch Ihrem Sohn zu Halloween gekauft.»

Was blieb Mannhardt da anderes übrig, als Martin Mutsch wieder nach Hause zu schicken und mit seinem Team und Professor Schwellnuss im Schmöckwitzer Krug essen zu gehen.

Eine Woche später lag Martin Mutsch mit zerschmetterten Gliedern auf dem Gehsteig der Trusetaler Straße in Marzahn. Er hatte sich nach einem misslungenen Besuch bei seiner neuen Lektorin aus der obersten Etage ihres Plattenbaus in die Tiefe gestürzt. Sein Abschiedsbrief enthielt ein umfassendes Geständnis.

Ja, ich habe Angelika Kranold damals getötet, und es ist im Wesentlichen so gewesen, wie die Kriminalbeamten es rekonstruiert haben. Wenn ich damals 1980 den Abschnittsbevollmächtigten benachrichtigt hätte, wäre ein großer Schatten auch auf meinen Freund Bernhard Oybin gefallen, und das wollte ich auf jeden Fall vermeiden. Den Mut, beim Ortstermin in Schmöckwitz ein Geständnis abzulegen, hatte ich nicht. Ebenso fehlt mir die Chuzpe, jetzt mit dem Etikett «Der einzige deutsche Kriminalschriftsteller, der selber einen Mord begangen hat» für mich und meine Romane Reklame zu machen. Und ich habe die Kraft nicht mehr, in meinem Alter zehn Jahre im Gefängnis zuzubringen.

P. S. Die Ansichtskarte, die Sie von Angelika Kranold aus Prag bekommen haben, war eine Fälschung von mir. Frei erfunden war natürlich auch, dass ich sie in Havanna getroffen hatte, ebenso wie die Traueranzeige von dort nicht echt ist.

Mannhardt nahm es mit Genugtuung zur Kenntnis, dass er mit Martin Mutsch als Täter richtiggelegen hatte. So konnte der Polizeipräsident bei seiner Verabschiedung wenigstens sagen, dass er seinen letzten Fall mit Bravour gelöst hatte.

Aber war mit Martin Mutschs Suizid der Fall Angelika Kranold wirklich zu Ende? Schon waren die Zeitungen voller Spekulationen. War Martin Mutsch wirklich in die Tiefe gesprungen, weil er mit seiner Schuld nicht länger leben konnte? Vielleicht hatte ihn ja auch ein Auftragsmörder in den Tod gestoßen?

«Und das Geständnis von diesem Mutsch, das ist doch gefälscht.»

«Ja, da steckt der Truckenbrodt dahinter, der hat sich das was kosten lassen. In Wahrheit hat er die Kranold umgebracht – und jetzt halten alle Mutsch für den Täter.»

«Quatsch, da hat einer aus dem Freundeskreis Oybins

zugeschlagen, damit der große Dichter aus dem Schneider ist. Der hat doch die Kranold auf 'm Gewissen.»

Bei den Intellektuellen hieß es, dass eine Gesellschaft am Zerfallen sei, wenn jeder jedem anderen alles an Bösem zutraut und die kollektive Gewissheit als Mittel der Reduktion von Komplexität verlorengeht.

Mannhardt ging zur Beerdigung von Martin Mutsch und fragte sich, ob der wirklich vorn im Sarg lag oder da nicht vielleicht ein ganz anderer ruhte. Bernhard Oybin womöglich.

Oder Raoul Truckenbrodt. Der hatte am Tag zuvor sein Amt als Stadtrat niedergelegt und war seitdem verschwunden.

Mannhardt überlegte, ob er als Pensionär auch einmal einen Roman schreiben sollte, wie es sich für jeden vernünftigen Deutschen gehörte. Den Titel hatte er schon: *Jedes Ende ist ein neuer Anfang.*

In der Reihe «Berliner Mauerkrimis» sind bisher erschienen:

Horst Bosetzky: **Nichts ist verjährt**
ISBN 978-3-89773-589-7

Wolfgang Brenner: **Honeckers Geliebte**
ISBN 978-3-89773-590-3

Anja Feldhorst: **Teufels Genossen**
ISBN 978-3-89773-591-0

Horst Bosetzky / Steffen Mohr: **Schau nicht hin, schau nicht her**
ISBN 978-3-89773-603-0

Jürgen Ebertowski: **Tränenpalast**
ISBN 978-3-89773-604-7

Ebenfalls bei Jaron die Krimireihe:
«Es geschah in Berlin ...»

Horst Bosetzky: **Kappe und die verkohlte Leiche (1910)**
ISBN 978-3-89773-554-5

Sybil Volks: **Café Größenwahn (1912)**
ISBN 978-3-89773-555-2

Jan Eik: **Der Ehrenmord (1914)**
ISBN 978-3-89773-556-9

Horst Bosetzky/Jan Eik: **Nach Verdun (1916)**
ISBN 978-3-89773-585-9

Iris Leister: **Novembertod (1918)**
ISBN 978-3-89773-577-4

Horst Bosetzky: **Der Lustmörder (1920)**
ISBN 978-3-89773-578-1

Peter Brock: **Das schöne Fräulein Li (1922)**
ISBN 978-3-89773-600-9

Wolfgang Brenner: **Stinnes ist tot (1924)**
ISBN 978-3-89773-601-6

Petra A. Bauer: **Unschuldsengel (1926)**
ISBN 978-3-89773-602-3

Berliner
MAUER
KRIMI